김조규·윤동주·리욱

Series of Korean Literature at China

이 전집은 대산문화재단의 2005년 해외한국문학연구 지원을 받았습니다.

연세국학총서73

중국조선민족문학대계 6

김조규·윤동주·리육

연변대학교 조선문학연구소

허경진·허휘훈·채미화 주편

보고사

◉ 허경진

연세대 국문학과 및 동 대학원 졸업. 문학박사. 목원대 국어교육과 교수를 거쳐 현재 연세대 국문학과 교수로 있다. 2005년 중국 연변대 겸직교수를 지냈으며, 저서로 『한국의 한시』 40권, 『허균평전』, 『조선위항문학사』, 『평민열전』, 『사대부 소대헌 호연재 부부의 한평생』 등이 있다.

◉ 허휘훈

연변대 조문학부 및 동 대학원 졸업. 문학박사. 현재 연변대 조문학과 교수로 있다. 연변대 조선문학연구소 소장, 연변민간문예가협회 이사장, 중국민간문예가협회 회원이다. 저서로 『조선민간문화연구』, 『조선문학사』(공저), 『조선한국당대문학사』(공저), 『중조한일민담비교연구』(주필) 등이 있다.

◉ 채미화

연변대 조문학부 및 동 대학원 졸업. 문학박사. 현재 연변대 조선-한국학학원 원장이며, 연변대 여성연구중심 주임, 연변조선족자치주지식여성연합회 회장으로 있음. 저서로 『고려문학미의식연구』(1995년 박이정), 『조선고전문학사』(1998년 3월 연변대학출판사), 『조선-한국당대문학사』(2004년 곤륜출판사) 등이 있다.

연세국학총서73

중국조선민족문학대계 6

김조규 · 윤동주 · 리욱

초판 1쇄 발행_2006년 2월 28일

주편자_허경진 · 허휘훈 · 채미화
연변대학교 조선문학연구소

발행인_김흥국

발행처_도서출판 보고사

등 록_1990년 12월(제6-0429)

주 소_서울시 성북구 보문동 7가 11번지 2층

전 화_922-5120/1(편집) 922-2246(영업)

팩 스_922-6990

메 일_kanapub3@chol.com

홈페이지_www.bogosabooks.co.kr

ISBN_89-8433-401-4(세트)
89-8433-407-3(94810)

정 가_23,000원

간행사

우리 조상들이 중국땅에 이주해온 이후, 오랜 역사를 통해 탁월한 저력으로 독자적인 문화를 창출해냈고 또한 많은 문화유산을 물려주기에 이르렀다. 그 가운데 우리 조상들의 알찬 삶의 지혜와 다양한 경험들이 축적되어 있다. 바로 이 때문에 문화유산중 큰 비중을 차지하는 구비문학과 기록문학이 소중하며, 다시 읽어야할 보전(宝典)으로 남게 되었다.

과경(跨境)민족으로서의 중국 조선민족은 19세기 후반이래로 수차의 문화적 격변의 시대를 살아왔다. 이른바 개화기의 격류 속에서는 전통문화와 서구문화사이의 갈등, 한문학과 국문문학간의 교체를 경험했고, 식민지시대에는 국문문학의 문체혁신과 일제에 의해 책동된 전통문화의 쇄멸말살이라는 시련을 겪기에 이르렀다. 이런 변화와 역경속에서도 중국땅에 망명하였거나 이 땅에서 류이민 혹은 정착민으로 생활해온 우리 겨레의 지조있는 애국문인들은 결코 붓을 던지지 않았다. 류린석, 김택영, 신규식, 신채호, 안중근, 리상룡, 김정규, 김소래, 최서해, 렴상섭, 주요섭, 최상덕, 강경애, 현경준, 김창걸, 안수길, 박영준, 황건, 김조규, 윤동주, 박팔양, 리륙사, 함형수, 리학성, 천청송, 김학철, 윤해영, 채택룡, 설인 등 헤아릴 수 없이 많은 문학도와 시인, 작가들이 바로 필설로 그 시대를 증언해온 대표적인 지성인들이다.

그들 중에는 고국을 떠나 갈바람에 흩날리는 낙엽처럼 정처없이 떠돌다 두만강, 압록강을 건너와 허허넓은 만주벌판, 낯선 이국땅 서러운 추녀 밑에서 간도아리랑을 부른 망향시인이 있었고 하늬바람 불어치는 산해관을 넘어 북경, 서안, 상해, 무한 등 천년고도에 떠돌이로 남아 언론매체를 빌어 ≪천고≫를 울리고 ≪진단≫을 노래하고 청구의 ≪광명≫을 만방에 호소한 청년전위가 있었는가 하면 백산, 흑수, 송료, 제로, 태항, 중원의 고전장에서 융마일생을 수놓아 가며 목숨을 바친 무명용사도 있었다. 려순, 나가사끼, 후꾸오까의 감옥에서 단지혈맹의 뜻을 굽히지 않고 다리를 절단해가면서도 끝까지 혁명의 지조를 지켜왔거나 끝내 ≪한점 부끄럼없이≫ 꽃처럼 피여나는 피를 민족의 제단 앞에 바친 암흑기의 푸른 별들도 있다. 그들은 문자에 앞서 몸으로 지탱해온 삶 그 자체가 더 고결하고 값진 것으로 여겨왔던 것이다. 그들의 피와 땀으로 가꾸어온 문화의 숲은 헌걸찬 우리 민족의 에너지를 부단히 충전시켜 주는 불멸의 혈맥, 끈질긴 생명력의 고동으로 무성하게 자라고 있으며 영광과 비애의 굴곡, 흥망과 성쇠의 기복이 교차되는 수많은 역사 주체의 명멸을 간직한채 굳건하고 강인한 기백으로 오늘날까지 민족의 정기를 면면히 이어주고 있다.

그들이 남긴 풍부한 문학유산은 그동안 중외(中外)학자들에 의하여 적지 않게 발굴 연구되었으나, 지금까지의 연구는 단편적인 자료에 근거를 둔 것으로서 그 진면목을 체계적으로 파악하기에는 역부족이라고 할 수 있다. 이런 의미에서 중국 조선족과 광복전 재중 한인, 조선인들의 문학자료를 체계적으로 발굴, 정리, 출판하는 것은 정체(整体)적인 민족문학연구에서 대단히 중요한 작업이 아닐 수 없다. 그들이 남긴 문학자료는 지금도 중국각지와 해외의 여러 도서관, 박물관, 문서보관소에 신문, 잡지, 일기, 필사본, 프린트본, 활자본 등 형식으로 흩어져있다. 이런 현실을 감안하여 본 대계는 선배들이 중국땅에 남긴 문학자료들을 집대성하여 후세인들로 하여금 문화민족으로서의 자긍심을 갖게 하고 애국애족의 정신을 계승 발양하며 문학, 언어, 역사, 민속, 언론, 사회 등 여러 분야를 망라한 학계인사들에게 21세기 중국 조선민족문화의 새로운 비약을 위한 계통적인 연구자료를 제공하는데 그 목적과 의의가 있다.

중국조선민족문학의 진수를 정리, 간행하기 위한 계획이나 준비작업은 연변대학 조선언어문학연구소(현재의 조선문학연구소)의 창립과 더불어 20세기 80년대부터 본격적으로 시작되었다. 권철교수를 비롯한 연변대학 조선언어문학연구소의 조선문학관계 선배학자들은 1950년대부터 벌써 재중조선인 문학자료수집에 착수하였고 1990년에는 권철, 조성일, 최삼룡, 김동훈 등 네 연구원의 공동집필로 된 ≪중국조선족문학사≫를 공개출판하기에 이르렀다. 1992년 연변대학 조선언어문학연구소(현재의 조선문학연구소)는 한국 숭실대학교 인문대학과의 공동연구과제로서 소재영, 권철, 김동훈, 조규익 교수를 중심으로 집필한 ≪연변지역조선족문학연구≫를 펴냈다. 같은 시기에 김영덕, 최문식교수를 비롯한 연변대학 고적연구소에서는 ≪류린석전집≫, ≪김택영전집≫, ≪윤동주유고집≫, ≪한양가≫, ≪연변조사실록≫ 등 중국지역에서 발굴, 정리한 17권의 민족고전을 출판하였다.

이와 동시에 문학현장의 사실을 증언하기 위해 두 연구소 산하의 수십 명의 연구원들은 연변의 각 현시와 북경의 백림사, 상해의 서가회, 남경의 용반리, 심양시 서류보관소 그리고 할빈, 대련, 서안, 남통 등지의 도서관, 박물관 등 중국 국내 수백처의 자료관을 누비면서 우리 민족의 해방전 문학자료들이 흩어져 실려 있는 ≪천고≫, ≪진단≫, ≪천고≫, ≪진단≫, ≪독립신문≫, ≪민성보≫, ≪북향≫, ≪만선일보≫, ≪카톨릭소년≫, ≪광복≫, ≪신한청년≫, ≪조선의용대통신≫, ≪한민≫, ≪연변문화≫ 등 신문과 잡지, 그리고 지난 세기초부터 이 땅에서 유전되였던 ≪백두산민담≫, ≪장백산강강지략≫, ≪초등소학수신≫용 우화집과 ≪싹트는 대지≫, ≪재만조선인시집≫, ≪혈해지창≫ 등 최초의 소설집, 시집 및 극본들을 속속 발굴하였으며 무려 1,500만자에 달하는 작가문학자료와 800여수의 민요, 2,000여편의 전설과 민담을 수집하였다. 그들은 하늘을 비상하는 나비가 아니라 발로 땅을 기여다니는 지네와 같이 지나간 역사와 문화현장에 파고들어 문학현상 자체를 자기의 피부로 촉감하고 확인함으로써 오늘의 이 방대한 민족문학대계의 탄생을 준비하였던 것이다.

본 대계의 출간과 관련하여 우리는 다음과 같은 몇 가지 원칙에서 이 사업을 추진키로 하였다.

첫째, 본 대계에는 중국 조선족 작가와 재중 한국인, 조선인 작가들이 건국(1949년) 이전에 창작한 시, 소설, 일반 산문, 극작품 등 일체의 문예작품들을 수록한다.

둘째, 우리 문학의 세 가지 큰 갈래인 조선문문학, 한문문학, 구비문학을 통해 역사적으로 이룩한 모든 양식을 함께 수록한다. 먼저 건국 전에 창작된 작품을 30권에 나누어 1차적으로 간행하고 이를 더욱 확대하여 진정한 의미의 문학대계가 되게 한다.

셋째, 구비문학작품은 건국 전에 수집된 것과 건국 후에 수집된 것을 망라하며, 그 내용이 해방 전에 이미 구전으로 전승되었음을 감안하여 이를 모두 1차 간행분에 포함시킨다.

넷째, 언어상으로나 역사적으로 가치가 있는 일부 원전은 원전과 현대역을 동시에 수록한다. 현대역을 통하여 한문과 원전의 감상을 가능하게 하고 정확한 원전의 제시로 그 연구의 자료가 되게 한다. 단 일부 한시와 고문은 번역사업이 미처 미치지 못해 원문만 그대로 싣기로 한다.

다섯째, 건국 전의 작가문헌은 그 문체들이 발생한 시대적 선후를 염두에 두면서 한시, 현대시, 소설, 산문, 희곡 순으로 배열하고 구비문학은 민요, 전설, 민담 순으로 배열한다. 건국 이후의 작품은 대부분 쉽게 찾아볼 수 있는 것들이어서 2차적으로 그 출간을 계획해보려 한다.

1차 간행에 교부된 작품집 목록은 아래와 같다.

제1－3권 한시집

제4－6권 시집(조선문)

제7－13권 소설집

제14－16권 산문집

제17권 희곡집

제18권 민요집

제19권 문헌설화

제20－21권 전설집

제22－27권 민담집

제28－29권 중국에 번역 소개된 문학작품

제30권 별책(색인)

끝으로 본 대계가 편집 출판되는 동안 관심있는 모든 분들의 협력과 질정을 바라며 어려운 가운데도 이 사업에 동참해주신 편찬위원, 책임편자, 역주자 여러분과 연변대학 고적연구소 임원들에게 감사드린다.

그리고 본 사업의 취지를 이해하고 편집비를 지원해주신 한국 대산문화재단, 학교 특성화사업으로 선정하여 간행비를 지원해주신 한국 연세대학교의 후의에 감사드리며, 아울러 편집과 교정에서 제작에 이르기까지 노고를 아끼지 아니한 보고사 여러분께도 고마움을 표한다.

2005년 12월 26일

중국 연변대학교 조선문학연구소 전 소장 김동훈

중국 연변대학교 조선문학연구소 소장 허휘훈

한국 연세대학교 국학연구원 허경진

◉ 일러두기

이 ≪대계≫는 다음과 같은 요령으로 엮었다.

1. 중국 조선족의 기록, 구비문학작품을 비롯하여 재중한인(韓人), 조선인이 중국지역에서 창작한 작품들을 함께 수록하였다.
2. 20세기 전반기에 창작발표된 문학작품을 일차적 선제대상으로 확정하였다.
3. ≪대계≫ 각권의 출판은 한시, 현대시, 소설, 산문, 희곡, 민요, 전설, 민담 순으로 배렬하였다.
4. 한시와 기타 한문(漢文)으로 씌여진 원전은 매편마다 원문을 앞에 싣고 역문을 뒤에 함께 수록하여 상호 참조하기에 편리하도록 하였다.
5. 원전에 나오는 일부 지명, 인명, 전고, 방언과 알기 어려운 글자, 루락, 오기 등에 대해 필요한 주를 달았다. 주석표기는 원문(혹은 역문)에 번호를 붙이고 해당면 하단에 각주(脚注)함을 원칙으로 하였다.
6. 고한문 원전은 번체자로 표기하고 리해가 어려운 한자어의 경우에는 괄호안에 한자를 넣어 병기하였다.
7. 작품에서의 맞춤법, 띄여쓰기, 외래어 표기는 중국에서의 현행 조선말 규범원칙을 따르되 어학적, 민속적 가치가 높은 해방전 원전은 원문 그대로 수록하였다.
8. 이 ≪대계≫에서 사용한 주요 부호는 다음과 같다.
   1) (　) : 음이 같은 한자를 병기함.
   2) [　] : 음은 다르나 뜻이 같을 때나 혹은 풀이한 한문을 병기함.
   3) ≪ ≫ : 책명, 작품명, 대화나 인용을 나타냄.
   4) 〈 ? 〉 : 불확실한 경우를 나타냄.
   5) □ : 원전 또는 원문에서 루락된 문자를 나타냄.
   6) 주석은 ①②로 표시하여 해당면 하단에 표기함.

차례

김조규 편

윤동주 편

◉ 3) 산문집 … 320

◉ 4) 육필자선시집 ≪하늘과바람과별과詩≫ … 338

리육 편

김조규 편

해제

김조규의 해방전 시세계

김경훈

Ⅰ. 서론

김조규(1914~1990)는 해방 전후의 시기를 거쳐 다양한 시적 탐구를 하였고 그 여러 가지 변모를 통해 민족문학사의 발전 가능성을 제시한 시인이다. 하지만 이제까지 그의 작품에 대한 연구는 모종의 원인으로 시작의 단계에 불과하여 그의 시적인 면모의 전체상을 파악하는데 어려움을 더해주고있다. 이 글은 김조규의 전체 시작품의 세계에서 이채로운 변화, 발전의 한 단계를 이루는 그의 해방전 작품을 통해 시인의 주제의식의 변화상이 그 개인의 문학적 행위에서, 나아가 전반 민족 시단의 발전 과정에서 무엇을 말해주는지를 알아보는데 한몫을 하고자 한다.

김조규의 시작품은 크게 해방 전과 후로 갈라볼수 있고 해방 전의 작품을 다시 초기 시 단계와 동인 단계, 재만 시기의 단계 등으로 나누어 살필수가 있다. 이 단계의 구분에 관해서는 권영진 교수의 적절한 연구[1]가 이미 행해진터이고 본 연구의 편이에 따르더라도 의식의 변화상이 그러한 단계의 변화에 걸맞은 상황이므로 거기에 따르기로 한다.

1) 숭실대 출판부 간행으로 된 ≪金朝奎詩集≫(1996) 참고.

Ⅱ. 현실에 대한 비극적 인식—초창기의 작품들에서

김조규가 시창작을 시작한 때는 1931년 8월에 ≪조선일보≫에 발표한 ≪戀心≫과 같은 해 ≪東光≫지에 발표한 ≪검은 구름이 모일 때≫로 후자의 작품은 현상응모 하여 1등상을 받았었다. 이들 작품을 보면, 초기 창작에서 이미 그 나름의 문학적 성격을 어느 정도 갖추고있음을 알수 있다. 그중에서 먼저 들수 있는 것은 알수 없는 그리움이나 괴로움의 토로이다.

그대 이곳 찾아올리 없으련만 동무 그리는 마음이라
행여나— 하는 가이없는 바람으로
오늘 밤도 단잠에 꿈꾸지 못하고
홀로 눈물지며 이 한밤을 새웠노라.

(중략)
그대 그리는 마음에 미친 사나이같이
오늘도 나는 집집 문을 두드려 보았나니
만난들 무슨 시원함이 있으며
손목 쥔들 무슨 반가움이 있을까만
정열에 타는 아픔이라 그대 그리워
오늘도 집집 문을 두드려 보았노라
—≪戀心≫에서

김조규의 작품에서의 현실적 모순에 대한 인식은 초기 창작에서 구체적인 양상으로 나타나는 것은 아니지만 비교적 분명한 대상성을 갖고있다. 즉 일제 하의 식민지 사회의 불합리에 대해 명확한 비판의식을 갖추고있는것이다.

김조규 작품에서의 현실비판의 의식은 고향에 대한 그리움에서 많이 드러난다.

그리워, 그리워 예 살든 내 故鄕이 그리워
오늘도 버들가지 푸른 언덕에 앉아
슬피, 슬피 콧노래를 부르네
그리운 曲調, 말조차 잊어버린 옛날의 그 노래를

애달퍼, 애달퍼 내 가슴속이 애달퍼
오늘도 나는 시냇가 풀밭에 누어
느껴, 느껴 휘파람을 부네
어릴 때 홍겨워 불던 풀피리 곡조 그 노래 가락을!
—≪懷鄕曲≫에서

故鄕 사람들이 그립습니다.
마음이 어린 아기와 같이 순박하고
얼굴이 南海의 土人보다도 검은
무쇠 같은 사나이. 故鄕 사람들이 그립습니다

사람들은 비웃습니다
"무지하기가 深山의 곰보다 더하고
어리석기가 불나비 같은 시골사람
世紀에 뒤떨어진 두더쥐들이여"
不純한 音響과 濁流가 골목 골목에 여울져 흐르는
都市 사람들은 코웃음칩니다.

그러나 나는 그들을 어머니와 같이 그리워합니다
내음새나는 똥과 흙을 그의 아들과 같이 사랑하고
野心과 거짓을 그의 원수 같이 미워하는

소 같은 사나이 故鄕 사람들이 그립습니다.
—≪故鄕 사람≫ 전문

하지만 고향에 대한 그리움에 사무치던 화자가 귀향해 마주한 고향은 포근함과 아름다움을 상실한 피폐한 모습으로 안겨올뿐이다.

그러나 아아 歸鄕者의 가슴에 칼을 꽂힘이여
故鄕의 거리, 너 창백한 달 아래 엎드린 마을의 山川아
슬픈 歸鄕者— 그는 지금 자명燈 희미한 옛 거리를 헤매이며
꽃時節의 아득한 記憶을 되풀이하고 있으나
素服한 大地에 달의 차가운 嘲笑만이 흐르고
그는 지금 서리 찬 바람을 한 아름 안고
지나간 날 퍼져 울리던 洞里의 아름다운 民謠를 외이며 보나
얼어 떨리는 마을의 痛哭에 曲調마저 흐리어짐을—
낯선 돌집이여 嗚咽하는 이웃들이여

(얼어붙은 땅아 두 갈래로 찢어지라
파리한 女人이여 얼굴을 돌리라)
창백한 달빛 아래 우는 歸鄕者
그는 지금 터진 心臟의 피를 눈길에 떨우며
낯설은 故鄕의 거리를 울며 헤매인다. 울며 비틀거린다.
—≪歸鄕者≫에서

그렇다면 고향을 떠났던이는 다시금 그 고향을 등지고 정처 없는 발길을 무겁게 옮겨야 한다.

쭈르르 쭈르르 구슬픈 소리
밤비는 애스팔트 위에 哀愁의 詩篇을 그리고

눈물어린 燈불은 비 오는 驛頭에 홀로 넋잃고 섰을 때
분홍빛 三等票에 빈주먹 든 나그네,
동무는 지금 비젖은 밤의 平原을 지나 東쪽으로 달린다.

"故鄕은 파리한 얼굴로 나를 부른다.
故鄕은 울음 섞인 노래로 하소연한다"
都下의 뒷골목은 물 흐르기 긴 歲月—
동무는 해맑은 술잔 위에 이렇게 뱉았지 않었든가
창백한 노스탈쟈, 노-란 幻像에 아른거리며……
—≪離別≫에서

고향을 떠났지만 보이는 것, 느끼는것이 다를것은 하나도 없었다. 오히려 갈수록 참혹하고 비참한 상황만이 시인의 눈에 아프게 찔려오는 것뿐이였다.

아 朔風에 휘날리는 찢어진 옷자락이여 창백한 얼굴이여
그렇다 자네가 溫床에서 길바닥으로 쫓기어나왔으나
悲鳴과 歎息이 깊은 밤 街頭에서 얽키는 곳에—
그렇다 저 네의 뼈짬의 기름이 말라 붙었으나
虛空을 휘젓던 손가락이 엉키는 곳에—
밤마다 밤마다 가슴 속에 두 손을 얹고 얼어붙은 하늘아래 헤메이는 마음
—≪밤마다 흩어진 마음을 안고≫에서

물동이에 가득 담은 아낙네의 눈물이리라
졸아드는 장찌개는 타드는 마음이리라.
—일찍 넘치는 法悅로 쌀알을 쥐어보지 못한 마음
—일찍 고요한 安息과 慰撫를 맛보지 못한 이 저녁

하거늘 아아 내 마음이 期待가 없는 저 歸路가 무에 그리 가벼울
거냐

悲哀를 실고 黃昏은 흐른다.
어둠을 가지고 구름은 떼진다
내 사랑아 젖 달라 보채는 아기의 울음마저 맥이 없으니
호박 넝쿨 흩어쥐고 울고 싶은 黃昏이다.
—《農家의 黃昏》

그렇다면 이와 같은 보편적인 상황의 악화 내지 모순은 어느 개인이나 집단의 운명이 아닌 민족 전체의 것으로 볼 수밖에 없는 식민지의 기본적인 모순이 된다. 일찍이 반일 운동에 가담했고 현실 비판의 투철한 의식을 가졌던 시인에게는 당연한 결론이 되는것이다.

鬱憤과 飢餓와 悲嘆과 嗚咽
그 속에서도 오히려 살아보겠다고 발버둥질치는 내 겨레들의 얼
굴……

東海바다 푸른 물이 어깨를 우쭐거린다
白頭山 중허리의 흰 눈이 녹아 내린다
그러나 아아 생각해 보아라
어느 때, 어느 해, 어느 날,
내 百姓들이 흐르는 봄빛을 노래하였던가를!
꽃수레도 종다리도 햇빛과 물줄기도 가난한 내 겨레에겐 暗室이
다, 무덤이다.

(중략)
날으는 花粉이여, 노래하는 종다리여,

철 맞아은 뻐꾹새여
(너 조차 내 아들 딸들을 울릴 게 무어냐 너 조차 내 百姓의 가슴을 찢을 게 무어냐)
봄은 이 해에도 엄돋는 枯木에 고개를 들었다.
봄은 이 해에도 물방아에 채찍을 얹었다,
허나 흙을 뒤지는 봄의 마음—飢餓에 쪼들리는 봄의 마음—
아하 언제나 봄 하늘 우러러 맑은 노래 부르랴
언제나 버들피리 맞추어 춤추어 보랴

—≪三春泣血≫

다른 시 ≪黃昏의 거리≫에서 와서 시인은 감상적이고 일부 퇴폐적인 정서까지 내비치지만 고향에서 쫓겨나고 친구들한테서 버림을 받고 사회에서 소외당한 ≪역사의 사생아≫로서의 식민지의 젊은 지식인의 정신적 고뇌를 그대로 토로하고있어 당시 상황의 암흑상을 폭로하고있다. 그 같은 어두운 현실에서 ≪久遠의 懷疑哲學者— 無氣力한 英雄主義者≫로서의 시인이 ≪여인≫의 창문을 두드리면서 서글픈 노래를 들려주려함은 ≪사생아≫로 거리에 내쫓긴 망국노가 짓밟힌 어머니—조국에 대한 피타는 부름 다름이 아니다.

≪어머니≫에 대한 그리움이나 안타까움은 보다 넓은 의미에서 여인에 향한 시인의 관심과 의지로 이어진다.

아카시아의 꽃 香氣 밤하늘에 넘쳐흐르고
한잎. 두잎 梧桐 잎사귀 憂鬱을 그리고,

저기 湖畔에는 별들의 젊은 꿈이 빛나고 있으리라
저기 두던에는 귀여운 밤의 妖精들이 날고 있으리라
그러나 孤獨의 無邊에 佇立한 내 마음은

달빛 흐르는 浦口의 닻 내린 船柱다

아아 누구나 와서 먼 希臘의 神話라도 이야기하여 주렴,
女人의 들창의 벌-건 憂鬱을 담고있다
밤— 疲勞는 지금 보드런 慰撫를 渴望하거니
(나의 女人아 조용히 창문의 커튼을 벗겨라
노래 잃은 내 노래가 네 마음에 스며들리니)
—≪戀慕≫ 전문

희랍의 신화를 들려주기를 바라며 아픈 우울의 심경을 나누어 갖고자 녀인에게 다가가 위안과 함께 마음의 빗장을 열기를 간청하는 자세에서 시인의 작품에서 녀인이 갖는 의미가 무엇인지를 짐작하고 남음이 있게 한다. 다시 말해 희랍의 신화를 들려줄 수 있는 녀인은 서구적인 이미지를 띤 존재[2]라는 점에서 현실적 모순에서 탈출하여 새로운 세계를 지향하는 시인의 념원을 드러내며 그럼에도 원활한 대화가 이루어지지 않고있음은 역으로 현실의 엄혹함의 정도를 나타내는것이기도 하다.

현실에 대한 비극적인 인식의 깊이는 이처럼 여러가지 수단에 의해 이루어져 있지만 그러나 시인의 의식에서 그러한 모순을 해결하기 위한 적절한 방도가 세워지지 않을 때 자칫 방황 끝의 좌절감과 도피상을 드러내기 십상이다. 김조규의 시에서 이러한 방황은 일부 작품에서 그대로 나타난다.

2) 비슷한 상황으로 리상화의 ≪마돈나≫를 함께 생각하기 바란다.

五月—
지붕 너머 버들꽃은 들창에 풍기운다.

흐르는 綠陰은 五月의 帝殿,
黃金빛 꾀꼬리는 綠陰 舖道를 오고 가는 明眸의 歌手
그렇다 잿빛 憂鬱이 가라앉은 나의 書齋는
푸르른 季節의 觸手에도 無感覺하다.

여보게 내 마음이 지금 海底와 같다
조용히 月世界의 아득한 未知라도 이야기하여 주렴
불러도 가지 못할 그이가 날 부른다
버들꽃 지는 곳엔 自由의 금빛 여름이 있으련만……

꿈을 잃은 내 마음은 맘모스 洞窟
송이송이 버들꽃은 追憶의 脫脂綿,
아아 누구나 와서 들창의 덧문을 내려다오
차라리 季節圈外의 書齋에서 지나가는
五月의 발소리를 귀 막고 들으리라.

—≪五月의 憂鬱≫ 전문

계절의 감각마저 무뎌진 상황은 곧 모든 것을 상실한 망국노의 슬픔 그 자체이다. 해저와 같은 어둡고 침침하고 세상과 동떨어진 맘모스의 동굴 같은 마음, 달세계의 아득한 이야기는 현실적인 암흑을 비유하는 동시에 화자가 바라는 내면적인 침잠의 세계이기도 하다. 그러한 어둡고 밀폐된 공간에서 시인이 느끼는 시간의식은 일상의 흐름과는 무관한 내면적인 심경의 감각이 빚어내는 움직임뿐이다. ≪자유의 금빛 여름≫과 글줄에서나 읽을 법한 ≪오월의 발소리≫란 현실에서는 부재한 한낱 꿈일뿐이겠기 때문이다. 따라서 들창의 덧문을 내려주기를 부탁하는 더없이 나태한듯한 행위를 통해서나마 화자는 현실과의 외면을 결심하고 나아가 현실과 유리되는것이다. 비록 스스로의 적극적인 행위에 의해서가 아니라 타인에 의한 현실 탈출을 바라는 그러한 몸가짐은 다른 한 작품 ≪藏書없는 書齋에서 季節의 나이를 헤여보리라≫에서도 그대로 이어지고 있고(나를 지극히 사랑하는 사람아/너는 내 寢室을 푸른 담벽과 灰色 커튼으로 장식하여 주렴) 이것이 지극히 소극적인 대응이기는 하나 모순 해결의 또 다른 방식이라 아니할수 없다.

이러한 해결의 방식은 다음의 예문에서 알 수 있는 것처럼 물의 이미지를 통해서도 탐색되고있다.

> 黃昏을 데리고 저기 먼 湖畔으로 逍遙하자
> 나는 쓸쓸한 것이 좋더라
> 갈대는 해쓱한 팔을 펴서 哀傷을 부르고
> 湖心의 푸른 憧憬은 멀리 두루미의 흰 날개를 따르리니
> 無常에 떨고 있는 菖蒲밭 저녁 이슬을 버선발로 고요히 지나가자
> —≪藏書없는 書齋에서 季節의 나이를 헤여보리라≫ 첫 연

> 가을은 외로운 암사슴 같은 季節—
> 너는 네 젖은 눈동자로 홀로 水平線의 眺望을 좋아했지.
> 허나 나의 사람아, 노곤한 疲勞가 기어들면
> 湖畔에 앉아 달빛 외로운 먼 未知의 山길을 想像해라.
> 野菊의 차거운 哀傷이 달빛을 껴안을 때
> —≪가을 十月≫

물의 이미지에는 여러 가지 기능이 있지만 례문에서 드러내는 것은 거울이나 꿈의 기능이다. 두 작품 모두 고요함으로 특징되는 호수의 수면을 대상으로 화자의 심경의 안정을 꾀하고있는 점에서 동일하다. 따

라서 고요한 거울에 비친 두루미의 비상에서 천상적이 환상을 얻고 수면에 비추인 달빛에서 알수 없는 산길의 호젓함을 상상하는것이다. 현실적인 의미에서의 거울은 대상을 리얼하게 보여주는데 그치지만 물이 뜻하는 거울의 이미지는 새로운 모습의 창출—꿈의 기능을 함께 하기 때문이다. 거울에 의한 꿈의 욕망은 이들 작품의 공통한 점이거니와 다른 점이라면 첫번째 예문이 화자만의 중얼거림이라면 두번째 작품에서는 모종 상대를 향한 권유의 형식으로 돼있어서 김조규 작품 특유의 선동적인 성격을 드러낸다는것이다.

말이 나왔지만 김조규 시작품에서 다른 한 성격은 독자를 향한 강렬한 선동성으로 이는 고향 상실과 같은 현실적인 모순의 해결을 위한 하나의 적극적인 몸부림이기도 하다.

험한 바람 거친 비가 산천을 휩쓸 때에는
가난한 무리가 삶의 뿌리를
깨뜨러진 역사 위에 박으려 하고

사나운 짐승의 부르짖음 같은 우뢰 소리가 나는 곳에서
헐벗은 무리의 잠든 생명이
싸움의 터전으로 행진하려니
친우여 새 x x 건설하려 가두로 뛰어 나오라
—≪검은 구름이 모일 때≫에서

김조규 시가에서의 선동적인 요소는 이 작품에서 볼수 있듯이 시초에 내재하고있었던 듯싶다. 이러한 요소는 그의 시가의 남성적인 성격을 결정하는 하나의 어조와도 같은것으로, 다음의 인용부분은 이를 더욱 구체적으로 알아 볼수 있게 한다.

거짓과 간사 온갖 궤변과 속임
사람의 머리로 발끝까지 虛僞의 濁流가 흐르고
사람이 참된 눈물을 잃어버렸거늘

우리들 한방울의 눈물이 貴하지 않은가
눈물이 모이는 곳에 情熱이 있고
情熱이 끓어 넘치는 곳에 거룩한 깃발이 휘날리나니
그대여 귀중한 눈물이어늘 헛되이 흘리지 말라

屍體를 옮기며 눈물을 흘리고
죽엄을 붙잡자고 몸부림치는 것은
우리는 그런 消極的感情을 청산한지 오래다
보라 우리들 젊은 사나이의 핏줄에는
콸콸콸 삶의 핏줄이 용솟음치고
數世紀동안 ＊＊에 시달린 우리들 가슴속에는
＊＊에 불타는 샛빨간 염통이 뛰고 있거늘
오오 그대여 귀중한 눈물을 헛되이 흘리지 말라

—≪한방울의 눈물이 貴하거든≫에서

물론 현실의 모순에 대한 인식에서 변화의 욕구가 생기고 그것의 효과적인 발산을 위해서는 일정한 煽動力을 갖추어야 하는것은 당연한 수순이다. 하지만 작품의 구체적인 창작에서 이들의 관계는 유기적인 정체성 속에 용해되여나타난다. 다음의 작품이 이를 잘 설명한다.

數十萬의 어린 處女들 중에도
먹을 것 없어 주림에 울고 있는 處女여
입을 것 없어 치음에 떨고 있는 少女여
四肢를 못놀리는 傳統에 拘束된 處女여

배움을 잊어 世紀의 뒤떠러진 少女여
그대들만이 함께 손을 잡고 춤을 추어라

첫째 處女의 맑은 노래가 聲帶에서 떨처나옴이어
굶주린 무리들이 ××의 ××를 손높이 들고
둘째 處女의 간엷은 손이 흔들림이여
헐벗은 무리들의 잠든 生命이 ××의 터전으로 行進을 하고
셋째 少女의 가벼운 몸이 움직임이여
눌린 무리들이 삶의 뿌리를 깨틀어진 歷史 위에 박으려 하고
넷째 少女의 목에서 快活한 웃음이 터저나옴이어
바뀌는 世紀의 쇠북소리가 우렁찬 音響을 떨처노리니
處女들이여 ×世紀의 귀여운 딸들이여
대중의 가슴에 ×을 못칠 노래에 맞춰 춤을 추어라
—≪處女들이여 춤을 추라≫에서

李箱의 ≪13인의 아해≫와 마찬가지로 ≪처녀≫에 대한, 그것도 수난 받는 처녀에 대한 동정과 그 해방을 위한 적극적인 선동은 작고 여린 것에 대한 보편적인 련민과 사랑을 불러일으키기에 충분한 소재를 알맞추 선택한 사례라 할수 있다. 말하자면 인간 심성의 가장 내면적인 부분에 충격을 가함으로써 보편적인 관심을 불러일으키는것이 문학에서의 소재 선택의 비결이라면 비결로 볼수 있다는 것이다. 물론 이러한 여성에 대한 관심은 김조규에게 있어서 특별한 이유가 있기도 하나 이것은 이미 설명된 바이기도 하기에 더 이상의 설명은 피한다.

물론 김조규의 시작품에서 표현되는 현실적인 모순에 대한 고발과 그 해결을 위한 모대김은 정신적인 방황의 양상을 띠기도 함은 앞에서도 보아왔지만 이것이 너무나 소극적인 양상을 띌 경우 감상과 퇴폐의 분위기에 빠지기도 한다.

나는 창살을 굵은 느티나무 뿌리로 짓고
덧문을 두터운 박달나무로 만들겠다
季節과 바다와 樹木에도 倦怠다
壁 위에 움직이는 古風景한 陰鬱을 享樂하리라
—≪한個의 逃避≫ 전문

사랑하는 女人의 모가지를 비틀어 침상에 눕히고 싶다
창백한 月光이 들창 넘어 白布 위에 드리울 때
파랗게 질린 屍顔에 내 입술을 비비리라
日常性과 平凡의 倦怠는 神經의 安靜을 빼아갔다
—≪倦怠≫ 전문

食料品 店頭에 매어달린 열 개의 보기 싫은 存在,
絞首臺 위에 매어달린 젊은 이 世紀를 본다
파리똥 같은 눈알은 무엇을 凝視하는가
행길엔 여전히 검지 않은 햇빛이 倦怠롭다.
(돌아와 黑點의 學說을 다시 들쳐보다)
—≪石首魚 있는 風景≫ 전문

현실적인 모순에 대한 처절한 항거는 시인의 작품에서 리얼한 폭로와 그 해결을 위한 모대김을 여러 가지로 해보지만 상황의 열악성과 젊음의 미숙성 때문에 깊은 고뇌에 값하는 결과는 아직 보이지 않고있다. 이는 시인으로 하여금 끝없는 방황을 거듭할수밖에 없게 만들뿐이다. 이처럼 답답한 공간 속에서 시인은 결국 그곳에서 탈출하려는 욕구를 강하게 느낀다. 북녘에 대한 막연한 동경이 그 실제적인 준비의 단계인 것이다.

大陸의 여름은 몹시 뜨겁다더라

들판의 氣候는 몹시 거칠다더라
웬일인지 들창에 턱을 고인 네 얼굴이 해쓱해만 보인다
뜰가에 높이 자란 高粱 이파리가 네 푸른 노스탈쟈를 어지럽히지나 않니
(한밤에 세치(三寸)나 여름은 자란다는데……)

(중략)
南쪽이 그리우면 黃昏을 더부리고 먼- 松花江가으로 逍遙해라
노래가 그리우면 아아 흘러오는 胡弓의 旋律을 조용히 어루만지거라
바람과 季節과 疲勞와 네 나이밖에 너를 싸 안는 아무것도 없지?
異域의 胡弓소리는 미칠 듯한 鄕愁를 눈물겨운 寂寞으로 이끈다더라

아아 저녁마다 네 마음의 徘徊는 南녘 하늘에 이른다지
그렇게 굵던 네 목소리가 가늘어지지나 않았니
子正—푸른 寢室을 두드리는 이슬비 소리에 밤이 깊다.
—≪北으로 띄우는 便紙≫에서

이 작품을 발표하고 2년 뒤 만주로 건너갔음을 감안하면 북으로의 방랑은 운명적인 예감이었다는 느낌이다.

Ⅲ. 변용을 통한 현실극복—동인지 활약시기

김조규의 시작품은 1938년 그가 ≪斷層≫과 ≪貘≫ 동인으로 있으면서 변화의 양상을 보인다. 다음의 인용문은 그 대표적인 작품이다.

밤이면 室內에 毒蛇와 같이 웅크리고 담배를 피우는 것이 나의

불쌍한 習性이다. 젊은 나의 벗들은 밤하늘을 우러러 流星觀測을 하는데 紫煙이 꼬불꼬불 오르는 室內에서 머얼리 가까이 찬 氣流가 흐르는 들窓 밖을 들어다 본다.
假裝하고 지나가는 밤의 行列 데드마스크를 쓴 深夜의 物象들, 아아 나의 顚覆된 感性은 이 슬픈 歷史의 浪費를 搖池鏡 속에서 世界旅行을 하던 아름답던 나의 過去보다도 享樂하노니 …… 追憶의 花辦도 褪色한 채 暗黑 속엔 街路樹도 없는 허이연 市外路가 한 줄기 뻗어 오를 뿐, 펄럭이던 스카-드도 보이지 않는다.

(중략)
——검은 斑點과 野獸, 그리고 허이연 記憶의 構圖. 얼마나 怠慢스러운 時間들 새에 끼워서 나의 感性은 꿈을 殺害하였든가. 아내의 貞操를 貿易하였고, 修女의 寢室에 入闖하였고
오오 이렇게 室內에 毒死와 같이 웅크리고 앉아 담배만을 피우는 나는 獰惡한 動物이다. 猫도 아닌 나의 思考가 時間의 配列을 凝視함은 진실로 醜惡한 習性이다. 그러기에 나는 사랑한다. 共同便所의 壁畵를 .

—≪猫≫에서

바밀리온의 處女. 掠奪되려는 貞操 앞에서 도시 音樂을 모른다 한다. 音樂을 안다는 것은 얼마나 純情한 僭越인가? 네가 百日紅이냐? 어여쁜 毒草이냐? 白晝에서 放逐받은 나는 音樂과 薔薇와 蒼空을 몰라도 좋다. 나의 鄕愁가 흔들리는 어두운 밤이 層層階에서 숨쉬고 있지 않은가? 腐爛하는 肉體와 惡臭와 賣淫婦의 乳房이 飛翔하는 나의 意慾과 더불어 霧散하는 밤. 밤. 밤.

—≪野獸一節≫ 전문

비 오면 흙탕 물이 흐르고 馬車가 감탕 속에 빠지고 몰핀 中毒의

黃顔이 跋扈하고 어두운 골목에선 殺戮이 의젓하고 下水口의 구데기가 寢具에 기어들고 白馬의 生殖器가 腐蝕하는 肉體와 더불어 흐린 慾望에 露出하는 밤 밤. 童話를 잃어버린 世代의 썩어지는 心室 속에 沈澱하는 毒素는 漆黑이다. 오호 夜光에 흩어지는 惡德의 華花. 꾸우냥과 더불어 밤을 먹으며 나는 미칠 듯이 좋아한다. 黑眼鏡에 칼 웃음치는 모오닝 입은 紳士. 점잖은 惡魔의 頭像.

—≪野獸 第二節≫ 마감 연

인용문에서 엿볼 수 있듯이 시인에게 있어서 상상력의 비화는 언어의 함축성을 낳고 함축된 언어는 고도의 상상력을 더욱 자극한다. 밤이라는 전체적인 공간에서 한줄기 연기 속에 피여올리는 죽음에 직결된 시간의 랑비를 즐기는 화자는 어둠과 음지를 찾아다니는 ≪黑猫≫와 ≪毒蛇≫ 또는 ≪毒草≫가 되어 이국적인 상황까지를 곁들이면서 기존의 윤리 내지 질서를 부정하고 악마적미에 탐틱한다. 이른바 초현실주의의 세계를 지향하는것이다. 그런 지향을 바탕으로 앞 시기와 비교할 때 보다 다양한 기법적추구가 행해짐은 예술적인 구사력에 시인이 훨씬 주력하고있음을 증명한다 하겠다.

동인에서 활동한 시기 시인의 작품에 빈도수 높게 등장한 시적인 대상은 대체로 밤, 바다, 여인, 담배연기, 창문, 황혼 등으로 ≪鄕愁≫라고 이름한 작품은 그 대표적인 보기라 할수 있다.

슬픈 風景 속에 저무는 하이랄의 거리
默默한 鍾樓 너머로 記憶이 허물어진다

電柱의 思想이 왜 이리 서러우뇨?
좁은 室內에 퍼지는 파란 愁煙

오늘도 낯선 異邦의 거리를 헤매었다
나타샤, 窓문을 열어라
쫓겨온 에트랑제의 설음은 나도 깊단다

黃昏은 스미는데 噴水는 흐느껴 울고 울고
喪服의 기인 옷자락을 끌며 女人은 지나갔다
瞑目하는 亡命의 거리 오오 하이랄의 밤아
貴族의 血脈을 너는 詛呪받은 배암이라 하느뇨?

思想은 病들고 肉體는 여위어 ……

나타샤, 너는 아직 白薔薇를 안고 있느냐?
꿈을 잃었다, 故鄕도 없다, 사랑마저 南쪽에 묻고,
하이랄의 心臟은 코스모포리타니즘으로 탄다는데
黃昏이면 부푸는 볾은 鄕愁는 웬일이뇨?

噴水여 울어라 슬퍼해라 幌馬車야
흔들어도 떠오르는 옛 女人의 影像,
愁煙은 휘동그래진다. 퍼진다. 오호 감긴다.

Ⅳ. 계속된 방황, 또다시 리얼리즘에로—만주에서의 창작

1939년에 만주로 건너와 교사, 기자 생활을 하면서 창작된 김조규의 작품은 동인 시절의 이색적인 추구를 벗어나 다시금 현실의 모순 상황에 초점을 맞추면서 리얼리즘적인 성격을 띠게 된다. 이는 확고한 역사의식에 토대하여 민족의 수난을 안타까워하는 다음의 작품에서 우선 보게 된다.

개울이라기엔 물결 소리 높고
강이라기엔 몸뚱이가 작구나
두만강!
이름만 불러도 가슴이 뜨거워……

하직 밤이라 목이 메어
눈물로 골짜기가 패어졌다는
오랑캐령은 강 건너 어디 바루?
구름 위에 중중 전설로 솟아
유랑의 설음 말해주누나

(중략)

두만강, 수난의 기슭이여 잘 있으라
이제 내가 디딜 새 地面에
어쩌다 활짝 핀 들장미라도 있어
나를 맞어줄지 누가 알랴

아, 돌아올 기약도 막막한
추방당한 길손의 나그네 길에
비록 거품처럼 사라질 꿈이라 해도
희망을 버리지 말자 말해주는
물소리 높은 강 언덕에
내 마지막 인사를 보낸다.

—≪두만강≫에서

조국과의 리별을 지척에 두고 읊은 작품으로, 시인의 앞에 펼쳐진 두만강은 곧 역사적 수난의 견증자로 노래되고있으며 언젠가는 겨레에

희망을 선사하는 꿈의 터전이기도 하다. 하지만 시인에게 만주는 국내와 조금도 다를것이 없는 가난과 불행과 슬픔의 모습들 다름이 아니였다. 그 때문에 잃어버린 조국이 나마 그리움에 사무치게 하고 밀려드는 향수병은 궂은 持病으로 시인을 괴롭히는것이다.

이 작품에서 동인 시절의 초현실주의적 분위기에서 조금씩 탈피하는 변화를 볼 수 있다. 물론 시인은 만주에 건너온 다음에도 일정 기간 동인 시절에 보여주었던 표현방식을 취하고있었다. 다음의 작품들에서 지속적으로 토로하는 자아의 분열상과 그것에 걸맞는 파격적인 구조는 이 점을 잘 말해준다.

> 거울 속으로 흰 낮이 逃走한다. 기우러지는 地球儀. 하건만 나 아닌 나는 瞑目할줄도 모르고 슬퍼할 줄도 모른다. 牧歌的인 風景의 構意는 철없는 植物의 倫理다. 내 오랜 記憶을 支持하고 있던 腦細胞의 分烈.
> 너의 肉體는 머언 山脈이 되고 기인 行列은 行列이 쓴 死面의 表情을 모른다. 거울은 거울의 思想을 忘却하였고 얼굴 얼굴은 제 얼굴보다 行列의 얼굴을 다 잘 안다. 다리와 다리, 凱旋하는 類概念의 旗幟.
>
> —≪壁≫ 1,2 연

> 名匠의손으로된바도않인壺를나는寢室에두고바라본다내가壺를좋와하는것은水平을가진美麗한파라솔파라솔은않이다. 壺心않인壺心의風景은오므려들고伸張되고萎縮하고……僞善하는壺는그實少女도않이요琉璃窓도않이요壺다.
>
> —≪壺 1≫ 전문

그러나 만주 생활의 시기에 주된 시적인 소재로 선택된것은 궁핍하고 억압받는 현실의 모순이며 표현의 기법에서 리얼리즘적 성격으로 바뀌고있음을 발견하게 된다.

가야금아
전해오는 이 땅의 슬픈 역사
오늘에 울리어 줄을 튕기느냐?
나라 망하니 가야산 깊은 산 속에서
마디마디 울리던 애연한 가락

울면서 타는 소리냐?
타면서 우는 마음이냐?

그 소리에 움직여
집집마다 소리 없이 창문을 열고
그 가락에 취하여
길 가던 젊은이들 발길 멈추는데

여인아
불러도 오지 못할 옛 기억보다도
저녁이면 등잔에 심지 돋구고
사람들 불러 열두 줄 튕겨야 한다

자라서도 그리운
어머니의 자장노래
잃었기에 찾아야 할
조국의 노래란다

—≪가야금에 붙이어≫

≪가야금≫이라고 하는 고유한 악기에 의해 살아 숨쉬는 민족적 얼을 드러내기도 하지만 ≪창문≫이라고 하는 뚜렷한 특징성이 없는 개념에서 역사를 비추고 세월을 기록하는 냉정한 인간적 모습을 형상화해 내고있다. 이 시기 시인의 주요한 관심사가 무엇이며 그를 작품화하는데서 그의 시각이나 목청이 얼마나 넓게 열려져 있는지를 충분히 알수있게 한다. 작품 두 편을 더 추려 인용해 본다.

마을도 없는
산비탈에 서 있는 외진 山間驛
하늘엔 눈발이 뿌연데
待合室은 지친 얼굴들로
가득차 있다

(중략)
쫓기는 신세라 이제 또한
얼마나 많은 눈물
무거운 근심을
이 大陸 황무지에 쏟을 것인가
—≪大肚川驛에서≫

이제 한 시간 지나야
바꾸어 탈 열차는 온다는데
갈 곳 없는 流配의 길에
나의 위치를 나는
어데로 정해야 옳을고?

담배라도 피워보자
아무도 없는 곳

들판에서나 한번
고개 번쩍 들어보자
—≪한 交叉驛에서≫ 4,5 연

고향 사투리가 듣고 싶어
오 가는 사람들로 붐비는
저녁 停車場으로
내 蹌踉이 나아오다

(중략)
人生은 뭇 자욱 어지러운
三等待合室
행복보다도 不幸으로 가득찬
三等待合室.

(할머니 그 늙으신 몸에
北行列車를 더 타시렵니까?)
눈물의 북쪽 만리 아하하
쫓기우는 족속이여
—≪三等待合室≫에서

차를 기다리는 몸이지만 명확한 목적지가 없는 사람들은 그야말로 뿌리 잃은 나무줄기나 줄기 떠난 잎사귀와 같은 존재로 기다림과 방황의 미묘한 조화는 이 시기 김조규 시에서의 기본적인 정서적내용을 이루고있다.

수난을 받고있을망정 언젠가는 민족의 밝은 내일이 반드시 오고야 말 것이라는 믿음은 시인에게 이 시기에도 변함이 없었다. 이는 방황에 방황을 거듭하면서도 스스로 위안을 삼고자 한 다음의 작품에서 자세히 알아볼수 있다.

벌판 위에는
갈잎도 없다. 高粱도 없다. 아무도 없다.

鍾樓 너머로 하늘이 무너져
黃昏은 싸늘하단다.
바람이 외롭단다.

머얼리 停車場에선 汽笛이 울었는데
나는 어데로 가야 하노?

호오 車는 떠났어도 좋으니
驛馬車야 나를 停車場으로 실어다 다고

바람이 유달리 찬 이 저녁
머언 포풀라 길을 馬車 위에 홀로.

나는 외롭지 않으련다.
조곰도 외롭지 않으련다.

—≪延吉驛 가는 길≫ 전문

비교적 짧은 형태를 갖고있는 작품이지만 담고 있는 의미는 아주 풍부하다. 즉 의도적으로 희석된 공간을 펼치고 죽음처럼 싸늘한 황혼속에서 오갈데 없이 방황하는 화자를 등장시킨 뒤, 어데고 떠나야 한다는 일종의 강박관념을 드러낸다. 그리고 홀로 방황하지만 그래도 외롭지 않으려고 하는 노력을 보여줌으로써 이국 타향에서도 끝까지 갖추고자 하는 민족적인 영혼을 내비친다.

이 시기의 작품에서 전 시기와 비교할 때 이국적인 분위기가 배경적인 요소로 많이 작용함과 동시에 물의 이미지가 사라지고 육지의 상황이 강조됨을 발견하게 된다. 다음의 작품은 그 보기가 된다.

山 하나 없다 둘러보아야 기인 地平線
슬픈 葬列처럼 黃昏이 흐느낀다.
저녁이 되어도 눈을 못 뜨는 이 마을의 들窓과
胡弓의 줄만 고르는 瞑目한 이 마을의 思想과

胡弓
아픈 傳說의 마디마디 哀然한 曲調

기집애야 왜 燈盞을 고일 줄 모르느뇨?
늬 노래 듣고 어둠이 점점 짙어오는데 오호

胡弓 어두운 들窓을 그리는 記憶보다도
저녁이면 燈불을 받드는 風俗을 배워야 한다.
—≪胡弓≫에서

물론 이 시기 김조규의 시작품에서 보여주는 기본적인 내용들인 민족의 현실적인 모순에 대한 강도 높은 폭로와 비판이 개인적인 방황과 일부 감상적이고 퇴폐적인 분위기와 혼재하는 양상을 보이는데 이는 시인의 의식세계의 혼란상을 그대로 드러낸다 하겠다.

V. 결론

이제까지 김조규의 해방전 작품에서 그 주제의식의 변화상을 알아보았다.

우선 초기 작품에서의 현실적 모순에 대한 인식은 초기 창작에서 구체적인 양상으로 나타나는 것은 아니지만 일제하의 식민지 사회의 불합리에 대해 명확한 비판의식을 갖추고있었으며 현실비판의 의식은 대체로 고향 상실과 그것에 대한 그리움을 통해 많이 드러났다. 또 고향을 이별한 방랑자는 곧 나라 잃은 식민지 백성의 방황을 보여주는 것으로 극한 상황에서의 인간의 체험을 보여주는바 그가 토해내는 것은 짓밟힌 어머니—잃어버린 조국에 대한 피타는 부름 다름이 아니였다. 그런데 ≪어머니≫에 대한 그리움이나 안타까움은 보다 넓은 의미에서 여인에 향한 시인의 관심과 의지로 이어졌고 현실의 암흑상에 대한 시인의 인식은 기법상 시어의 선택에서도 그대로 드러나 있었다.

이처럼 현실에 대한 비극적인 인식의 깊이는 여러 가지 수단에 의해 이루어져 있지만 그러나 시인의 의식에서 그러한 모순을 해결하기 위한 적절한 방도가 세워지지 않을 때 자칫 방황 끝의 좌절감과 도피상을 드러내기 십상이였다. 물론 그의 시의 중요한 특징의 하나로 되는 강렬한 선동성도 현실적인 모순의 해결을 위한 하나의 적극적인 몸부림인 동시에 그의 시가의 남성적인 성격을 결정하는 고유의 어조와도 같은 것이였다.

동인 시절의 그의 창작을 보면, 이국적인 상황까지를 곁들이면서 기존의 륜리 내지 질서를 부정하고 악마적미에 탐닉하는 등 이른바 초현실주의의 세계를 지향하고있었고 그런 지향을 바탕으로 앞선 시기보다 훨씬 다양한 기법을 추구하고 효과적인 예술적 구사력을 선보이였다. 이 시기 시인의 작품에 빈도수 높게 등장한 시적인 대상은 대체로 밤, 바다, 여인, 담배연기, 창문, 황혼 등으로 다양해진 시각은 세계 인식의 폭과 깊이를 더해줄수 있는 기회로 시인의 창작 과정에서 소중한 경험으로 작용했다.

만주에서의 창작은 동인 시절의 이색적인 추구를 벗어나 다시금 현실의 모순 상황에 초점을 맞추면서 리얼리즘적인 성격을 띤 과정이기도 하였다. 잃어버린 조국이 나마 그리움에 사무치게 하고 밀려드는 향수병은 궂은 持病으로 시인을 괴롭혔고 따라서 이 시기의 주요한 시적 소재는 궁핍하고 억압받는 현실의 모순이며 리얼리즘적 표현으로 이러한 주제의식을 나타내고있었다. 또 이 시기의 작품에서 전 시기와 비교할 때 이국적인 분위기가 배경적인 요소로 많이 작용함과 동시에 물의 이미지가 사라지고 육지의 상황이 강조됨을 발견하게 되었다. 그러나 이 시기 시인의 시작품에서 보여주는 기본적인 내용들인 민족의 현실적인 모순에 대한 강도 높은 폭로와 비판이 개인적인 방황과 일부 감상적이고 퇴폐적인 분위기와 혼재하는 양상을 보임은 시인의 의식세계의 혼란상을 그대로 드러내는것이였다.

戀 心

그대 이곳 차저올이 업스련만 동무 그리는 맘이라
행여나— 하는 가이업는 바람으로
오날ㅅ 밤도 단잠에 꿈꾸지 못하고
홀로 눈물지며 이 한밤을 새웠노라.

오늘 나는 거리로 헤매엿나니
사람이 물ㅅ결치는 밤의 거리를
그대도 함께 비틀거린단 말을 들었습니다.

그대 그리는 마음에 미친 사나이가티
오늘도 나는 집집 문을 두드려 보앗나니
맛난들 무슨 시원함이 잇스며
손목 쥔들 무슨 반가움이 잇슬가만
정열에 타는 압흠이라 그대 그리워
오날도 집집 문을 두드려 보앗노라.

아아 동무 찻는 마음에 그리움이여
찻든 이 못찻는 가슴의 애닯흠이여
이 맘 이 가슴에 차고 찬 슲은 생각을
이러케 어느 곳에서 알어나다우.
≪朝鮮日報≫ 1931. 10. 5

歸省詠

당신이 업섯드면 무엇 보고 차젓으리
이곳은 골 깊으고 길 험악한 곳이어늘
내 무엇 바라보고서 이 山 길을 걸었으리

당신을 만낫슬 때 아득함을 늣겻나니
그동안 가슴 속에 싸힌 설음 북바쳐와
눈물이 앞을 가리워 벙어리가 됏엇노라

당신은 청춘이요 나도 또한 젊엇거늘
이 나라 젊은이게 엇지 설음 업슬가만
모든 것 설업다 말고 서로 밋고 지냅시다.
1931. 8. 13作
≪朝鮮日報≫ 1931. 10. 16

검은 구름이 모일 때엔

북풍은 뭉게뭉게 일어나는 검은 구름을 몰아
임종하는 사람의 찌푸린 얼굴처럼,
가슴 답답한 잿빛 하늘로 성큼성큼 몰려오나니
친우여 소낙비 쏟아지는 가두(街頭)로 뛰여 나오라.

암흑색으로 서린 뭉치
봄 하늘에 끼는 비단 같은 구름이 아니며
가을 하늘에 떠오르는 솜 같은 구름이 아니다.
그는 거친 바람과 굵은 비를 끼고 오는 구름쪽

음산한 분위기를 품고 북으로 북으로 달려가나니
친우여 폭풍우 맞으러 가두로 뛰여 나오라.

개미 떼가 이곳 저곳에서 슬금슬금 기여 오르고
몇 세기 동안을 뭉치고 쌓인
검은 구름의 커다란 진군(進軍)이
멀리 저 멀리 검은 산마루에서 머리를 들고 움직일 때
가슴에 얽힌 붉은 핏줄이
급한 가락으로 용솟음치나니
친우여 우렁찬 노래 부르러 가두로 뛰여 나오라.

험한 바람 거친 비가 산천을 휩쓸 때에는
가난한 무리가 삶의 뿌리를
깨뜨러진 력사 위에 박으려 하고

사나운 짐승의 부르짖음 같은 우뢰 소리가 나는 곳에서
헐벗은 무리의 잠든 생명이
싸움의 터전으로 행진하려니
친우여 새 × × 옵건설하려 가두로 뛰여 나오라.
1931. 1. 10

≪東光≫ 1931. 10

廢墟에 비친 가을 夕陽이여

<枯木에 새긴 노래>

이끼 ㅁ은 옛 城터에는
피서린 歷史의 슲은 記錄을 간직한 枯木이 섯나니

지금은 사나운 비에 부딪히고 험한 바람에 시달려
구멍이 숭숭 뚫인 피의 輪廓만을 남기고 있나니…

언덕 밑에 흐르는 피빛 냇물이
붉게 붉게 물들인 枯木의 그림자를 싣고 흐를 때
음산한 가을 바람에 창백한 닢은 떨어지고
옛 꿈을 조상하는 풀버레의 목메인 울음만이 들리는구나

나는 지금 枯木을 부둥켜 안고 처참한 옛 일을 더듬어 보나니
지나간 날 맞이막 숨을 끊는 兵士의 悲鳴이
이 城 밑 저 담 아래서 들리는 것 같으며
삶의 脈搏이 뛰는 사나희의 발거름이
骸骨의 그림자가 되여 날뛰는 것 같구나

아아 落葉을 嘆息하는 슬픈 枯木아
무너진 城壁우에는
너의 맥없는 그림자가 비취엿나니
젊은 가슴을 아프게 하는 廢墟의 夕陽이여
1931. 10

《批判》 8호 1931. 12

붉은 해가 나래를 펼 때

—濃霧속에 보내는 노래—

미끈미끈한 안개가 누리를 덮을 아침에
터질듯한 가슴을 아침 안개 속에 풀어 헤치고
붉은 火焰이 오르는 듯한 눈瞳子를 하날로 向하여

핏줄이 서리어 핏덩이가 툭툭 튀어 나오도록
나는 힘찬 노래를 이 겨레의 잠든 生命을 向하여 부르나니
친구여 노래와 함께 鍵盤에 손가락을 눌러라.

안개 끼인 오늘 아침 나의 聲帶에서 떨치는 노래는
屍體를 옮기는 者의 부르는 구슬픈 輓歌가 아니며
오늘 아침 이 겨레의 잠든 生命을 向하여 부르는 노래는
내음새나는 頹廢詩人이 부르는 데카당의 노래가 아니다.
이는 가슴속에서 깊이깊이 끌어 나오는 우렁찬 × × 의 노래
鎔鑛爐 붉은 쇳물 같이 뜨겁고도 씩씩한 웨침이니
친구여 그대들도 이불을 박차고 침묵을 깨치리라.

靈氣를 잃은 눈瞳子와 같이 몽롱한 이 아침에
濃霧 속으로 보내는 이 노래는
비록 伴奏없는 외마디 소리가 흘러나와도
구름장 너머로 남모르게 먼동이 틀 때에는
사나운 짐승의 發惡 같은 싸이렌이 이를 伴奏하리니―
오늘 아침 부르는 노래는 여름밤 모기소리 같이 가느다란 소리가
흘러나와도

東녁 하날에 붉은 해가 나래를 펼 때에는
濃霧 속에서 니러날 아우성 소리가 이와 合唱하리니
친구여 고개를 들고 일어나 拍子와 맞추어 노래를 불러라.

≪朝鮮中央日報≫ 1931. 12. 23

1932년 ◉

한방울의 눈물이 貴하거든

꽃다발로 장식한 상여 뒤를 따라가면서
슬픈 弔歌를 부르며 느껴우는 者여
北邙山 피리소리에 귀를 기우리지 말라
다시 못볼 어머님의 얼굴을 幻想하지 말라

베옷에 몸을 감고 墓地로 가는 좁은 길을 걸으며
죽엄의 輓章과 殘忍을 노려보는 者여
그대의 貴한 눈물을 무덤ㅅ길에 떠루지 말라
사람의 눈물이 그리 값없지 않거늘

우리들 한방울의 눈물이
一萬사나이의 가슴에 떠러질 때
뭇사람의 情熱이 鎔鑛爐같이 끓어 넘치고
우리들 한 방울의 눈물이
젊은이의 血管에 비창한 音響을 떨칠 때
世紀를 걸어가는 사나이의 핏줄에 굵은 脈搏이 뛰겠거늘
그대여 그 貴한 눈물을 무덤길에 떠루지 말라

거짓과 간사 온갖 궤변과 속임
사람의 머리로 발끝까지 虛僞의 濁流가 흐르고
사람이 참된 눈물을 잃어버렸거늘

우리들 한방울의 눈물이 貴하지 않은가
눈물이 모이는 곳에 情熱이 있고

情熱이 끓어 넘치는 곳에 거룩한 깃발이 휘날리나니
그대여 귀중한 눈물이어늘 헛되이 흘리지 말라

屍體를 옮기며 눈물을 흘리고
죽엄을 붙잡자고 몸부림치는 것은
우리는 그런 消極的感情을 청산한지 오래다
보라 우리들 젊은 사나이의 핏줄에는
콸콸콸 삶의 핏줄이 용솟음치고
數世紀동안 × ×에 시달린 우리들 가슴속에는
× ×에 불타는 샛빨간 염통이 뛰고 있거늘
오오 그대여 귀중한 눈물을 헛되이 흘리지 말라
－1932. 正月－

≪朝鮮中央日報≫ 1932. 2. 22

땅덩어리가 깨여질 것을

이번에 벌써 열아홉번 땅을 두드렸고
열아홉번 긴긴 한숨을 내어쉬었다
그동안 광이든 나의 손바닥은
돌밭을 파기에 반이나 무즈러젓다.

나는 광이를 손에 쥘 때마다
독수리 주둥이같이 날카로운 광이뿌리가
얄미운 땅을 向해 나려갈때에는
바위가 부서지고 땅덩어리가
깨여질 것을 철석같이 믿었다.

그러나 광이를 들기에 내 손이 무즈러젔어도
바위는 고사하고 조약돌 한 개 튀지안는구나

광이를 든 내 손이 어깨 위로 오를 때마다
붉은 핏대는 굼틀거리는 배암의 허리같이
손등으로 부터 팔뚝까지 구비처 올랏고
充血된 눈은 大地를 노려보기에 불이 붙었다
아아 그러나 이렇듯 힘있게 메였든 것도
땅덩어리를 부셔버리기엔 너무나 弱하였구나

나는 비로소 깨달음이 있었다
내 아무리 니를 맷돌질하며 몸부림쳐도
그는 저들의 웃음거리밖에 안 된다는 것을…
보다는 우리들 百萬 무리가 步調를 가티하여
苦役에 시달린 팔뚝으로 광이를 손 높이 들 때
비로소 얄미운 땅덩어리가 깨여질 것을…

그래 나는 이번도 또다시 광이를 들었다
주림에 울고 치움에 떨고 있는 무리와 함께
새벽하늘을 우러러 노래부른 뒤
건실한 脈搏이 가슴을 쿵-쿵 울리는 아침
나는 또 다시 광이를 손높이 들었다

≪朝鮮中央日報≫ 1932. 3. 22

處女들이여 춤을 추라

大地는 어둠에 서리어 울고 있다
民衆은 怪物의 體軀같이 움직이는 엔진 속에서
마지막 숨을 끊는 병사같이 신음소리를 發할 때
아아 處女들이여 × 世紀의 貴한 딸들이여
大衆의 가슴에 × 을 붓고 춤을 추어라

그때 어린 少女들이 추는 춤은
싸쓰를 타고 흐르는 기름덩이의 亂舞가 아니며
淫蕩이 흐르는 젊은 男女의 乳房과 乳房을 부비며 추는 춤이 아니다
그는 우렁찬 노래에 꿈틀거리는 ××의 躍動
窒息된 大地의 가슴에 새로운 힘을 일으킬 춤이러라

한때는 地心의 불덩어리같이 뜨겁든 大衆의 가슴이 臨終하는
사람의 손끝같이 싸늘하여졌다
한때는 銅鐵같이 굳센 마음에 魂불든이 가티
쌀쌀하기가 寒山의 枯木같하여졌으니
아아 少女들이여 이 나라의 處女들이여
大衆의 가슴에 × 을니를 노래에 맞춰 춤을 추어라

數十萬의 어린 處女들 중에도
먹을 것 없어 주림에 울고 있는 處女여
입을 것 없어 치움에 떨고 있는 少女여
四肢를 못놀리는 傳統에 拘束된 處女여
배움을 잊어 世紀에 뒤떠러진 少女여
그대들만이 함께 손을 잡고 춤을 추어라

첫째 處女의 맑은 노래가 聲帶에서 떨처나옴이어
굶주린 무리들이 × ×의 × ×를 손높이 들고
둘째 處女의 가엷은 손이 흔들림이여
헐벗은 무리들의 잠든 生命이 × ×의 터전으로 行進을 하고
셋째 少女의 가벼운 몸이 움직임이여
눌린 무리들이 삶의 뿌리를 깨틀어진 歷史 위에 박으려 하고
넷째 少女의 목에서 快活한 웃음이 터저나옴이어
바뀌는 世紀의 쇠북소리가 우렁찬 音響을 떨처노리니
處女들이여 ×世紀의 귀여운 딸들이여
대중의 가슴에 ×을 못칠 노래에 맞춰 춤을 추어라
-1932. 正月-

≪女人≫ 1932. 6

[散文詩]

이날도 저들의 가슴엔

-端午ㅅ날-

초여름 붉은 太陽이 푸른 잔듸 밭으로 구을고
누런 송아지 긴 하품치며 한가로이 누엇슬 때
건느편 아름드리 늙은 느틔나무 그늘에선
마을 아가씨네들 웃음 꽃이 피엿다네
두둥실 올라가는 이 날의 꽃송이여
때마다 흔들리는 느틔나무의 잎사귀여

六月의 薰風 푸른 하늘에 가득 찻고
솜 같은 구름 산마락에서 굽실거릴 때

洞口밖 널분 마당에선 사람들의 어깨가 물ㅅ결친다네
배암의 허리 가티 핏대 서린 힘줄이여
소낙이 가튼 群衆의 拍手소리여

이 날은 즐거워라
절문 아가씨의 흰 얼굴에는 우숨의 분홍꽃이 피엿고
철모르는 아이들은 곰 색기가티 뛰고 있나니
보라, 깃발도 微風에 휘날리고
때느즌 뻐꾹새도 南山 허리에서 노래를 하는구나

하거든 하거든……
그넷줄을 붙잡고 法悅에 우숨지을 이날이거든
아아 저긔 저 山 비탈 조약돌 바테
구슬땀 흘리며 풀 뽑는 저 女人은 누구인가
녹아 흘으는 綠陰을 바라보며 기쁜 노래 부를 이 날이거든
밭기슭 흐릿한 나무 그늘 아래서
빨간 주먹을 떨며 느껴우는 저 어린애는 웬말인가

가슴 압허라 참혹하게도 빼았긴 저들의 명절이여
오날도 薰風은 초록색 白楊木 잎에서 노래를 하고
꾀꼴새 욱어진 숲 속에서 나래를 흔들건만은
아아 이날도 저들의 뼈짬의 기름은 말으는구나
아아 이날도 저들의 염통엔 고름이 고이는구나
-1932.6월 풀 뽑는 女人을 보고 寧遠끔서-

《朝鮮日報》 1932. 7. 2

어버이 잃은 당신 가슴이

—歸鄕의 첫 길로 慶源,西岡에게—

늙으신 어버이 머리에 그리기만 하기로
눈 가죽이 뜨겁다 하거늘
어려서 입맞추어 주시든 어버이
굴 속 같이 음침한 房에 누어 계신 채
蒼白한 입술을 떨며 臨終하셧다 함이여

때로는 입을 열어 당신의 神經을 興奮시키엇고
때로는 고사리 같은 손에 채쭉을 들기도 하엿사오리
그러나 그 말슴은 아들을 위한 訓戒의 말슴.
그러나 그 채찍은 아들을 위한 사랑의 채쭉.
이렇듯 위엄과 사랑이 넘쳐흐르든 어버이
마즈막 갈 때에도 남과 같이 물 한 잔 마시지 못하엿단 말인가

不幸한 그 몸이 못된 이 땅에 떨어진 바 되어
가난에 찌들리고 苦役에 시달리어
배 고프실 때 밥 한술 배부르게 먹으시지 못하고
추우실 때 옷 한벌 뜻뜻이 입지 못하시고
臨終하실 때까지 어름짱 같은 冷突에서
藥 한 첩을 남들과 같이 쓰시지 못하옵다
怨恨과 눈물을 이 땅에 뿌린채 떠낫사옵거늘
아하 蒼白한 어버이 얼굴을 들여다 보는 당신 가슴을
칼로 찔러 어름을 쏟아 넣은들 무엇이 시원하오리

남들은 집에 개(犬) 한 마리가 죽어도
꽃다발로 장식을 하여 동산에 묻어두거늘

가난한 몸이라 弔辭드리는 사람 없는 屍體를
장식없는 棺 속에 넣어둠이여
홀로 따라가는 당신의 悲憤한 가슴이 아하 가슴속이……
－1932. 3 寧遠에서－

《東光》 35호 1933. 7

懷鄕曲

그리워, 그리워 예 살든 내 故鄕이 그리워
오늘도 버들가지 푸른 언덕에 앉아
슲이, 슲이 코노래를 부르네
그리운 曲調, 말조차 닞어버린 옛날의 그 노래를

애닯어, 애닯어 내 가슴속이 애닯어
오늘도 나는 시냇가 풀밭에 누어
늣겨, 늣겨 휘파람을 부네
어릴 때 홍겨워 불던 풀피리 곡조 그 노래 가락을!

아아 닞어버린 옛날의 노래 가락이여
흔들리는 피리의 애닯은 音響이여
오날도 나는 창문에 외로이 앉아
붉은, 붉은 저녁 하늘을 바라보네
그 하늘 밑에서 뛰놀던 때를 머릿속에 그리며－

《新東亞》 9호 1932. 7

1933년 ◉

달빛 흘으는 浦口의 밤

구비치고 울부짓는 바다의 물ㅅ결-
머리털을 휘저으며 배 밑창에서 悲鳴을 치고
人跡 끊어진 埠頭에는 창백한 달빛이 흐를 때
깜박이는 고기배 불이 水平線 우에 哀傷을 그린다.

바다의 찬바람이 입빨을 깨물고 양철 지붕을 울리며 空虛한 밤한울로 지나고
웃둑 솟은 電線柱의 창백한 가슴을 두드릴 때
木船에선 썩어빠진 이 날이 지은 斷末魔의 悲嘆이 흐르는데
내가 무엇하려 깊은 밤 홀로 이 곳에 나와 울고 잇나
내가 웨 바늘 가튼 저 소리 들으며 헤매이는가

아하 달ㅅ빛 흘으는 港口의 밤이여
몇 시간 전 얼마나 暗膽한 그림자들이 이 위에서 비틀거렷나
飢餓에 푸득거리는 妻子들을 눈 앞에 그리며 漁船에 오르던 사나희들이
멀리 저 멀리 푸른 섬 감돌아 夕陽에 돌아올 때
수많은 고기 비늘이 落照에 번뜩거렷으려니
"어기 여쳐" 아름다운 노래 바다에 가득찻으려니

그렇다 아아 모즈락스럽게 깨여지는 저네의 뱃노래여
철썩 철썩 山더미 같은 고기를 埠頭에 나려놓을 때
그것이 마지막이엿구나, 탐스럽던 보배도 줄기차던 뱃노래도
(드르르 貨物車의 뒷모양 바라보는 얼빠진 눈동자)

아하 빈 손 씻고 돌아서는 바다의 사나이야
白銅貨 네 닢이 피 흘리며 쌓은 오늘의 代償이란 말인가?

가슴 아퍼라 달빛 깨어지는 바다의 물결이여
드높이 林立한 파리한 돗대(船柱)여
酒幕에선 船人들의 깨여진 愁心歌 길게 흐르고
흐늑여 울던 별이 抛物線을 그리며 떨어질 때
浦口의 밤은 울부짓든 아우성도 피비린내 나는 情景도
몰은다는 듯이 미끄러운 꿈 속에서 헤매이는구나
－1933. 11－

≪朝鮮文學≫ 2권1호 1933. 1

故鄕에 숨은 노래

故鄕
故鄕은 햇쓱한 팔을 펴서 나를 불읍니다
故鄕은 哀傷 가득한 노래로 나를 불읍니다

그래요 내 故鄕은 싀골입니다
거리를 떠나 열두 구비 깊은 골ㅅ작기
현란한 都市의 빛깔과 찬란한 이 날의 文明을 등진
山과 뫼가 마주 앉아 끝없는 沈默을 직히는
고요한 마을 밤중 같은 싀골이외다.

그러나 나는 이곧을 잊을 수 없어
마을의 山川이 그리울 때면

하늘을 우러러 슬픈 曲調로 피리를 불고
故鄕의 어머니가 생각키우면
구슲은 밤 落葉 소리에 눈물짓읍니다.

아아 걷고 싶은 마을의 좁은 길이여
높은 山이여 그리고 흘으는 시내여
늘어진 버드나무여
故鄕은 팔질하며 나를 불음니다
그러나 나는 멀리 故鄕을 등진 나그내외다.
故鄕 사람
故鄕 사람들이 그립습니다.
마음이 어린 아기와 같이 순박하고
얼굴이 南海의 土人보다도 검은
무쇠 같은 사나이 故鄕 사람들이 그립습니다

사람들은 비웃습니다
"무지하기가 深山의 곰보다 더하고
어리석기가 불나뷔 같은 싀골ㅅ사람
世紀에 뒤떨어진 뒤더쥐들이여"
不純한 音響과 濁流가 골목 골목에 여울져 흘으는
都市 사람들은 코웃음칩니다.

그러나 나는 그들을 어머니와 같이 그리워합니다
내음새나는 똥과 흙을 그의 아들과 같이 사랑하고
野心과 거짓을 그의 원수 같이 미워하는
소 같은 사나이 故鄕 사람들이 그립습니다.

≪新東亞≫ 15호 1933. 1

어머니와 아들
-눈 날니는 겨울 밤 街頭風景-

흰 눈보라가 突擊隊 같이 거리 위를 휩쓸고
살을 깍는 찬바람이 街路樹 가지에서 요란히 우는 都市의 겨울ㅅ밤.
검은 하늘도 얼고 땅도 얼고 街燈도 떨고 있는
이날 밤도 거리로 쫓겨 나온 어머니와 아들은
동태어(凍太漁) 같이 얼은 몸을 부등켜안고
어름장 같은 -道- 거리 한 모퉁이에 쓸어졌다

윙- 윙- 電線이 목메이게 울 때
아기는 문풍지갓치 창백한 입술을 떨며
어머니의 젖가슴을 파며 파며 얼골을 묻엇나니
행여나 시드른 乳房으로나마 목을 축일까
행여나 헤여진 옷자락으로나마 朔風을 막을까
그러나 아아 어머니 젖이 마른지 오래되엿고
찢어진 옷자락 사이론 붉은 살이 군데군데 나타나는 것-

骸骨같은 얼굴에 흐르는 눈물이어 흐트러진 머리털이어 끼여안는 여윈 팔이여
그러나 母子의 體溫이 박우이기를 거듭할 때
아가는 슬어지든 어머니의 心臟의 고동이
急한 調子로 뛰노는 소리를 들을 수 잇엇으며
어머니는 아들의 얼굴에 피여오르는 紅潮를 굽어볼수 있었나니

봄동산 같은 寢臺에서 기지개 펴는者여
치운 바람 母子를 거리로 내여쪼츤이여
그대들은 창 박게서 쓸어지는 母子의 모양을 보앗으리라

차디찬 屍體로 變했음을 굳이 믿었으리라
그러나 그대여 놀라지 말라
≪全線≫ 1933. 2

소(牛)

내가 핏덩이로 이 世上에 떨어질 때에
할머니는 나의 存在의 바다 같은 希望 끌어넘치는 기쁨에
값많은 거믄 황소 하나를 사주엇읍니다

그후……
내가 나희를 더하면 내 소도 나희를 더하고
내가 키가 자라면 내 소도 키가 자랏읍니다
그러나 내가 人間으로서의 意識이 생길 때
소는 벌써 연한 콩죽에 倦怠를 늣겻으며
窒息될 듯한 좁은 외양간의 空氣보다
牧草가 茂盛한 넓은 들의 大氣를 그렷읍니다

그리하여 담ㅅ벽을 향해 뿔질하던 내 소는
太陽과 같은 사나희 튼튼한 農軍을 따라
때로는 땀방울로 밭이랑을 적시엿으며
때로는 어스름 黃昏에 비탈길 집으로 오며
등에서 구슲이 부는 牧童의 피리소리에
귀기울이기도 하엿읍니다.

해는 거듭 지나 내 나이 다섯살 되는 어느 가을 날

洞里는 누런 조이삭 香氣에 가득햇고
사람들의 얼굴엔 喜悅의 붉은 꽃이 피엿을 때
내 검은 소는 어느 낯서른 사나희에게 끌니어 갓읍니다
아아 그날 멀리 살아지는 소의 뒷그림자를 따르며
얼마나 얼마나 울었는지요
보다도 움머— 움머— 구슬은 소리로
옛날의 보금자리를 떠나는 소의 우룸
어린 내 마음을 더욱 괴롭게 하엿읍니다

흐르는 歲月은 끝없이 흘러
내 허덕이며 四十의 절반을 바라보는 오늘도
검은 소의 그림자가 나의 시선을 스치면
어린 가슴에 離別曲을 불러준
그날의 내 소는 앓인가 하는 가이없은 바람과
옛날의 그때가 아하 소의 그림자를 따르며 슲이 울던 옛 記憶이
空虛한 내 마음을 미칠 듯이 괴롭게 합니다.

≪新東亞≫ 16호 1933. 2

가을의 嘆息

유리 같이 맑게 개인 높은 한울엔
病들은 나무 닢이 누울 자리를 찾아 헤매이고
뼈만 남은 앙상한 나무가지에서는
黃金色 가을 바람이 쓸쓸한 노래를 끊임없이 불으나니
가을 가을 아아 청상과부의 얼굴 같은 가을이여

타올으든 여름 太陽과 싸우던 뜰 앞에 꽃 포기들은
찬 서리를 마저 붉은 입술을 떨다 쓸어졌고
죽음을 불으는 輓歌와 같은 귀뚜라미의 울음소리는
傷處받은 내 가슴에 핏물을 괴이게 하나니—

아아 이 가을에 눈물짓는 이 얼마이며
무너져 오는 가슴에 몸부림치는 자 얼마이냐
기럭 기럭 흘러가는 기러기의 울음이
北쪽 하늘에 구슬픈 譜表를 지어놓으니 외로워라
둘 곳 없는 내 마음 갈내갈내 찌저지는구나

아아 落葉ㅅ속에 쌓인 가을의 悲哀여
시냇물 같이 새여드는 灰色의 寂寞이여
그러나 울지는 말자. 슬퍼하지는 말자
哀傷 가득한 가을 노래에 귀기우리지 말자
하면서도 눈물나는 이 마음을, 아아 터지는 이 섧음을—
— 1932. 10 —

《朝鮮中央日報》 1933. 7. 14

이날의 農村은

—여름 아침 農家 風景—

일은 아침 명랑한 닭의 우룸ㅅ소리를 따라
밤은 검은 나래를 고요히 고요히 거두고
꼬리를 길게 흔드는 물ㅅ 소리를 타고
밝음의 使者, 太陽은 구름 새로부터 白金 화살을 쏜다.

길가 높이 자란 옥수수 닢에는
處女의 눈동자 같은 銀구슬 이슬 방울이 매처 잇고
마당귀 썩어진 싸리바주 위에는
호박꽃이 풀은 넉울 새에서 벙긋이 웃는다

쇳소리보다도 맑은 매암이의 노래 소리가 골에 찻을 때
農家의 젊은 안악네는 샘ㅅ물 그림자를 거울삼고
오막사리 굴둑에선 한 줄기 흰 煙氣가 하늘로 기여올으나니
오오 맑고도 깨끗한 農家의 여름 아침이여

그러나 길ㅅ가 옥수수 닢에서 무릎을 꿇고
맑은 눈동자를 굴리는 銀구슬 이슬방울은
일은 새벽 물깃는 저 안악네가
가슴 찌저지는 苦痛에 흘닌 눈물인 줄을 누가 알 것이며
줄기, 줄기 외줄기 떠오르는 저 煙氣 속에
끼새를 건느는 저들의 한숨이 서리엿음을 누가 알 것인가
아아 오양간엔 骸骨 같은 송아지가 누워잇고
안악네의 물동이에선 박아지가 구슬피 하소연을 하는구나

하거든 —農家의 여름 아침 찬미하는 者는 누구이며
"아름다운 農家의 아침"은 누가 웅얼거린 잠꼬대이냐
언제나 맥물 같은 희멀검한 죽으로 쫄아든 뱃가죽을 넓힌 후
가을 날 생길 悲劇을 모르는 바 않이엇만은
힘없는 다리로 이슬방울을 밟는 저들에게도
이날의 아침을 노래해야 된단 말이냐?

아아 아침마다 무심한 참새떼는 새날의 太陽을 讚美하고
풀밭에선 벌레들의 合唱隊가 처량히 노래하건만
이날의 農村은 喜悅을 잃어버렷구나

—鄕里인 寧遠에 돌아와서—

≪농민≫ 1933. 8

누이야 故鄕 가면은

누이야 네가 만일 故鄕에 돌아가며는
밤이면 밤마다, 저녁이면 저녁마다
마을의 좁은 길과 높은 山이 그리웁다고
울며 한숨짓는 故鄕에 돌아가며는—
흐릿한 봄날,
시냇가 버들피릿 소리 흘러오며는
너는 玉 같은 물과
느러진 버드나무를 머리에 그리엿고

비 개인 여름날
춤추고 잇는 뜰 압페 봉선화를 보며는
너는 마을의 푸른 산과
장난치던 동무들이 그리워
창문에 귀 기우리고 서글픈 曲調 외마디 노래를 읊었지.

그리고 내 사랑하는 누이야
街路樹 붉은 닢이
輓章같이 가지 끝에서 떠는 가을날,
騷音에 석기어 어스름 黃昏이 고요히 기여들 때,
말라붙은 都市 지친 다리로
沙漠을 것든 네 마음은
구수한 벼 香氣에 웃음을 담은 얼굴들

순박한 農軍들의 幻影에 가슴을 뜯었지

그러나 네가 만일 故鄕에 돌아가며는
그리움에 사무친 가슴에
크고 맑은 希望을 한 아름 안고
故鄕의 山川과 좁은 길을 걸을 수 잇다며는,
아아 내 사랑하는 누이 새날의 딸아
아하, 누이야 이 날에 農村은 喜悅을 잃었단다
(이하 5行削除)
누이야 네가 만일 故鄕에 돌아가며는－
녹아날이는 물빛을 등지고
大地에 엎드려 우는 마을의 痛哭을 들을 수 있다며는－
그리고 참혹한 故鄕의 얼굴을 볼 수 있다며는－
≪朝鮮日報≫ 1933. 10. 12

좀 먹는 時代의 廢物이여

미끄러운 밤－몽롱한 달빛에 고요히 앉어
「세레나드」의 구슬픈 曲調를 외우는 感傷詩人－
썩어지는 魔都의 빩아케 타는 心臟을 더듬으며
찬란한 色燈아래 脚線美를 禮讚하는 感覺詩人－
그리고 매마른 나뭇가지 아래 홀로 기대어
서글픈 휘파람으로 落葉을 嘆息하는 自然詩人－

詩人아 女人의 들창 밖에 외로이 서서
어스름 달밤의 誘惑을 노래하는 것이 그대의 가장 높은 詩篇이
엇든가

詩人아 輝煌한 五色의 照明 아래서
새빩안 情熱의 입술을 노래하는 것이 가장 아름다운 藝術이엇든가
詩人아 창백한 憂愁가 앉은 霜葉우에
가늘게 꽂은 譜表가 가장 깨끗한 노래엇든가

아하 좀먹는 時代의 廢物이여 얼크러진 輓歌여
깨여진 「끼타」의 끊어진 줄을 고르는 가엾은 마음―
넋없는 詩篇을 정성껏 어루만지는 파리한 손가락 詩人아
女人의 裸像을 노래하기엔 너무나 時代의 수레가 굴럿다,
落葉을 읊기엔 너무나 强熱한 建造의 音響이 고막을 울린다.

숨쉬는 「미이라」여 죽음을 부르는 詩篇이여 「잉크」의 파란 嘲笑여
저기 새벽은 東쪽 하늘로 화살을 쏘으며 달려오나니
(어이하겟나 참말로 어이하겟나)
잠겻든 暗黑을 뚫고 颱風 같이 달려오는 새날의 威嚴을―
民衆과 民衆의 핏줄은 高度로 뛰고 잇나니
―時代의 廢物이여 언제까지나 곰팡이쓸은 詩稿를 뒤지겟는가?
―浿江에서―

≪東亞日報≫ 1933. 12. 23

1934년 ◉

歸鄕者

歸鄕者－
그는 지금 외아들 잃은 寡婦와 같이 넋 잃은 가슴을 안고
故鄕의 거리 우를 울며 헤매인다

故鄕 떠나 흩으기 오랜 歲月－
大理石 같이 싸늘한 마음 우에도
마을의 山川을 깊이 깊이 彫刻해 두엇고
都市의 거리를 바람에 불리우기 긴 歲月－
怒濤 같이 거칠어진 머리에도
오히려 창백한 鄕愁에 눈물짓나니
故鄕의 높은 山과 늘어진 버들－
이는 나그네의 아름다운 하나 幻像이엇나

그러나 아아 歸鄕者의 가슴에 칼을 꽂음이여
故鄕의 거리, 너 창백한 달 아래 엎드린 마을의 山川아
늙은 歸鄕者－ 그는 지금 자명燈 희미한 옛 거리를 헤매이며
꽃時節의 아득한 記憶을 되풀이하고 잇으나
素服한 大地에 달의 차가운 嘲笑만이 흘으고
그는 지금 서리 찬 바람을 한 아름 안고
지나간 날 퍼져 울리던 洞里의 아름다운 民謠를 외이며 보나
얼어 떨리는 마을의 痛哭에 曲調마저 흐리어짐을－
낯선 돌집이여 嗚咽하는 이웃들이여

(얼어붙은 땅아 두 갈래로 찢어지라

파리한 女人이여 얼굴을 돌리라)
창백한 달빛 아래 우는 歸鄕者
그는 지금 터진 心臟의 피를 눈길에 띄우며
낯설은 故鄕의 거리를 울며 헤매인다. 울며 비틀거린다.
—1934年 1月 寧遠에 돌아와서—
≪朝鮮中央日報≫ 1934. 2. 16

祭司長이여 祭司長이여

두 대의 聖燭이 줄줄이 녹아나리고
거룩한 聖歌의 曲調 고요한 空氣를 흔들어 놓을 때
경건한 마음— 흘러드는 고요한 瞑想에
祭壇 앞에 엎드린 마음의 어리석음이어
초불이 꺼물거리며 壁 위에 검은 그림자를 그리고
무거운 沈默이 흘으는 어스름한 방 안에는
聖婦의 옷자락 소리만이 스르르 미끄러질 때
하얀 恐怖에 떠는 가슴—두 팔을 들어 祭壇의 香爐에 香불을 피움이어
太陽이 푸른 하늘에서 生命을 안어주는 이날
누가 그대에게 그런 聖訓을 가르처 주든가
비—발같이 내리는 비웃음—
구름같이 떠오르는 侮辱—
이는 末世에 處한 聖神의 受難이란 것을……
그대 가슴속 철석같이 믿고 있음은
한울로써 내릴 유월절의 災禍이겟고
그대 가슴 속에 깊이깊이 그리고 잇슴은
天使가 노래하는 사랑의 王國—永世無窮의 天堂일너라

그러나 어이하리 얼빠진 幻想에 웃음짓는 가엾은 生命이여
그대가 그리도 精誠을 다해 피우는 聖爐의 꺼지려는 香불은
날이 흘을사록 재(灰)만 가득해지고
그대가 가슴 속 깊이 깊이 간직하고 잇는 十字架는
거리를 멕구는 데모의 行列에 無慘히도 발피여 버렷나니
언제까지나 그대는 무서운 豫感에 戰慄하는 街頭에 업드려
흐트러진 十字架의 破片을 뭉으려는가
언제까지나 그대는 夢幻의 演幕 아래서 노래를 불으며
갈갈이 찢어진 피무든 「마리아」의 畵像을 붓치려는가
아하 神怒의 번개 같은 채쭉과 「人子」의 審判날을 그리는 無智함
이여
지금은 여름- 그 중에도 八月
창공에는 붉은 太陽이 나무가지로 줄줄이 녹아나리고
江과 물과 꽃과 풀 그리고 우거진 숩풀
萬象이 삶의 躍動에 춤추고 노래하나니(下略)
-1934. 湨城에서-

《形象》 창간호 1933. 2

無名鳥

無名鳥
마음의 창 밖에서 슬피 울던 無名鳥

주둥이를 싸늘한 유리창에 쫏타
나래를 피식은 虛空에 퍼득거리다
적은 두개의 가을 湖水
맑~안 두 알의 구슬,

싸늘한 가을비가 나리고
새파란 가을바람이 불었다
(내가 왜 창문을 열어 주지 않었나
내가 왜 노란 안식을 주지 않었나)
비 젖어 슬피 울며 날아간 뒤
자취는 유리창에 그린 서러운 譜表뿐—

아아 無名鳥
지금 그는 깊은 밤 별들이 자장노래 헤이고
나는 유리창의 曲譜를 외인다.
—1934. 4 漢城에서—

《朝鮮日報》 1934. 4. 9

離別

—떠나는 宋, 朴을 보내며—

쭈루루 쭈루루 구슬픈 소리
밤비는 애스팔트 우에 哀愁의 詩篇을 그리고
눈물어린 燈불은 비 오는 驛頭에 홀로 넋잃고 섯을 때
분홍빛 三等票에 빈주먹 든 나그내,
동무는 지금 비젖은 밤의 平原을 지나 東쪽으로 달린다.

"故鄕은 파리한 얼굴로 나를 불은다.
故鄕은 울음 섞인 노래로 하소연한다"
都下의 뒷골목은 물 흘으기 긴 歲月—
동무는 해맑은 술잔 우에 이렇게 배앗지 않었든가

창백한 노스탈쟈, 노-란 幻像에 아른거리며……

허거든 그 하늘 그 바위에 피올으는 진달래만 보고
비 내리는 이 밤, 東쪽거리로 굴러감은 웬 일인가
昇降臺 우에 나그네의 그림자들마저 살어지니
동무야 旅費나 充分한가, 점심값이나 있는가
아하 離別, 다리 떠러진 네 안경이 비물에 흐렸고나.

出發의 汽笛이 가슴에 긁어 든다.
여윈 얼굴 우에 빗물이 흘러나린다.
그러면 동무야 잘 가라, 물길 천리 뭍길(陸路) 千里.
東쪽거리는 太陽의 거세인 合唱으로 새벽이 움직이리라
버들꽃 날으는 애스팔트에 동무들의 발소리 가득 찻으리라
(하나 동무야, 子正 넘은 밤거리 돌아오는 내 발소리가 너무나 외롭구나)
-1934. 涓城에서-

≪朝鮮中央日報≫ 1934. 4. 5

제비

나 어린 집씨-
火色을 걷는 외로운 放浪群-

오날도 비저즌 빨래줄 우에 나라니 안저
航海의 시달린 죽찌를 고요히 덮고 있다.
파리한 鄕愁—
漂白의 悲哀—

조잘거림은 쫓기운 南國의 풀은 이야기
공중에 그리고 잇슴은 漂浪의 슲은 記錄
椰子樹 빛 가득한 두 눈동자……
(아아 나는 제비의 푸른 날개를 슲을 수 업다)

그는 봄을 몰고온 追放當한 南國의 亡命客
나는 봄을 우는 슲은 배속에서
떨어진 世紀의 私生兒
(친구여 제비 나 一脈 通함이 있지 안흔가)
－1934. 봄 柳京에서－

≪朝鮮中央日報≫ 1934. 5. 4

汽車는 지금 이슬에 젖은 아침 平原을 달린다.
검은 나래들이 푸루루 푸루루 西쪽 산 넘어로 날아간 아침
우리들의 탄 急行列車는 지금 이슬에 젖은 아침 平原을 달린다.

바퀴의 구으는 强烈한 音響과 깨여지는 「레일」의 창백한 憂愁
거세인 動力과 푹푹 쏟아놓은 굴뚝의 검은 呼吸－
電信柱도 달린다 山도 움직인다 大地도 地軸을 잃엇다.
들들들 먼 大野와 끝으로 달리는 우리들의 억세인 行軍
소나무도 춤을 추고
언덕 우엔 내 어린 겨레들이 高喊치며 두 팔을 벌린다.

새벽을 찢으며 달리는 우리들의 行軍 앞엔
卑怯도 없다. 哀燐도 感傷도 모두 죽엇다.
보라. 저기 平原萬里에 붉은 情熱의 太陽 덩어리가 불숙 머리를
내밀엇고

悲歌의 作者,가마귀의 一群이 등성이 넘어 일제이 退却을 開始햇다.

田園이여 굉이를 부푸른 地心에 박으라.
工場이여 機械에 기름을 넣으라
娼婦여 깨여진 노래에 새로운 譜表를 꽂으라
太陽이 노래하는 明日의 都城을 向해
우리들을 실은 急行列車는 지금 이슬에 젖은
아침 平原을 지나 北으로 달린다.
－1934. 봄－

≪東亞日報≫ 1934. 5. 12

喇叭소리

라팔 소리가 흘러옵니다
처량한 音響이 마음을 울립니다

내 나이 열세 살 되던 어느 햇쓱한 가을 날,
曲馬團의 처량한 나팔이 우리 마을 저녁 노을을 울리여 놓았습니다.
아아 그 소리 듣는 내 어린 마음은 얼마나 뛰였을까요
하나 나는 그들의 우숨에 도취할 수 업섯고 曲藝師의 재조에 가슴을 죄일 수 업섯습니다.
十錢 白銅貨－ 그는 문간에서 나를 눈물지게 하엿습니다
한 것을 내 누이 동생에 후더운 사랑 눈물겨운 同情에 그날밤 콩알 가튼 염통과
조이는 가슴으로 曲藝師의 재조에 깨끗한 讚辭를 올리엇습니다.
그러나 여보시요, 바구니 속에서 꺼내준 때문은 구리돈 열 닙－

그 한 닙 한 닙에 내 누이 동생의 귀여운 純情이 서리엿음을 누가 알까요

아아 흘러오는 처량한 曲調여, 듣는 마음이여, 나팔소리가 흘러옵니다.
멀리 간 누이동생을 싣고 흘러옵니다.

≪朝鮮中央日報≫ 1934. 5. 26

밤마다 흩어진 마음을 안고

-街頭風景-

밤마다, 밤마다 흐터진 마음을 안ㅅ고
싸늘한 애스팔트 우에 비틀거리는 마음이여

北風이 운다. 街路樹가 새파란 노래 읊는다
摩天樓에 걸린 찬 달이 嫉視를 五色燈에 던지고
矛盾과 가쁜 呼吸에 都市는 헐떡인다

줄다름치는 輝煌한 光線이여 쇼윈도우의 透明한 虛榮이여
길바닥에 구르는 흩어진 넋아
가만이 귀에 손을 대이라. 가슴 쪼개는 저 소리,
世紀가 낳은 수많은 私生兒들의 悲鳴치는 저 울음소리-
(바람마지 쓰레기통이여 누가 자네를 네 옆에 던지드냐)

아하 朔風에 휘날리는 찌저진 옷자락이여 창백한 얼골이여
그러타、자네가 溫床에서 길바닥으로 쫓기워나왔으나

悲鳴과 歎息이 깊은 밤 街頭에서 얼키는 곳에—
그러타, 저 네의 뼈짬의 기름이 말라 붓터스나
虛空을 휘젓던 손가락이 엉키는 곳에—
밤마다 밤마다 가슴 속에 두 손을 언고 얼어붙은 한울아래 헤매이는 마음
—1934. 2—

≪文學創造≫ 1호 1934. 6

六月頃

六月의 풀으른 感觸이 얼굴을 쓰다듬는다
六月의 풀으른 바람이 초록빛 「스카—드」에 춤을 춘다

창공을 찢는 鮮明한 「푸로페라」 소리—
樂士를 부르는 森林의 푸르른 손—
黃金빛 불수레가 푸르른 잔듸 우에 구을고
白楊木의 수많은 눈알이 번뜩어린다

바닷가의 漁夫들이 海風에 흰 돛을 드노피 달고
南國의 亡命詩人—제비들의 이야기가 빨래 줄에 구른다

—이 푸르른 六月
—漲溢의 六月
아지 못할 긔운이 가슴 속에 차올은다
아지 못할 音響이 周圍에 울리운다.
1934. 6. 涓城에서

≪朝鮮中央日報≫ 1934. 6. 27

湖水

－白에게－

洗滌의 湖水－
그는 긔약없는 님을 고대하는 處女의 마음

灰色에 저즌 섧은 漂流人들이
헐리운 언덕－이슬밭에 누어 휘파람 분다
－湖水야 맑게 개인 네 얼굴이 그립다
－湖水야 해맑－안 네 마음이 부럽다

그러나 湖水야
어둠에 저즌 네 눈알이 너무나 暗鬱하다
허연 내 사랑아 湖心아
지난 낮(晝) 네 가슴에 돌 던진 길손 몇이더냐
파란 네 눈동자에 헤염치든 그림자 얼마더냐

아아 黃昏의 湖面아 (久遠의 期約이여)
나도 또한 무심코 네 가슴에 돌 던지든 하나 나그넨가
나도 또한 네 瞳子에 헤염치든 하나 空虛한 그림잔가
(지금은 지터가는 저녁 ……
파리한 갈대 우에 哀愁가 누어잇고
放浪人의 悲歌 四面에 가득하다)
－1934.여름 寧遠 갔던 길에－

≪朝鮮中央日報≫ 1934. 7. 16

農家의 黃昏

寂寞한 저녁 煙氣 山기슭으로 기여들고
나 어린 산새들이 프르르 프르르 어둠의 恐怖에 깃을 찾을 때
일만 수풀은 머리를 숙여 悠久한 無言劇 속에 싸인다
내 마음아 지금 가만이 이쪽 돌 잔등에 나와 앉어
짙어가는 黃昏에 고요한 瞑想을 부르고 싶지 안으냐

바스륵 바스륵 옥수수 잎의 잠자리 펴는 소리가 귓가에 미끌어진다.
"노래하자 노래하자 山村의 黃昏을 마음것 즐기자"
어린 音樂家 벌레들의 齊唱이 골에 퍼지니
내 사랑아 분홍빛 情熱에 한껏 醉하여
淡紅色 물든 저 구름 속에 폭신 무치고 싶지 않으냐
졸졸졸 灰色에 젖어 구르는 幽玄한 曲調 시냇물 소리는 한층 哲學的이다
古古千年 썩어진 수수바재 우에 피어난 호박꽃이
黃昏의 靜寂을 안고 가만히 입을 담으리니
푸르른 歌手 매미도 지금 나뭇닢새에서 엷은 나래를 덮었으리라.
지금 참새들도 산림 속에서 하로의 추억을 더듬으리라

그러나 내 사랑아
저기 꾸부러진 비탈길을 내려오는 어버이의 그림자가 너무나 외로웁다.
저기 풀 한 짐 지고 돌아오는 송아지의 울음이 너무나 서글프다.
온종일을 흐르는 땀방울로 밭이랑을 적시려기에
지난날 퍼져 떨리던 黃昏의 피리 曲調마저 잃어버린가 보다.

山은 그래도 默想 속에서 驕慢한 沈默을 계속한다.
草家 우에 박꽃이 창백한 웃음을 던지고

山기슭을 돌던 파리한 煙氣가 흩어지기 시작하니
슬프구나 슬프구나 이 저녁도 주린 저 창자엔 쌀알이란 하나도
없는 '감자'만이
메이겠구나

물동이에 가득 담은 아낙네의 눈물이리라
졸아드는 장찌개는 타드는 마음이리라.
—일즉 넘치는 法悅로 쌀알을 쥐어보지 못한 마음
—일즉 고요한 安息과 慰撫를 맛보지 못한 이 저녁
하거늘 아아 내 마음이 期待가 없는 저 歸路가 무에 그리 가벼울 거냐

悲哀를 실고 黃昏은 흐른다.
어둠을 가지고 구름은 떼진다
내 사랑아 젖 달라 보채는 아기의 울음마저 맥이 없으니
호박 넉쿨 흩어쥐고 울고 싶은 黃昏이다.

≪東亞日報≫ 1934. 8. 29

片紙函 의 꽃옾

片紙函 의 꽃이 시들었읍니다,
片紙函 의 꽃잎이 떨어젓읍니다.

물줄기같이 어여쁜 레—쓰실로
굪이고 또 굪이여 짜놓은 菊花 꽃송이
붉은 꽃은 그이의 마음……
초록색 잎파린 내 마음……

그이가 이 函을 나에게 보낼 때
그이는 열일곱 시냇가의 나어린 물새
맑은 曲調, 봄의 노래 나에게 들려주었답니다.
(그러나 아아 지금 그이는 쌍 맞어 날아간 암 비둘기)
나는 길가에 홀로 선 헐벗은 白楊木

편지함의 꽃은 시들었읍니다
떨어진 痕迹만이 뚜렷합니다.
−1933. 2. 浿江에서−

≪新東亞≫ 34호, 1934. 8

三春泣血

鬱憤과 飢餓와 悲嘆과 嗚咽
그 속에서도 오히려 살아보겠다고 발버둥질치는 내 겨레들의 얼굴……

東海바다 푸른 물이 어깨를 우쭐거린다
白頭山 중허리의 흰 눈이 녹아 내린다
그러나 아아 생각해 보아라
어느 때, 어느 해, 어느 날,
내 百姓들이 흘으는 봄빛을 노래하였던가를!
꽃수레도 종다리도 해빛과 물줄기도 가난한 내 겨레에겐 暗室이다, 무덤이다.

그러타, 독수리 높이 뜨는 이 봄이 오면은 찌저진 가슴에도 한낫의 실 같은 희망을 안고

굶주린 창자의 흙에 가슴을 정성스리 팟다
그러나 쌀알 한알 손바닥에 쥐여 보지 못한 채 샛파란 가을 하늘을 憤怒로 노리여 볼 때

날으는 花粉이여, 노래하는 종다리여,
철 마즌 뻑국이여
(너 조차 내 아들 딸들을 울릴 게 무어냐 너 조차 내 百姓의 가슴을 찌즐게 무어냐)
봄은 이 해에도 엄돗는 枯木에 고개를 들엇다.
봄은 이 해에도 물방아에 채찍을 언젓다,
허나 흙을 뒤지는 봄의 마음—飢餓에 쪼들리는 봄의 마음—
아하 언제나 봄 한울 우러러 맑은 노래 불으랴
언제나 버들피리 맞추어 춤추어 보랴

≪朝鮮詩壇≫ 續刊 8호 1934. 9

山間有懷

가을에도 늦가을 저무는 山川
그는 深遠한 思索에 늙은 哲學者의 얼골이다

기름진 머리채를 일허버린 樹木들의 모양
이 저녁 그 陰影이 한층 더 寂寞하고 성글다
四面에 가득찬 애츠런 가을 音調—
에그 보얀 山비둘기가 이 저녁을 어이 지낼까

새파란 바람이 서리맞은 호박잎을 울린다
짓발피는 病葉에서 大地가 몸서리친다
소리업시 기어든 가을 黃昏의 파-란 발자욱 소리-
女人아 물동이 인 네 손가락이 고추 같이 얼엇고나

이 가을엔 네 활개치는 풀으른 生의 躍動이 업다
타오르는 아폴로의 붉은 情熱이 없다
해파-른 애수와 엷-은 戰慄-
(얘야 여윈 네 얼굴에 가을이 가득 깃드렷나보다.)

山間의 黃昏-
언덕 길 내려오는 樵童의 휘파람이 싸늘할 때다.
그 어린 다람쥐가 가랑잎을 모하 잠자리를 펼 때다.
-1934. 가을-

≪朝鮮中央日報≫ 1934. 11. 5

故鄕을 잃은 사람

故鄕을 잃은 사람
그는 길바닥에 구으는 조약돌입니다
그 마음은 깨여진 질그릇입니다

창백한 落葉우에 꽂아놓은 수많은 望鄕의 譜表
이슬 우에 그려놓은 어머니의 수많은 얼골
-바람아 내 고장 나무잎을 떨우지 말어라
-이슬아 내 어머니 들창을 적시지 말어라

그러나 그는 故鄕을 잃은 寂寞한 길손,
(故鄕이 그를 버렸는지, 그가 故鄕을 버렸는지)
구으는 歲月― 보헤미안의 灰色詩篇들을 주서뫃기에
어린 그날 풀언덕의 버들피리를 잊어버렸습니다
비오는 가을밤, 쓸아린 사랑의 상처를 어루만지기에
살진 마을의 얼굴과 기름진 그 머리채를 잃어버렸습니다.

―아아 지금은 粉칠한 그 얼굴이 보기 싫다,
―지금은 빛잃은 그 눈깔이 가슴 아프다

故鄕을 잃은 사람
그는 길바닥에 구으는 조약돌입니다.
그 마음은 깨여진 紅寶石의 破片입니다.
―1934. 6 ―

《大平壤》 창간호 1934. 11

黃昏의 거리

―나 젊은「인텔리」의 告白―

街路樹 여윈 모양 한층 더 쓸쓸하고
싸늘한 鋪道 우에 뭇 자욱소리 흐터질 때

나의 사람아 지금은 저녁 휘파람소리 골목에 가득하다
시냇물 같이 가슴에 새여드는 창백한 멜랑코리 ―
길바닥에 구으는 흐터진 마음들―
灰色빛 내 노래가 지금 길을 잃고 헤매인다.

黃昏의 電線이여 市民의 枯渴한 넋이여
그 중에 외로운 내 그림자가 흐리여진다
鄕里에선 異端兒라 追放 當하엿고
동무들은 卑怯하다 旅程을 멀리 하엿느니
구으는 歷史의 私生兒－
그렇다 누가 피없는 내 노래에 伴奏할거나

嘆息과 絶望과 懷疑와 苦悶
숨소리 흐려지는 黃昏의 街頭에 외로이 비틀거린다
내 노래는 眞實을 찾어 흔들리는 寂寞한 曲調
하나 나의 사람아 얼마나 눈물 가득한 音響이냐 얼마나 안타가운 灰色의 譜表이냐

가슴 아파라 흐르는 歲月은 온갖 희망을 좀먹고
마음은 落葉지는 거리에서 한없이 떨고 잇다
(저 구름도 아침 太陽을 그리여 自殺하거든, 피를 뿌리거든－)
에그 지금은 저 건너 들창에 五色燈도 않겨젓으니
이 저녁은 타드는 목구멍을 축일길조차 없구나

눈물의 노래여 길을 찾어 읍조리는 마음의 曲調여
久遠의 懷疑哲學者－ 無氣力한 英雄主義者,
아아 憂鬱이다, 灰色이다
귀기우리라 나의 女人아 이 저녁 서글픈 내 노래가 네 들창을 두드린다.
－1934. 가을－

≪大平壤≫ 창간호 1934. 11

梧桐잎

새야
들창 밖에 梧桐나무 꼭대기에 노-란 닙파리가 둘 뿐이다

네가 내 창밖에 웅크리고 안저 몹시도 가슴 아프게 울든 날
싸늘한 가을 바람이 데이마틴을 날리드라
네가 梧桐나무 가지에 안저 몹시도 눈물겨웁게 노래하던 날
파-란 네 눈알이 움직이는 두 개의 湖心이드라

그러나 새야
울다 울다 네 역시 멀리 한울 저 밧으로 포르르 날어갈 때
차가운 가을비가 애츠런 날개 죽지를 적시드라
바람은 梧桐잎을 띄우고 내 유리창은 끗업는 哀愁에 젓고
네 노래는 비에 석겨 멀-리 餘韻으로 살아지고

아아 내 마음이 길가 「아카시아」다
(네 노래의 曲譜를 옴기기라도 할껄……)
밤-
별들의 우울한 꿈이 창문에 샌다. 새야 지금 森林은
네 보드런 숨결을 지키겟고나

새파란 마음-
새야 梧桐나무 닙파리가 또 하나 떨어진다.
-1934. 12. 於 平壤-

≪朝鮮中央日報≫ 1934. 12. 6

1935년◉

新年頌

－새 아들 낳을 一九三五년－

들판……
北國의 새해는 雪原 위으로 금빛 車輪을 빤짝어리며 굴러온다.

새 아들 나흘 一九三五년……
지금 가만－이 뛰는 血潮를 어루만지며 氣息을 가다듬고 잇다.
懷疑와 無脈과 變節의 憂鬱한 지난해
그것은 너무나 안타가운 狂亂의 過去엿다.
松花江 언덕의 針葉樹가 變色하고 라인江 뱃노래가 發惡을 치고……

沈默의 密林이여 흰 눈을 인 平原의 常綠樹여 哀愁의 멜랑코리의 灰色 그림자는
이 아침에 사라젓다.
쩡, 쩡, 멀리 뻗은 長江의 어름장 깨지는 소리
구비구비 曲線을 그으며 平原을 울려노흐니
亞細亞여 呼吸을 크게 마시라. 허파에 기운을 너흐라.
一九三五년－東西의 風雲이 검은 머리를 들고 굽실거릴 때다.

無言과 沈默에서 화살을 겨누던 무서운 凝視
길고 긴 세월에 爆彈을 간직한 無意味한 親交
北風에 휘날으는 나어린 카렌다여
지금 네 겉장이 찢기울 때 武裝平和의 噴火口가 터지겟구나.

발버둥치던 伯林의 찌프린 하늘
「우랄」을 넘는 거센 歷史의 회오리바람아
最後의 한 순간이다, 地軸이 움직인다.
보라 北滿의 얼은 하늘이 무서운 豫感에 戰慄하고
볼가江畔 千里 방축에 아폴로의 붉은 활촉이 꽂히웠다.

오오 一九三五년 ……
배 터지고 가슴 터지고 頭蓋骨마저 깨여질 恐怖의 世紀 ……
(그러나 또한 새 아들의 胎母)
굴어라 歷史의 수레바퀴여 萬里平原 處女의 大陸은 白雪 아래 누워 잇다.
亞細亞 亞細亞 오오 東方의 늙은이여 움직여라 巨軀를—偉大한 步武를 ……
—1935. 元旦—

≪東亞日報≫ 1935. 1. 16

겨울

겨울의 푸리한 얼골—
길가 白楊木 가지에 잎파리 셋이 떤다.

白楊木아 이 憂鬱한 詩人아!
너는 그렇게 길가에 서서 춥지도 않니?
누가 네 기름진 머리채와 새파란 옷자락을 벗겨가드냐?
써늘한 겨울 夕陽이 길게 꼬리치는데,
바람은 山을 넘어 야윈 네 얼굴을 때린다.

언덕 밑 江물에 살얼음이 지고
빨래 맞운 아가씨의 새빨간 손가락이 쥐면 터질 듯하다.
寂寞한 논두렁엔 아무도 걷는 이 없고,
물썬 돌다리(石橋)가 한층 더 치워뵈고,

애기야 네 아빠가 지금 뒷山에서 긁어논 솔잎을 묶고,
네 엄마가 텅 빈 쌀독 밑을 마지막 훑겟고나
(에그 이 원수의 겨울을 어찌 지내나?
빈 손 터는 秋收, 꺼지는 마음……)
팔락이는 자줏빛 네 옷고름 끈에서 겨울이 어이없이 보챈다.
히푸른 威壓－
아아, 쓸쓸한 계절이다.
林檎나무에 앉아 울던 山새 새끼가 얼마나 치울까
고개턱 외소나무가 얼마나 더 외로울까
1934. 9. 겨울

≪朝鮮文壇≫ 속간호 2월호 1935. 2

初春村景

女神의 보드런 채쭉에
뚝 뚝 南山 허리의 흰 눈이 허물어진다.

봄은 東風에 실리워온 季節의 女王－
華麗한 옷자락이 산과 들에 휘날린다

푸르른 젊은 꿈이 곳곳에 수놓이고
「아폴로」의 부드런 慰撫가 넘쳐흐르고

마실의 여튼 한울, 고요한 靜寂 속에
소리개의 시푸른 凝視가 螺旋形을 그린다.

썩어진 싸리바자 밑에는
橫暴를 모르는 병아리의 동구런 이야기가 구으는데-

아이야 시냇가 버들가지의 乳房이 보풀엇다
홀뚜기 꺾어 삘리리 한 曲調 봄을 노래하자

倦怠의 石膏像을 깨쳐버린 森林이
山새들을 불러들여 演奏를 시작한다.

山間 - 그 중에도 일은 봄의 마실
나물 캐는 處子의 닭얄 같은 사랑이 움직일 때다

초록빛 옷고름에 젊은 꿈이 녹아 흐를 때다.
≪中央≫ 1935. 4

詩二篇

이 아닌 밤 중에

이 아닌 밤중에……
돌산 넘어서 나를 불으는 사람이 누구입니까

이 아닌 밤중,
마음의 고요한 잠자리를 盜賊하는 사람이 누구입니까

心靈의 풀은 搖籃이 나무 그림자처럼 흔들립니다.
시들은 꽃닙우에
시들은 꽃닙우, 나비의 곤한 잠이 아직 계속할까요
지난낮 나는 그 꿈의 攪亂을 두려워
숨소리 들으며 엷-은 발자욱을 옴기였습니다
해빛을 그려 기여나온 참새 새끼는
惡童이 오기 前, 집으로 돌아갔을까요
「無」가 가득찬 눈동자 속에 푸르른 오월이 헤염칩니다
-1935. 5. 16-

≪朝鮮中央日報≫ 1935. 5. 29

街路樹

찬 별이 흘으는 都會의 밤 한울
매서운 긔운이 「데파트」 陳列窓에 서리 운다

街路樹야
네가 湖水가 푸른 언덕에 그대로 자랐든들 湖面에 어리운 네 모양이 얼마나 아름다웟겟니
네가 깊은 森林 속에서 마음대로 컸든들 귀여운 山새들이 네품 속에 깃들리지 안헛겟니
풀버레는 네 靑春을 노래하고, 微風은 네 머리채를 쓰다듬고,
때로는 사슴들이 네 그늘 미테서 작난치고-

그러나 이 寂寞한 친구야
지튼 黃昏에 찾아든 깃새—그것도 지금은 하나 아득한 옛 追憶이 아니냐

山中을 떠나 길거리에서 울기 여러 해—
自動車의 警笛에 네 아름다운 꿈은 깨여젓고
牛車의 채찍에 네 보드런 皮膚는 傷處를 바덧거니
街路樹야 都市文明은 너를 하나 無詠한 畸形兒로 만드럿구나

左右 빌딩의 抑壓에 네 어린 넉슨 기를 못 폈지
道路 淸掃夫의 「하사미」에 네 마음의 푸른 날개는 무참히도 꺽기웟지
맑은 大空이 그리워, 울창한 수풀이 그리워,
아하 시냇물과 꾀꼬리와 비둘기와 山토끼와 杜鵑이와 부엉이와 소쩍새가 그리워
街路樹야 濁한 저자 네거리에서 너는 얼마나 울엇니

街路樹—아아 네거리에 홀로 선 내 마음아
(人間은 너의 다스린 畸形을 조와하드라)
밤—찬 기운이 틈 새기마다 스며든다
文明의 輝煌한 빛깔은 너에게 순간의 安息조차 안 주누나

街路樹야—
너는 언제나 悠久한 原始林의 靜寂을 안어보겠니
너는 언제나 고요한 山中의 瞑想을 불러보겟니
子正—塔上 時計의 時針이 업서젓다
「네온」 빛 네 그림자는 한층 더 눈물겹구나……
—1935. 街路樹詩篇—

≪朝鮮中央日報≫ 1935. 6. 19

寂寥

－편지를 대신하여 沙泉에게－

寂寞－
그는 나와 항상 함께하는 보이지 안는 동무입니다.
여름밤 내가 거리로 興奮을 그려 나아오면은
寂寞은 群衆 속에서 귓속말로 속삭입니다.
"저기 江가으로 가자, 河邊에는 너울너울 나무 잎이 슬픈 表情을 짓고
풀은 달빛은 病에 지쳐 여윈 얼굴을 언덕 위에 비치오리라.
물 속에 잠긴 燈불의 붉은 憂鬱도 좋으려니와
닻을 내린 帆柱의 검은 林立도 조흐리니"

寂寥－
그는 내 옆을 떠나지 않는 하나 影子없는 그림자입니다.
내 마음이 가을날 창공을 그려 들창을 열면은
寂寞은 가만히 귀에 대고 이야기합니다.
"저긔 山으로 가자, 山에는 다람쥐가 가랑잎을 쫓아 바람을 막고
행길가엔 한두쪽 野菊의 차거운 感想이 불으리라
山기슭에 흔들리는 갈대도 風流이려니와 짓밟히는 霜葉의 싸늘한 哀憐도 조흐리니"

寂寞－
아아 그는 내 젊은 꿈의 보잘 것 업는 하나의 搖籃입니다.
먼－ 眺望을 그려 내가 黃昏을 더부리고 두던에 올으면은
寂寞은 발자욱 소리 업시 뒤로 와 고요이 이야기합니다
"언덕도 倦怠다. 저긔 人家를 찾아가자 女人의 들창가에 어둠이 스며들고 燈盞의 憂鬱이 창살을 새기리라
뾰족한 별빛의 푸른 우숨도 외로우려니와

골목을 깨며가는 젊은 사람의 휘파람도 눈물겨우리니"

아아 寂寥-
그리고 뒤따라 새여드는 無渺의 渴望 그는 먼 내 騷亂한
旅路의 싸늘한 伴侶입니다
(그러기에 여보오 오늘도 나는 氷點 以下로 까라 안즌 마음을 안
고 지나가는 계절의 푸른 觸手에 戰慄히지 않습니까?)
-乙亥 여름 浿城에서-

≪朝鮮中央日報≫ 1935. 7. 21

戀慕

아카시아의 꽃 香氣 밤하늘에 넘쳐흐르고
한잎. 두잎 梧桐 잎사귀 憂鬱을 그리고,

저기 湖畔에는 별들의 젊은 꿈이 빛나고 있으리라
저기 두던에는 귀여운 밤의 妖精들이 날고 있으리라
그러나 孤獨의 無邊에 佇立한 내 마음은
달빛 흐르는 浦口의 닻 내린 船柱다

아아 누구나 와서 먼 希臘의 神話라도 이야기하여 주렴,
女人의 들창의 붉-언 憂鬱을 담고있다
밤- 疲勞는 지금 보드런 慰撫를 渴望하거니
(나의 女人아 조용히 창문의 「커-틴」을 벳겨라
노래 잃은 내 노래가 네 마음에 스며들리니)
-乙亥 6月-

≪新人文學≫ 1935. 8월호

風景畵

－山을 넘어서－

하이－헌 黃昏 속에 피여잇는
山峽村의 고독헌 風景 속으로
파－란 驛燈을 달은 馬車가 한 대
고－요히 잠기여 가고

바다를 向한 山길 마루에
우두커니 서잇는 電信柱 우엔
지나가던 구름이 하나 새빨－간 노을에 저저 잇섯다

바람에 불리우는 적은 집들이 窓을 나리고
갈대에 묻힌 돌다리 아래선
적은 시내가 물방울을 굴니고
안개 자욱한 花園地의 풀밭 길 우엔
한낮에 少女들이 남기고 간
가벼운 우숨소리와 시들은 꽃다발 같이 흐터저잇다

≪朝鮮中央日報≫ 1935. 8. 6

五月의 憂鬱

五月－
집웅넘어 버들꽃은 들창에 풍기운다.

흘으는 綠陰은 五月의 帝殿,
黃金빛 꾀꼬리는 綠色舖道를 오고 가는 明眸의 歌手

그렇다 잿빛 憂鬱이 가라앉은 나의 書齋는
푸르른 季節의 觸手에도 無感覺하다.

여보게 내 마음이 지금 海底와 갓다
조용히 月世界의 아득한 未知라도 이야기하여 주렴
불러도 가지 못할 그이가 날 불은다
버들꽃 지는 곳엔 自由의 금빛 여름이 잇스련만 ……

꿈을 잃은 내 마음은 「맘모스」 洞窟
송이송이 버들꽃은 追憶의 脫脂綿,
아아 누구나 와서 들창의 덧문을 내려다오
차라리 季節圈外의 書齋에서 지나가는
五月의 발소리를 귀 막고 들으리라.
－1935. 5－

≪朝鮮中央日報≫ 1935. 9. 27

風景畵

－山을 찾어서－

山家
외로운 산길이 午睡에 조을고 잇습니다.
바람은 자고,
시냇물소리 발 아래 그윽한데
언덕넘어 山밑에는 草堂 한 채가 午後 靜寂을 지키고 잇습니다.
八月의 한울은
八月의 하늘은 꿈과 갓습니다

노오란 憧憬이 파란 쪽하늘을 뚫고 가는데
구름은 魔神가티 虛無의 創造性을 山마루에 그리고 잇습니다
(그러기에 여보오 오늘아침 길 떠날 때
雨傘을 準備하라 하지 안습니까?)

≪朝鮮中央日報≫ 1935. 10. 8

藏書없는 書齋에서 季節의 나히를 헤여보리라

－心境의 告白－

黃昏을 데리고 저기 먼 湖畔으로 逍遙하자
나는 쓸쓸한 것이 좋더라
갈대는 햇슥한 팔을 펴서 哀傷을 부르고
湖心의 푸른 憧憬은 멀리 두루미의 흰 날개를 따르리니
無常에 떨고 있는 菖蒲밭 저녁 이슬을 버선발로 고요히 지나가자

나는 슬픈 노래가 듣기 좋더라
싸늘한 마음의 어름 길과 어두운 人生의 뒷골목을 비틀거리는
긴 歲月
마음은 水草를 그려 흐르는 漂流人의 牧歌로 가득하다
날마다 들창 넘어 밤거리를 지나가는 젊은 사람이 있더니
오늘은 또한 뼈마디 저린 슬픈 노래를 읍조리며 간다
아아 누구나 와서 거문고의 울음 섞인 줄을 가만히 울려 주렴
길게 끄는 슬픈 旋律은 悲哀와 神秘의 아득한 세계로 미끄러트리
더라

나는 외로운 뫼길이 좋더라

山 허리를 베고 길게 누은 좁다란 山路
그곳엔 너울거리는 街路樹의 憂鬱이 없고
쇼윈도우의 해맑은 虛榮이 없고
약빠른 人間의 눈알이 없고
軋轢과 애스팔트의 뼈아픈 屈從이 없다더라
저녁이면 황혼의 妖精들이 풀잎과 나무가지에서 날은다 하니
마음아 귀를 기울이자 山路에 홀로 農童의 신 끄는 소리 새여온다.

아아 나는 홀로 언덕에 핀 野蘭이 좋더라
冷靜과 餘裕를 담은 차가운 石器와 같은 들菊花—
霜葉이 울고 버레가 울고 大地가 우는 가을에도 늦가을 목메이는
十一월
울려 울지도 못하고 아득한 인생의 斷崖에서 홀로
삶의 戰慄을 가진 野菊의 싸늘한 心靜을 껴안고 싶더라

(그러면 나를 지극히 사랑하는 사람아
너는 내 寢室을 푸른 담벽과 灰色 커—틴으로 장식하여 주렴
庭園에는 枯木 한 구루와 들국화 한 폭만을 심어다오
寂寥와 함께 藏書 없는 書齋에서 季節의 나히를 손꼽아 헤이리라)
—乙亥 여름—

≪新東亞≫ 48호 1935. 10

가을 十月

가을 十月
病에 여윈 달빛이 파—란 感傷을 속삭인다.

옷자락 끄을며 조용히 이 밤 湖水가로 나가자.
버레소리는 가늘고, 湖心은 잠드는데
—길은 창백하다
마음아, 한마디의 이야기도 건네지 말라.
벙어리 되어 꿈 가운데 落葉 위를 거닐자.

가을은 외로운 암사슴이 같은 季節—
너는 네 젖은 눈동자로 홀로 水平線의 眺望을 좋와했지.
허나 나의 사람아, 녹온한 疲勞가 기여들면
湖畔에 앉어 달빛 외로운 먼 未知의 山길을 想像해라.
野菊의 차거운 哀傷이 달빛을 껴안을 때

아아 가을 十月
열 손가락이 고기새끼보다 더 파리하다.
—乙亥 가을—

《新人文學》 1935. 送年號

灰色의 譜表

한個의 逃避
나는 창살을 굵은 느티나무 뿌리로 짓고
덧문을 두터운 박달나무로 만들겟다
季節과 바다와 樹木에도 倦怠다
璧 우에 움직이는 古風景한 陰鬱을 享樂하리라
自畵像
울듯 시픈 거울 속의 저 슬픈 표정은 누구의 얼골인가?
聽衆없는 舞臺에서 노래하는 눈물겨운 저 歌手는 누구인가?

山積 가튼 書藏 앞에서 戰慄하는 눈알은 누구의 窓문인가?
바람찬 가을 언덕의 黃昏은 누구의 心懷인가?
混想
구준비 내리는 밤
나는
우산 업시 뒷골목을 걷는 것이 조트라
벎어케 타고 있는 비 오는 밤의 琉璃窓—
너는 들창 아플 지날 때마다
성스러운 戀感을 느낀 일이 없니?
倦怠
사랑하는 女人의 목아지를 비틀어 침상에 누피고 싶다
창백한 月光이 들창 넘어 白布 우에 드리울 때
파라케 질린 屍顔에 내 입술을 비비리라
日常性과 平凡의 倦怠는 神經의 安靜을 빼서갓다
石首魚 잇는 風景
食料品 店頭에 매어달린 열 개의 보기 실흔 存在,
絞首臺 우에 매여달린 젊은 이 世紀를 본다
파리똥 가튼 눈알은 무엇을 凝視하는가
행길엔 여전히 검지 않은 해빛이 倦怠롭다.
(돌아와 黑點의 學說을 다시 들쳐본다)
懷疑
날 저무는 江邊—
黃昏은 지터가고 기운은 찬데
夜間航路의 내 나룻배는 櫓를 일헛다.

≪朝鮮中央日報≫ 1935. 12. 3

마음의 七絃琴

거문고 하나
내 마음의 거문고는 깨어진 복판 줄 끊어진 거문고

하늘과 땅과 물과 풀
그리고 五色빛 어리는 大空의 星座
이 중에서 비저진 내것은 일곱줄 아름다운 거문고 였거니
太陽과 함께 줄기찬 노래를 불렀고
민중과 함께 장엄한 音響을 떨칫엇다.
마음의 거문고-이는 내가 가진 단 하나의 보배엿느니라
그러나 아아 아득한 옛날
때아닌 暴風에 놀래인 내 거문고는
失神한 女人처럼 맑은 曲調를 잃어버렸거니
그리워라 하늘높이 퍼지든 시냇가 버들피리 曲調
끊어진 일곱줄 아름다운 音響이여

그후 傷處받은 내 마음은
몇 번이나 몇 번이나 아득한 기억의 暗海로 헤매엿든지
그후 彈琴家들의 거룩한 핏방울이
얼마나 얼마나 깨여진 譜盤을 적시엿든지
녹아 흐르는 봄날 드높은 종다리 소리에
옛날의 그 노래를 찾으려 아아 그 曲調를 찾으러

잃어버린 옛날의 아름다운 노래 가락이여
音響을 못울리는 목쉬인 거문고여
허나 오늘도 열 손가락이 파래지도록
끊어진 일곱줄을 고르고 있나니
오늘도 또한 열손톱에서 피가 흐르도록

깨어진 복판 몬지 위에 譜表를 사겨 보나니
合唱隊여 새로운 譜表의 힘ㅅ찬 노래를 소리높여 부르라
손톱으로 사귄 거문고 曲調 - 피서린 그 노래를

《崇實》 제16호 1935

다시 北으로

—破波 에게—

검은 네 눈섶에 하얀 서리가 돋는다지
네 살결이 가죽 外套 밑에서 움츠러들겠고나

零下 三十九度—
북쪽 겨울은 몹시 맵다더라
松花江畔의 푸른 逍遙가 눈 속에 묻혔으려니
한여름 부풀었던 네 노스탈쟈가
지금은 들판 白楊木 가지에서 어이없이 떨겠고나

그렇게 구슬프던 胡弓 소리도 하늘에 얼었다지
아무리 치워도 南쪽 바라지만은 封하지 말어라
어름ㅅ길 千里—아득한 南녘 地平線을 바라보기에
追憶에 젖은 네 눈동자마저 얼어서야 되겠니?
南方이 그리우면 冊床에 기대앉어
해빛 휜—한 들窓살을 헤여보렴

오호 찬 기운이 心臟까지 스며든다
엄지 발까락이 알사탕처럼 얼기 전
빨리 驛馬車를 불러 타고 집으로 돌아가라
엊저녁도 이곳에선 火爐불을 끼여안고
외로운 네 이야기에 밤이 깊었단다

《新人文學》 1936. 3월호

素描

黃昏의 思念
憂鬱한 눈동자 속으로 속으로
써늘한 黃昏이 숨어든다
나이를 쫓는 妖鬼스런 啄木鳥 소리에
책상도 「카렌다」도 의자도 바다 밑으로 가라앉고
홀로 空虛한 思念만이 문 창살을 헨다
孤獨
想念의 沙丘를 넘는 까마귀 한 마리가 있다
지터오는 黃昏－
夜霧에 떠오르는 市外路처럼 어떤 鄕愁가 부푸는데
어둠에 젖어드는 퍼어런 物象들이
壁,
壁을 向하여 나에게 등을 돌린다.
追憶
憂愁의 긴－ 喪服이 미끄러지고
失明한 琉璃窓들이 虛無를 어루만지고
그리고 立體的인 構圖위에 褪色한 過去가 허물어지고
感情의 잿빛 속으로 나로부터 나갔든 내가 들어오고.
樹木없는 壁畵
分針이 없는 深夜의 나의 壁에는
나무없는 風景이 夜霧에 젖는다
부엉이보다도 서글픈 凝視 속으로
「파입」의 푸리한 煙氣가 幻滅을 그리며 흩어진다
深刻한 反省
날카로운 叡智로 나의 心象을 바라보다
脊髓 한 복판을 달리는 戰車隊에
머언 童話도 아롱진 回想의 起伏도 深紅의 瓣花도

구을러 떨어진다, 暗黑으로, 深淵으로 허무러진다.
-1936. 2-

≪朝鮮中央日報≫ 1936. 2. 6

素描續篇(上)

窓
窓, 窓, 窓, 朦朧한 바라지 窓,
海岸線은 오늘도 안개같이 멀어지고
바다는 遼遠한 鄕愁에 부푸러오르는데
헐고, 쌓고, 無秩序한 思念의 重複에
窓은 바뀌는 季節을 전연 잃어벌였다
欺瞞의 欺瞞
친구를 背叛하고
戀人을 속인 나는
透明한 나의 思想까지 속이다가
엇저녁은 나의 휘파람마저 속였다

≪朝鮮中央日報≫ 1936. 4. 3

素描續篇(中)

結婚式
푸른 海面을 찢을 머언 航路-
한가득 꽃다발을 실은 幸運의 出帆

順風에 흰 돛이 통통 배불리울 때
埠頭에는 흰 손수건들이 수없이 팔랑인다
어떤 威
深淵으로 끄으는 검은 손이 있다
밤마다 나의 거울 속에
흙탕을 뿌리는 者는 누구이냐?

≪朝鮮中央日報≫ 1936. 4. 5

素描續篇 (下)

深夜의 思想
그것은 나의 湖水－
感情의 엷은 波紋마저 살어진 곳,
思考의 갈대도 枯渴한 곳,
理性도 밑(底)깊이 沈澱한 곳,
深夜에는－
가마귀의 屍體가 불뚝 솟아나드라
果樹園의 戀愛
林檎園의 午後에 파랑새가 날러왔다
水平線을 오고가는 午睡를 깨트린 者는
바람도, 林檎도, 파랑새도 아무것도 않이었다.

≪朝鮮中央日報≫ 1936. 4. 7

水仙花

너는 「살론」에 길리운 한송이 水仙花

맑게 닦은 琉璃窓에 憂愁가 어울린다
푸른 하늘과 흰구름과 白楊木과 집웅들이 숨고, 나타나고,
비줄기와 슬픈 바람들이 울고, 두드리고, 水仙花－
너의 淸楚는 圓舞場 넘어 오스라질 듯 차거웁다

맑다 맑다 못해 너는 눈물을 먹었드라
높고 깨끗하다 못해 너는 孤獨을 담었드라
－百日紅인들 붉게 붉게 타보기도 할 것을
－나팔꽃인들 한끝 한끝 뻗어보기도 할 것을
「살론」의 水仙花,
젖은 그 눈瞳子 속으로 온기가 숨는다

(布張을 벗기자
창문을 열어라)

그러나 너는 溫室에 핀 한송이 水仙花,
나는 들창을 지나가는 슬픈 바람.
－丙子. 봄－

≪朝鮮中央日報≫ 1936. 5. 8

蒼白한 市外路

市外路－
힌 버들이 늘어 선 憂鬱한 행길

寂寞을 끌고 逍遙한다

十一月 늦가을
싱그른 가지 위에 가을이 움츠려트릴 때
뚜벅 뚜벅 발소리 외로이
月光의 햇쓱한 팔에 안기워 걷는다

사랑하는 사람아
너는 네 끓는 情熱과 억센 生活을 가지고
郊外로 미끌어진 나 自身의 無力을 꾸짖는다지
變節者!
그렇나 나는 아하 蒼白한 知識밖에 가진 것 없거니
뱦족한 에나멜 구두끝이 生活의 鋪道 위엔 너무나 弱트구나

눈물겨운 寂寥는 고달픈 내 行路의 길동무－
잃어버린 生活, 眞實의 渴望이 크다
故鄕은 異端兒라 쫓어내고
어버이는 不肖하다 고개돌리니
사랑하는 女人아 憂鬱하다 버리드라
지금은 쓸쓸한 風景 속에 초라한 내 그림자 밖에 없으니
透明한 大地, 오오 너 외로운 행길아,
오늘도 鬱寂한 心思를 네 하이얀 외줄기 가슴 위에 끄을고 가누나

찬 서리 매운 밤한울에 달빛이 푸르다.

한때엔 知의 가느란 실뺩을 풀어 理想과 現實을 꼬매려고 하였건만
지금은 늦가을—
달빛보다 더 여윈 손가락을 보며 歎息한다
"懷疑의 커다란 暗鬱 어이하리"

—生活의 애타는 餘韻이 먼—바다 소리 같다.
(발뿌리에 구르는 落葉을 밟어선 않된다)

아아 郊外路—
호로 馬車 하나 구르지 않는 마음의 힌 길,
아가야
한번 다시 깨여진 꿈과 흐터진 熱情을 발 앞에 서놓아 주렴
작구만 사라지는 鋪道의 音響이 첫사랑 같이 그립구나
≪朝鮮文學≫ 2권 6호 1936. 5

黃昏의 心像

電柱 꼭대기로 햇살이 기여오르고
하늘이 急角度로 기우러지면
疲勞한 나의 情熱은
어두워지는 窓을 뚫고 머얼리 逍遙한다.

내 눈동자가 너무나 슬프다
額緣이 없어진 밤의 나의 書齋에
燈盞을 받들고 올 女人은 없는가

오늘도 온 종일 忘却의 나룻가에 앉어
오지 않는 사공을 기다려 보았노니
여보게 無脈한 나의 灰色地帶를 꾸짖어주게
≪新人文學≫ 1936. 8월호

한 식료품 상점 앞에서

식료품 상점 덕대에 매여달린
마른 명태 두룸
교수대에 매여달린
배반당한 오늘의 現代史인가

한때는 대양을 거슬러
海流를 몰고 오던 바다의 왕자
군단을 불러 파도를 가르던
용감한 진군은 어데서 좌절되였는가

인간이 던진 그물에 걸려
뭍에 오르는 순간에 너는 죽었고나
권력과 투항,
　사기와 협잡,
　　치부를 위하여선
　　　아들이 아버지를 모해하는
땀냄새에 숨 막혀 죽었고나

죽어서도 자유롭게 헤엄치던
바다가 그리워

맑고 푸른 물빛을 못 잊어
두 눈깔 뜬채로 걸려 있구나
눈 감지 못하고 있구나

≪朝鮮中央日報≫ 1936. 8

어느 한 결혼식장에서

이제 푸른 海面을 찢으며 달릴
행운의 出航,

인생의 항로는 멀고도 먼데
물결 높은 바다에 비바람 사납다

안겨주는 축복의 꽃다발도 없고
장엄한 출항의 노래도 없지만

새각시야 그 손끝이 달토록 짜고 기운
그대 희망의 흰돛 높이 올리어라

貞節이 황금에 팔리고
권력이 정의를 짓밟는 세월

오늘의 약속에 대한 배반이 없기를
그 어떤 세파에도 흔들림 없으라

≪朝鮮中央日報≫ 1936. 9

歸路

두알의 水晶體 속으로
어두운 黃昏이 숨는다

나의 歸路는 燈불 잃은 나의 바다
鋪道 위에 떨어트리는 思念의 발자욱이 무거웁다
사람도 가도 친구도 나히도 感激도
누런 惰性과 化石된 凝視밖에—
너는 쓸쓸한 내 庭園의 한폭 「코스모스」마저 밟어버렷다.

오냐 네 푸른 꾀꼬리의 눈동자는
黃昏을 사랑하기엔 너무나 맑드라

언제나 무거운 靜寂이 깔어앉은 나의 書齊
그것은 온종일 나의 思索이 圓을 그리든 憂鬱한 灰色地帶다
그러기에 너는 靑磁器의 한울빛이 그리워
종다리 같이 한울 저 밖으로 머얼리 날아갔지

—萎縮해지는 情熱속에 떠올으는 憂鬱한 나의 石膏像
—허나 나는 나를 否定하기엔 너무나 젊지않은가

아아 휘파람도 없는 나의 歸路
黃昏을 모르는 네 琉璃窓은 버얼서 불이 타렷만
街路보다도 먼저 어둡는 나의 들窓은 슲으다
오늘도 뿌—연 紅酒의 鬱寂을 염통 속 깊이 채운 心思는
「애스팔트」 우에 길다란 나의 疲勞를 끄을고 간다.
—丙子 초여름—

≪朝鮮文學≫ 1936. 9월호

1937년◉

夕暮의 思想

우으로!…우으로!…
褪色하는 情熱이 기여오르고
混亂한 電線의 感情이 머얼리 바라보이면
憂鬱한 窓들이 疲勞한 눈을 뜰 때다.
街路樹와 함께
이 거리의 黃昏은 언제나 슬픈 風景을 실고 온다.

窓살이 부어올러 眼鏡이 흐리워

어느 不吉한 深夜에 뚫어질지 모르는 거미줄 쓴 나의 壁
薔薇도 風景畵도 意慾도 花瓣도 計算器도
오호 한중복을 파고들든 휘동그런 燭ㅅ불도
―잃어버리고

童話가 깨여지는 것은 이리도 가슴 아픈 것인가
追憶은 흰 나비가 되여 壁 위에 파닥인다
(너는 살론의 紅薔薇
나는 헐벗은 路邊樹)
아아 내 어린 날의 公主 마음의 喪紋이여
파아란 琉璃面의 觸感이 여윈 뺨 위에 차다.

오늘도 이 거리 집웅 넘어 해는 저무는데
슬픈 喪服은 「바알」처럼 너울거린다.
마음은 비에 젖은 墓標같이 서러워 …… 서러워 ……

諦念을 부르다 눈을 감아보다.
★未!도 아닌 悔恨도 아닌 渺漠한 憂愁는
이 저녁도 紫煙을 타고 퍼지고 엉키고 또 흩어지여
짙어오는 黃昏, 黃昏 속으로 沈潤한다.
≪朝鮮文學≫ 3권1호 1937. 1

NOSTALGIA

感情이 顚覆하는 黃昏이 가면
늙은 習性은 埠頭에 나아와 머언 海愁를 불은다

알섬(卵島) 아득히 넘어오는 붉은 돛이 외롭다
호－호－ 휘바람이 차고나, 담배를 물어라.

－나는 大同江에 薔薇를 띄우고 왔단다.
－나는 西京, 옛 마슬에 귀한 靑春을 묻고 왔단다.

열 손가락을 펴서 여윈 빰을 만저보노니
千里 千里 北海의 水平線에 부푸는 어린「노스탈지아」

힌 손手巾도 없이 이대로 머얼리 어덴가 떠가고 싶고나
갈매기야 갈매기야 오오 늙은 바다의 詩人아

夕暮에 비긴 쓸쓸한 나의 健康 旅路가, 고닲으다.
머언 海岸路를 걸어가는 沈默한 黃昏의 늙은 行列 ……

오오 靑鶴島 돌아서는 商船의 마스트가 서러워
눈을 감으니 쏴— 波濤가 귀속으로 밀려든다.
≪東光≫ 1937. 1

深夜二題

(其一)
水仙인양 白合인양 構圖하여 보아도
밤이면 찾어오는 네 얼굴은 외롭다

深夜의 집웅 밑은 울 듯 울 듯 ……

지금은 卷煙의 여윈 꼬리를 享樂하기에도 지쳤노니
感性은 시들고 窓은 暗鬱해지고 意圖는 깨여지고 思想은 肉體보다도 파리하고

밤－海圖는 視覺 저편으로 물러간다.
(늙은 海岸線이여 固化한 風景이여)
美麗하던 이야기는 濃霧 속으로 숨고
원숭이의 憤怒마저 웃음처럼 풀어진다.

아아 허이연 現實에 塑磨된 個性의 角度
나를 美化하던 젊은 浪漫期도 깨여졌다
傳說과 神話를 잃어버린 곰팡이 쓸은 知性은
오늘도 安易로운 生活을 倦怠로이 씹고 있노니
(其二)

눈을 감으면
찢어진 心象으로 더운 氣流가 흐른다
깔어앉은 안개에 街路燈이 부－옇게 부푸는 밤
너는 구두 소리 외로이 울고 갔느니라
－丁丑 二月－

《朝鮮文學》 3권 5호 1937. 7

水平線에게(1)

버들잎 따서
풀피리 한 곡조 불러줄까?
달 밝은 밤 산새 한 마리
종이 배에 실어 띄워 보낼까?

별나라의 밝은 초롱불
조롱조롱 그 목에 걸어달라니?
처녀들이 흘리고 간 해당화 꽃수건
그 머리에 사뿐 씌워 달라니?
수평선, 수평선아 ……
－1937. 5 －

(발표지 미상)

水平線에게 (2)

물이 그리워
마을이 보고 싶어
자꾸만 물결과 키돋음하는 것이냐?
멀리 바라보기만 하며
한번도 밟아보지 못한 땅

너는 내 희망처럼
이룩없는 슬픔에
제 얼굴도 모른다누나
제 그림자도 못찾는다누나
-1937. 5-

(발표지 미상)

孤獨한 風景압

해풍도 한숨 짛듯
소리없이 사라지는 모래 언덕엔
주인 없는 빈집이 한낮에 잠자고
밤이면 달빛이 울고 간다는
뜰악엔 봉선화도 백일홍도 시들었는데
동강난 노대가 하나
불행한 삶을 지키고 있었다

≪朝鮮中央日報≫ 1937. 5

花瓶

진달래의 엷은 微笑가
내 病室의 여윈 숨결을 지킨다

지금 나의 祈願은 푸른 바다의 曲調다
쌓든 모래城은 아득한 思想이고 ……
한 그릇 미음도 힘들다누나
記憶을 먹으며 延命하는 슬픈 存在.
다아 간 깊은 밤 病室에 홀로
花瓶과 더부러 會話한다

꽃을 보낸 마음은 꽃보다 고우렸만
深夜의 琉璃窓.
떠오르는 네 얼골이 이 밤보다 외롭다

布張을 치고 눈을 감어본다
壺여 나의 臨終은 너만이 지켜다고
내 가는 길까엔 진달래로 덮고

瞳子가 나의 肉體보다도 더 커지는 밤
壺는 초불처럼 室內에 가득찬다.
－己卯 4月－

≪朝光≫ 46,47호 1937. 7

三角窓

가난한 나의 들窓은 三角이다
밤이면 나의 三角窓은 외로운 노래에 젖는다

풀은 露臺도 없고
美麗한 風景의 展望도 없고
저녁이면 서글픈 그림자들이 헤염첬다……살어젓다
燈불도 뿕-엉걸게
나의 三角 琉璃窓은 疲勞한 나그네의 心思가 넘처흘은다.

그리운 것은 구두소리 무겁게 돌아간 銳利한 휘파람소리
立體로 錯覺하던 硝子板의 過去는 平面이엿다.
(날어간 候鳥를 嘆하리, 나를 傷하리)
부드런 내 마음보다 豊滿한 네의 肉體보다도
나는 내 心臟을 파먹으며 한 퍼센트의 快味를 享樂했노니
약빠른 自尊이여 叱棄할 知性이여

아아 오늘 밤도 나의 三角窓엔 슲은 影子가 어른거린다
그러면 에리자 三角이 六角으로 六角이 多角으로
언제나 나의 들窓은 華麗한 圓窓으로 빛일 수 있을까
-丁丑 春-

≪朝鮮文學≫ 14호 1937. 8

窓

창문,
손바닥 유리창
바람 비에 흐려진 나의 거울,

밑 깊은 그 속으로
나의 상념도 깔아앉는다
낮에는 잊어버렸던 파도소리가
밤이면 유달리 크게 들려오는,

창문이여
한때 이 항구를 메꾸던
항거의 노한 파도는 어데로 물러섰는가
창문 밑에 모여
敗北의 아픈 상처를 동여매며
再起의 불심지 돋구던
충혈된 그 눈동자들은 재빛 속에 흐렸는가

더러는 병들어 누웠고
유언 같은 글발을 남기고
멀리 가버린 사람도 있으니
콩크리트 담벽에
손톱으로 달력을 그리고 있는 벗아
대렬은 흩어지고 전선은 허물어졌다
(폭력 앞에 무릎을 꾼 卑劣漢에게
바다여 저주의 찬물을 덮씨우라)

가을비는 유리에 맺혀 흐르고

바람은 창살을 울리며 지나간다
그처럼 탄력있던 발자국들이
밀물에 씻기웠나
지금은 失意에 찬 무거운 발걸음이
지향도 없이 진창길을 걸어갈 뿐 ……

아, 등불 꺼진 항구여
비내리는 부두여
파선된 바닷가엔
널조각 하나 남지 않었단 말인가
어둠만이 영원하단 말인가

바람은 비를 몰아오고
비 개인 하늘은 더 맑고 푸르러
영원이란 없으니
가슴치며 떠나간 그 사람들이
한밤중에 나타나 문 두드릴지 누가 알랴

바다는 예나 오늘이나
그 모습 그 소리로 뒤척이는데
창문, 생활의 거울이여 고마워라
너는 이 어둠 속에서도 눈감지 않고
그 날의 그 기억을 지켜
등잔불 환히 잠들지 않고 있고나
—1937. 10. 성진에서—

(발표지 미상)

北으로 띄우는 便紙

—破波에게—

네가 저녁이면 南쪽 바라지를 연다지
그렇게 검든 네 얼굴이 파리하지나 않었니?

大陸의 여름은 몹시 뜨겁다드라
들판의 氣候는 몹시 거츨다드라
웬일인지 들창에 턱을 고인 네 얼골이 햇쓱해만 보인다
뜰ㅅ가에 높이 자란 高粱 잎파리가 네 푸른 노스탈쟈를 어지럽히지나 않니
(한밤에 세치(三寸)나 여름은 자란다는데 ……)

제비의 쪽빛 날개가 네 들창을 두드리면
季節의 부푸른 消息에 고달픈 네 마음은 운다지
뭉게뭉게 모기불의 하이얀 煙氣가 追憶을 그리며 天井으로 기여올은다
밤— 煙氣 속 네 얼골이 또 다시 파리하다

南쪽이 그리우면 黃昏을 더부리고 먼— 松花江ㅅ가으로 逍遙해라
노래가 그리우면 아아 흘러오는 胡弓의 旋律을 조용이 어루만지거라
바람과 季節과 疲勞와 네 나히밖에 너를 쌓 안는 아무것도 없지?
異域의 胡弓소리는 미칠 듯한 鄕愁를 눈물겨운 寂寞으로 이끈다드라

아아 저녁마다 네 마음의 徘徊는 南녘 하눌에 일은다지
그렇게 굵든 네 목소리가 가늘어지지나 않었니

子正－풀은 寢室을 두드리는 이슬ㅅ 소리에 밤이 깊다.
－乙亥 6月－

《崇實活泉》 15호 1937.

午後 두時의 山谷

언덕 넘어 山 밑에는
草堂 한 채가 홀로 午後 靜寂을 지킨다드라

黃金빛 여름은 수풀에 어울리고
시냇물 소리는 그윽하고

꾸부러진 행길의 午睡가 깊을 게다
나비의 喪紋이 들꽃 위에 困하겠지

(아아 구름 저쪽 憧憬에 목마르다)

노－란 倦怠 속에 허연 疲困 속에
들창 넘어 한 구루 林檎 나무가 푸르리니

얘야 너는 벌써부터 손가락을 곱지 ?
매암이를 못 잡아도 빨리 九月이 와야하지 않겠니

午後 두時의 山谷—
水平線 以下로 미끄러지는 午睡를 건잡을 수 없다.
－乙亥 7月－

《崇實活泉》 15호 1937.

1938년◉

素服한 行列

가까운 市外의 無感한 길을 지나
지금 슬픈 行列은 沈默한 채 이그러진 나무다리를 건느고 있다
하늘로 向한 두 손은 그래도 蒼空을 그리워하는 모양이다

바다를 보고 싶어함은 분에 넘치는 思想이다
버얼서 怜悧한 黃昏이 層層階 밑에서 기다리고 잇지 않느냐
기지개 펴듯 하늘은 펴고
아하 구름 한 점 없는 天井은 沼澤地보다도 싫구나
지금 靈柩車가 기여가는 저기 한 길을
눈물도 없이 바라보는 것은 얼마나 疲勞한 感性인가
—騎馬隊를 몰려던 情熱이 ……이 ……
아니다, 過去를 뒤집는 女人의 肉體를 愛撫함보다도 痴愚한 일이다

枯死한 白血球, 指針, 啄木鳥, ……地球儀, ……黑鴉, ……地球儀,
오오 古壁 같이 무너지는 知層이여 求心을 잃는 意圖여,
「따알리아」의 深紅을 僞善함은 귀여운 無謀였다
窓가의 憂曇花는 빛을 못 본 植物이어니
어울리는 花壺가 꽃잎보다 곱다

失神한 風景이다
지금 青春을 잃은 불쌍한 歲月을 지나 들을 건너
素服한 行列은 한 여름 물 흘러보지 못한 한 板橋 우를 無言한채

건느고 있다
하늘로 향한 두 손은 그래도 蒼空을 그리워하는 모양이다.
－丁丑 仲秋 於城津港－

≪詩人春秋≫ 2輯 1938. 2

밤 · 埠頭

羅馬風인 圓柱가 있는 埠頭에 佇立하면
축축한 바다의 肉香에 旅愁는 부푼다

밤－黑輝石의 바다
머얼리 黃金窓을 달은 슬픈 夜航船이 흘러가고
(그것은 붉은 紅酒가 가득 넘쳐 흐르는 琉璃窓보다 슬프다)
愁思는 잃어버린 星座를 그리여 떠오르는데
追憶은 白鳥가 되어 밤바다 위에 퍼득인다

나의 層層階 위엔 不吉한 黑猫의 눈알이 번뜩이고
落下하는 肉體여 行動할 줄 모르는 ×華야
적은 安逸을 觀念하려는 울지도 못하는 諦念
호오 등불은 머얼다 밤은 슬프다
磁石의 示角은 日曜日의 寢臺를 가르치고

언제나 밤이면 바다는 嗚泣하는데
나를 肯定 못하는 石膏의 思想은
이 밤도 無人한 埠頭 슬픈 漫步者로 우노니

≪斷層≫ 2冊 1938. 2

露臺의 午後

쏘파의 기우러진 感情이 늙은 寢臺를 僞善하는 倦怠로운 午後
지친 想念은 單調로운 露臺에 나아와 머언 過去를 反芻하다.

바다가 바라보이는 風景은 나의 素朴한 額緣
하이얀 燈臺가 白晝를 怠慢하고
庭園에는 주름잡인 은행나무 한 구루가 季節을 즐긴다.

公園 벤치에서 午後의 水平線을 享樂하는 女人은
眞珠 목거리를 걸고 지난 밤 나의 들창 밖을 지나갔고
뽀예이지의 甲板에 서서 靑紅色텦을 던지는 베일 쓴 婦人은
夜霧가 슬프게 흐르는 밤, 등불과 함께 울며 그 거리를 돌아갔거니

露臺의 매말은 追憶 우으론 水蓮 한 송이 피여 오르지 않는다
은행나무 가지로 찌기운 힌 구름 속으로
푸른 스카－트를 팔락이며 돌아가는 저 女人의 흰 손수건이 외로워 눈을 감으니
호오 알 듯 몰을 듯 午後의 思想은 水平線처럼 아득하다

≪斷層≫ 2冊 1938.

午後

神經質인 지팡이와
孤獨한 海岸路의 午後가
나의 思考를 풀은 天井으로 이끈다

밤에 나는 長久한 歲月을 가진다
遮斷된 視覺을 올으고 나리던
一死의 幼蟲, 幼蟲, 幼蟲들,
騎馬隊가 腦板을 달다.
오호 나의 壁을 쫓던 不吉한 새 啄木鳥,

午後의 傾斜된 地球儀, 陰花植物, 猫,
…… 내 深夜의 思想을 먹으라

지금 낮은 언덕 電柱 위에 걸렸는데
바다의 廻廊엔 常綠樹의 配列이 멀다

밤이면 冷氷하는 싸늘한 나의 脊柱가
午後 햇살에 녹을 듯도 싶고나 포근이

부드러워진 海岸路의 午後는
나의 쓸쓸한 健康을 몰은다 한다
기우러진 感情이 깔어앉을 듯도 싶건만
오오 부푸는 海面과 더불어 찾어오는 얼골,
검은 그림자와 눈알로만 된 얼골 ……얼골 ……

≪斷層≫ 3冊 1938. 3

猫

밤이면 室內에 毒蛇와 같이 웅크리고 담배를 피우는 것이 나의 불상한 習性이다. 젊은 나의 벗들은 밤한울을 우러러 流星觀測을 하는데 紫煙이 꼬불꼬불 올으는 室內에서 머얼리 갓가이 찬

氣流가 흘으는 들窓 밖을 들어다 본다. 假裝하고 지나가는 밤의 行列 데드마스크를 쓴 深夜의 物象들, 아아 나의 顚覆된 感性은 이 슬픈 歷史의 浪費를 요지鏡 속에서 世界旅行을 하던 아름답던 나의 過去보다도 享樂하노니 …… 追憶의 花瓣도 褪色한 채 暗黑 속엔 街路樹도 없는 허이연 市外路가 한 줄기 뻗어 올을 뿐, 펄럭이던 스카－드도 보이지 않는다.

音과 音을 軋殺하는 壁과 壁. 지금 내가 明日과 이웃하여 앉었것만은 黑猫의 눈알은 黑暗 속에서 번뜩인다. 轉落하는 悟性. 밤마다 나의 자는 얼골을 몰래 몰래 굽어보던 검은 物體가, 지금은 卓燈 뒤에서 待期하는 것만 같다. 「月光과 猫」의 不吉한 額畵. 내가 원숭이와 더부러 클 때 나는 원숭이의 戀愛를 양지 바른 가을날 葡萄園에서 하였다. 나의 戀人의 터질 듯싶은 裸像의 乳房은, 成熟한 葡萄알이였다. 氣球와 같이 明朗한 나의 戀人은 나의 입술이 너무 엷고 나의 樹幹이 너무 細軟타 하여 한 女人이 한 사나히만을 사랑한다는 倦怠로운 倫理를 깨트린 賢明한 動物이였다. 그날 밤 고양이의 울음을 밤새 江岸에서 듣고 돌아왔을 때 내 生을 詛呪하며 피를 물고 걸렸든 西天의 반쪽달.－검은 斑點과 野獸, 그리고 허이연 記憶의 構圖. 얼마나 怠慢스러운 時間들 새에 끼워서 나의 感性은 꿈을 殺害하였든가. 안해의 貞操를 貿易하였고, 修女의 寢室에 闖入하였고 오오 이렇게 室內에 毒死와 같이 웅크리고 앉어 담배만을 피우는 나는 獰惡한 動物이다. 猫도 아닌 나의 思考가 時間의 配列을 凝視함은 진실로 醜惡한 習性이다. 그러기에 나는 사랑한다. 共同便所의 壁畵.

≪斷層≫ 3冊 1938. 3

海岸村의 記憶들

꿈 같은 記憶의 小丘를 넘어 넘어
코스모스의 슬픈 微笑가 黃昏 속에 잠기는
海岸村의 집웅들은 부우연 布張을 쓰다

여기는 靜寂의 空洞
病든 思想의 搖籃

울 듯 揭揚臺의 旗폭이 나리우고
뿕어케 充血된 窓, 들窓, 들窓, 부어올은다
이제 驛夫가 빠알간 燈불을 들고 線路위를 걸어오면
나는 외로운 旅愁를 車窓에 기대고 떠나갈테다

머얼리 머얼리 水平線이 물러간 후
孤獨한 海岸路로 찬 季節이 휘구은다
회— 회— 휘파람이 싸늘타
홀로 늦바람 마즈며 서있는 언덕의 電柱,

여윈 肉體여 고요한 村落이여
푸드득 山새인양 旅情이 품에 날아드니
파아란 煙氣야
뿕안 信號燈이 움직이기를 기다려보자
(밤 車의 누런 들窓은 황홀한 心思어니)

≪斷層≫ 3冊 1938. 3

싸나토리움

싸나토리움의 壁은 하아야타
天井도 하아야타
寢室도 자리옷도

空氣는 新鮮하다
常綠林의 香氣가 窓을 넘어온다
芭蕉잎이 맑다
花壺가 고웁고

얇은 숨결과 차고 기인 幅道,
아아 네가 구두소리 조심이 도라간 후도 아예 나는 슲어하지는 않으련다.
唾器를 들고 온 흰손이 燈盞에 불을 켜놓을 때까지
외로운 黃昏,

≪斷層≫ 제3책 1938. 2

바다의 추억

달밤이면 너는
바다를 생각해야 한다
도래구비에 부서지는
흰 물결을 잊지 말아야 한다.

마을의 슬픈 傳說과 옛 노래를 읍조리는
늙을 줄 모르는 詩人

바다 ……

그 누구도 들어줄 사람 없는
그 파도소리를 너는 슲어하느냐
바다를 잃고 생소한 산 속에서
추억의 리정표를 나는 지키고 있다.

책을 끼고 나서면
부르는 듯 손질하던 야학당 불빛
해당화 가득 핀 언덕 길 넘어오던
네 흰 옷자락이
추억의 손수건인양 표표이 가슴에 펄럭인다

한 쪽 벽이 떨어져 나간
스산한 그 방안도
너와 함께 숨쉬여 아늑하였고
한 자 두 자 마음의 눈 띠어가던
삐걱거리는 책상도
너를 바라볼 수 있어 소중했나니

긴 살눈썹
머루알 눈동자여
락조 비낀 수평선 바라보며
꿈은 제나름 아름다웠는데

때아닌 폭풍에
야학당 패쪽이 산산 깨여지고
구두발에 채이여
책상 네 다리가 떨어져 나가던 날

밭으로 마을로 도망치던
그 밤의 파도 소리, 뱃고동 소리……

아, 내가 좋아하던 도래구비엔
흰 물결 오늘도 부서지리라
듣는 사람 없어도
처절썩 밤새 뒤채기리라

울어선 안 된다
서름이 북바치면 베개 우에 엎드려
창문 넘어 흘러드는 파도 소리에 귀 기우려라
달도 기울면 안개 걷힌 수평선에
아침 해 솟으리니

바다,
버릴 수 없는 추억이여
너를 잃고 잠들 수 없는 마음
언제든지 돌아가리
네 곁으로 돌아가리
1938. 9

(발표지 미상)

에트란제

설은 想念을 끄을고 오는 밤의 옷자락
싸늘한 季節의 觸手가 皮膚에 스민다

저녁이면 깔어앉는 울화의 湖心은 깊다
밤, 나의 들窓은 紅酒가 넘처흐르는 琉璃窓이다

사랑을 잃고 北으로 쫓겨온 에트란제
옛 女人을 잊지 못한단다 깨여진 꿈이 서럽단다

이 거리엔 등불도 드물다. 人跡도 없다.
머얼리 郊外로 돌아가는 驛馬車의 疲勞한 방울소리

들창을 열면 풂은 湖水가 밀려들련만
오오 落葉진 가지에 남은 기억의 果實

차(蹴)라. 깨뜨려라 「안타루자」의 夜曲. 흰 주먹을 쥐여본다.
허나 憤怒마저 여윈 나의 房. 아하 紫煙의 꼬리가 기일다

≪東亞日報≫ 1938. 10. 23

女人과 海岸과 슬픈 餞別

오랜 傳說이 흐르는 南歐風인 머언 海岸을,
女人은 素服하고 당나귀의 방울을 울리며 간다.

가는 이와 함께 餞別한 온갖 記憶이다
來日은 새벽 일직 나는 氣球가 돼야 한다
아예 古風한 슬픈 이야기는 뒤지지 말자

흰 波濤는 白沙 위에 밀려오고……밀려가고
이제 堤防에서 붉은 「씨그낼」이 눈을 뜨면은

아득한 思慕를 海岸에 버리고 蹌踉이 돌아서겠다.

당나귀는 울지도 않는데 落漠한 黃昏.
女人은 時計塔의 方位를 돌아보며 돌아보며 간다.

芭蕉의 生理와 마음에 남은 한 그루 枯木.

(오오 네가 타고 간 당나귀의 외발통 발자욱은
來日 아침 내가 오기 前 波濤에 씻기워지겠고나)
海岸을 기어가는 말방울 소리가 살어지기 전
어서 沙場과 波濤와 餞別을 짓자
黃昏아 黃昏아.

≪女性≫ 3권 11호 1938. 11

野獸一節

바밀리온의 處女. 掠奪되려는 貞操 앞에서 도시 音樂을 몰은다 한다. 音樂을 안다는 것은 얼마나 純情한 僭越인가? 네가 百日紅이냐? 어여쁜 毒草이냐? 白晝에서 放逐받은 나는 音樂과 薔薇와 蒼空을 몰라도 좋다. 나의 鄕愁가 흔들리는 어두운 밤이 層層階 밑에서 숨쉬고 있지 않은가? 腐爛하는 肉體와 惡臭와 賣淫婦의 乳房이 飛翔하는 나의 意慾과 더불어 霧散하는 밤. 밤. 밤.

≪貘≫ 2집, 1938. 9

野獸 第二節

밤이 흰 낮을 裝飾한다. 芭焦 잎이 시드는 것은 밤이 너무 아름다운 연고다. 네 아버지가 몰핀 中毒이고 네가 充實한 相續을 받았다는 게 얼마나 華麗한 風景이냐. 地方의 傳說은 말 엉덩이와 殺生과 붉은 慾望. 偉大한 네 엉덩이에도 몰핀 注射의 傷痕으로 가득 찼다더라. 네가 熟練한 寡婦이냐. 새빨간 處女이냐. 비 오는 날 나는 雙頭馬車를 달리면서 네 血管 속에 흐르는 毒素와 淋菌과 붉어진 네 콧잔등의 腫氣를 빨고 싶은 衝動에 내 鼻汁을 핥았다. 흙탕 속에 박히어 허우적거리는 말. 말. 車輪. 밤과 내 心臟을 蠶食하며 延命하는 내가 지금 깊은 쏘파에 묻히어 雙頭馬車의 記憶을 파먹음은 밤이 너무 華美한 연고다. 透明한 「안다루자」의 夜曲보다는 內臟이 썩어지는 惡臭가 氣流 속에 가득한 이 거리의 밤이 나는 좋다.

비 오면 흙탕 물이 흐르고 馬車가 감탕 속에 빠지고 몰핀 中毒의 黃顔이 跋扈하고 어두운 골목에선 殺戮이 으젓하고 下水口의 구데기가 寢具에 기어들고 白馬의 生殖器가 腐蝕하는 肉體와 더불어 흐린 慾望에 露出하는 밤 밤. 童話를 잃어버린 世代의 썩어지는 心室 속에 沈澱하는 毒素는 漆黑이다. 오호 夜光에 흩어지는 惡德의 華花. 꾸우냥과 더불어 밤을 먹으며 나는 미칠듯이 좋아한다. 黑眼鏡에 칼 웃음치는 모오닝 입은 紳士. 점잖은 惡魔의 頭像.

―戊寅 仲秋―

≪貘≫ 3집 1938. 12

鄕愁

슬픈 風景 속에 저무는 「하이랄」의 거리
默默한 鍾樓 넘어로 記憶이 허무러진다

電柱의 思想이 왜 이리 설어우뇨?
좁은 室內에 퍼지는 파란 愁煙
오늘도 낯선 異邦의 거리를 헤매였다
나타샤, 窓문을 열어라
쫓겨온 에트란드의 설음은 나도 깊단다

黃昏은 스미는데 噴水는 흐느껴 울고 울고
喪服의 기인 옷자락을 끌며 女人은 지나갔다
瞑目하는 亡命의 거리 오오 「하이랄」의 밤아
貴族의 血脈을 너는 詛呪받은 배암이라 하느뇨?

思想은 病들고 肉體는 여위어 ……

나타샤, 너는 아직 白薔薇를 안고 있느냐?
꿈을 잃었다, 故鄕도 없다, 사랑마저 南쪽에 묻고,
「하이랄」의 心臟은 코스모포리탄이즘으로 탄다는데
黃昏이면 부푸는 뗣은 鄕愁는 웬일이뇨?

噴水여 울어라 슬퍼해라 幌馬車야
흔들어도 떠오르는 옛 女人의 影像,
愁煙은 휘동그래진다. 퍼진다. 오호 감긴다.
—戊寅 仲秋—

≪여성≫ 3권 12호 1938. 12

1939년◉

P 少年의 一代記

墓碑銘의 一節
≪女人의 恥毛가 날리우는 날 少年은 다시 復活한다≫

버러지들은 無目이었다. 窓 밖에서 밤ㅅ비 밤ㅅ비 코스모스의 孤獨을 울리는 밤은 無數한 産卵의 期間이었다. 도마도와 같은 少年의 微笑에서 女人은 試驗管의 透明體를 感覺하였고 밤마다 로ㅡ마 廢墟의 風化한 記憶을 슬퍼하는 少年은 가마귀의 豫告를 귀아프게 들은 아침 轉地의 勸告를 받았다. 그날 밤 女人은 送別의 食桌을 젖은 手巾과 造花로 裝飾하였다.

너의 그늘에 ○은 허이연 山脈이다.
너의 會話는 아직 室內에 結晶된 채 있다.

少年의 꿈는 海藻와 女人의 誘惑이었다. 氷雨가 車窓을 두드리는 黃昏 少年은 少年이 아니었고 車窓은 싸나토리움의 移動式 額椽, 움직이는 湖水와 電柱와 樹林은 서그픈 風景 속으로 잠기고 나타나고, 季節의 挽饌 속에서 少年의 哲學은 腦床으로 허물어지고 ……허물어지고 ……

花壺와 林檎의 論理였다
二十日鼠의 搖籃인 女人의 푸른 寢室.

少年이 生理에 反逆하여 雙頭馬車에 실리워 黑猫의 辭典을 찾으려 언덕을 넘을 때 少年은 華麗한 鳥群分列을 보았다. 遮斷되는

會話사이에 林檎같은 붉은 피를 吐하고 죽을 때 少年의 瞳子에는 馬. 馬. 雙頭馬의 背面 畵像되어 있었고 時計塔 넘어로는 허이연 한울이 뚫어지고 ……부풀고 ……馬夫는 稍然이 앉아 暝目한 채 疏林의 記憶을 부르고 있었다.

地下室의 饗宴은 로-마市의 火炎인가?
市民이여 언제 점잔은 殺戮을 終末하겠느뇨?

少年의 遺稿 日記의 一節
≪悔恨의 倫理는 必要없다. 나는 나의 房과 나의 壁과 나의 空氣가 무섭다. 내가 잊지 못하는 것은 林檎의 味覺 뿐이다.≫

少年의 喪輿는 늦가을 찬바람에 餞送되어 黃昏 속에 잠기었고 少年의 무덤 앞에는 女人의 恥毛로 裝飾한 林檎 열매를 고여 놓았다. 女人은 꽃 한 포기 고이지 않았고 뭇 俗物들의 무덤과 무덤새에 하이얀 墓碑만이 지터가는 黃昏, 黃昏을 지키고 있었다.

≪高邁한 精神 少年 P의 殉死之地≫
-己卯 九月-

≪詩學≫ 4집 1939. 3

편지

달밤이면 너는 바다를 생각해야 한다.
찬 가을이 가져오던 어린 鄕愁를 記憶해야 한다.

鍵盤 없는 피아노의 힌 손, 힌 손
슬픈 傳說을 말하는 늙은 樂士……바다
落漠한 바다의 構意를 너는 슬퍼하느냐
나는 지금 肉化하는 記憶의 道標를 지키고 있다

아카시아 아베뉴를 걷던 네 푸른 치마자락이
追憶의 손手巾이 되어 가슴에 펄럭인다
내가 조와하던 바다의 廻廓엔 季節이 울리라
(안나 울어선 안 된다, 조용히 南쪽 바라지를 닫어라)

담배를 피워 무니
밤은 차다
눈물을 香露보다도 즐겨 마시던 너와 나.
오오 煙環 속에 떠오르는 네 像이 슬프고나

아예 너는 南方을 그리워 해선 안 된다
외로우면 ……
네가 조와하던 머언 天使의 이야기나 읽으며
밤새 처량한 海潮音과 더부러 고이 잠들어라
바다를 잃은 나는 白鳥보다도 슬프단다.
≪東亞日報≫ 1939. 5. 6

疲困한 風俗

오늘도 해는 저물어
또 하나 기인 陰影을 끄을고 ……

나의 歸路에 나는 나의 年輪을 잊고
움직이는 한 그루 枯木을 構圖한다
담배를 피워라 여윈 손가락이다
나의 壁을 貫通하는 허이연 두 줄기 軌道

이제 남은 것은 喪失當한 나의 存在
憤怒도 슗음도 水晶이 되엿다
나의 感情이 葉綠素 같이 펴지든 밤
너는 네 얼굴을 네온으로 染色하며 돌아갔거니

내 生活의 작은 餘白이 왜 이리 孤獨하뇨?
오늘도 層層階에서 病든 나의 思想을 보았다.
十萬倍 擴大鏡 속에서 꼬리 저었던 「볼리셀라」의 群像
오르고 내리고 가고 오고 ……

(부셔라. 깨트려라. 담배를 던진다
허나 風船의 倫理다. 남는 것은 또 하나의 自嘲)

오오 都府는 默然히 瞑目하는데
나의 넥타이가 海藻처럼 疲勞웁고나
−己卯 四月−

≪朝鮮文學≫ 19輯 1939. 6

海岸의 傳說

北海岸 적은 港口에 사는 안나는 긴 行列이 海岸道路를 기든 날
반갑지 않은 地球의 딸이 되엿다.

水平線을 바라보며 자란 안나의 꿈은 海市인양 恍惚하엿다.
林檎나무와 새벽 이슬을 조와하는 成熟한 少女 안나
밤－피아노의 臺에 안즌 힌 손은 물결을 옷 입다.

힌 모래알 새새로 어린 마음이 새고
머얼든 水平線이 壽命을 주름잡어 차차 가까워지고

풀은 硝子體. 水晶體.
魚族과 珊瑚와 온갖 神秘를 감춘 童話의 海心. 童心.
(그러기에 나는 안나의 시원한 눈을 가장 사랑하엿다)

하이얀 燈臺의 感情이 싸늘하게 식는 날이면
마음은 언제나 大理石 위에 墓誌銘을 색이는 ……안나!
슬푼 風俗이엿다. 부풀어 올으는 霧笛.
안나는 제집 「베란다」에 앉어 알지 못할 鄕愁에 설허햇니

안개인양 찾아왔다 病들어 돌아간 南方의 길손.
그날 밤 波濤는 울어 울어 울드니만
(車窓에 떠오르던 네 얼굴이 작고만 흐터지드라, 아듀!)

北海岸 적은 港口에서 자라난 바다의 女人 안나
머언 海洋을 旅行온 微風이 上陸하는 爽快한 어느 날
안나 아닌 다른 안나는 花香 풍기는 「아베뉴」를 지나, 지나
故鄕 아닌 제 故鄕으로 海風에 餞送되여 돌아갓다드라.
－戊寅 여름－

≪批判≫ 113호 1939. 9월호

두만강

개울이라기엔 물결 소리 높고
강이라기엔 몸뚱이가 적구나
두만강!
이름만 불러도 가슴이 뜨거워 ……

하직 밤이라 목이 메여
눈물로 골짜기가 패워졌다는
오랑캐령은 강 건너 어디 바루?
구름 위에 중중 전설로 솟아
류랑의 설음 말해주누나

시베리아 계절풍이 불을 한 입 몰고 오다
北進하는 日本海의 氣流와 맞우쳐
피를 토하듯 내뿜으며 주저앉은 것은
강기슭에 생긴 모래 산이냐

바람, 비, 번개, 통곡 소리
강변은 하루도 개여본 날 없고,
반도엔 꽃 한 포기 피도 못했고,
대륙은 언제나 소란한 狩獵地帶
강이여 너는 밀림을 적신
총알 맞은 사슴의 핏줄기이냐?

운명의 나루
물결 뒤척이는 소리 ……
아버지 괴나리 봇짐엔
빈궁의 쪽박이 울고

젖 말은 엄마 가슴에선
아기가 악을 쓰다 목이 갈렸다

아, 이렇게 울며 건너가고
건너만 가고
오는 배는 어째 하나도 없느냐?

젊은이 뜻만을 안고
빈 몸에 밤 여울 숨어 건는
나의 벗도 건너가곤 돌아오지 못했으니
이 강물에 꽃잎처럼 흐터진
그 많은 이름들 속에
너도 함께 묻쳐 흘러갔느냐

아, 고향도 이젠 등뒤에 멀어진다
어릴 때 범나비 좇아 오르던 언덕엔
락엽이 찬바람에 울리라
나도 나의 벗들처럼 돌아오지 못하는
류랑의 孤魂으로 광야에 묻힌다 해도
노을은 무덤 위에 붉게 비춰주리니

두만강, 수난의 기슭이여 잘 있으라
이제 내가 디딜 새 地面에
어쩌다 활짝 핀 들장미라도 있어
나를 맞어줄지 누가 알랴

아, 돌아올 기약도 막막한
추방당한 길손의 나그네 길에
비록 거품처럼 사라질 꿈이라 해도

희망을 버리지 말라 말해주는
물소리 높은 강 언덕에
내 마지막 인사를 보낸다.
－1939. 10. 회령에서－
(발표지 미상)

病든 構圖

그날 밤의 記憶은 푸른 씩낼이다
弔服을 쓰고 夜霧 속으로 숨은 네의 슬픈 微笑다.

그 후부터 나는 기울어지는 弦月을 가졋노니
强한 苦杯를 盞 가득 부어노코 간 너의 힌 손
밤이면 쓸쓸히 瞑目하여 본다
카나리아 너는 언제 子音 업는 노래를 停止하겟느냐?

들窓에 氾濫하는 것은 머언 記憶의 紅酒다
이 밤 나의 室內에 빨간 츄립은 어인 諧謔이뇨?
闇中을 幕索하면 떠오르는 絶望의 碑文－
차디찬 距離를 나의 位置에 두며
造化와 都府의 들窓. 어두운 構圖 속에 病든다.

眞實을 虛構로 僞善하는 層層階의 論理.
지금은 自嘲도 지쳣다
歪曲된 思索에 憤怒도 病들다
담배를 피여 물고
葬地를 머언 異域으로 選擇하여 보노니

法規의 피에로.
오오 室內의 靜寂이 끝없이 무서웁다
너는 또 붉은 鄕愁를 불으라 하느뇨? 디오니쇼쓰.
－己卯 여름－

≪批判≫ 114호 1940. 1. 11

室內

古風한 椅子가 한臺.
庭園에는 달빛이 氾濫하고 ……

네 얼골이 湖面우에 떠올을 때면
쏘-다 水의 섫음은 깔아앉는다
달빛이 찬 밤,

비인 寢室, 만도링의 誘惑과 푸른 窓.

傷心의 이야기도! …… 지금은……
아름다운 먼 童話다

흰 磁器와 深紅의 카-네숀,
墳墓우에 받드린 한폭 不忘의 선물이뇨?

葡萄송이의 味覺을 잃었고
이제 花瓣과 같은 네의 肉體마저 잃었으니
蛇의 思考가 달빛 같은 肉體에 남었을 뿐

테라쓰를 적시는 달빛 「쏘나타」
오오 郊外를 걷든 네 자욱소리가
壁으로 壁으로 숨는다 밤새 ……

≪斷層≫ 제4冊 1940. 6

壁

거울 속으로 흰 낯이 逃走한다. 기우러지는 地球儀. 하건만 나 앓인 나는 瞑目할줄도 몰으고 슬퍼할 줄도 몰은다. 牧歌的인 風景의 構意는 철없는 植物의 倫理다. 내 오랜 記憶을 支持하고 있던 腦細胞의 分裂.
너의 肉體는 머언 山脈이 되고 기인 行列은 行列이 쓴 死面의 表情을 몰은다. 거울은 거울의 思想을 忘却하였고 얼골 얼골은 제 얼골보다 行列의 얼골을 다 잘 안다. 다리와 다리, 凱旋하는 類概念의 旗幟.
씰크햇을 쓴 紳士의 손이 발보다 길다. 검은 禮服을 끌며 蒙古風인 손톱을 그래도 짧다 한다. 네 손톱이 내 눈알을 파내였느뇨? 오오 지금 나의 壁을 받는다는 것은 生殖器와 사마구. 사마구. 개아미 같은 循環小數의 解答은 壁에도 없다. 문허지려는 壁에 뮤―즈여 그림을 그려라. 性畫를 그려라,

≪斷層≫ 第4冊 1940. 6

林檎園의 午後

붉은 庭園은 푸른 天井을 이고
바닷가에서는 少年이 白馬를 戲弄하고
바람이 풀피리를 불며 散策하는데 거울 속에서는 붉은 裸像의 女人이 午睡를 滿喫하고 있다. 내가 좋와하는 氷酸의 味覺이 어느 헤바닥에 구으느뇨? 疏林사이로 기일게 뻗친 흰 손手巾이 머언 記憶을 실고 櫓를 저어 櫓를 저어 찾어온다. 바다 가까운 果樹園의 戀愛를 검은 思索으로 덮든 그날의 構圖.
웃는 草字의 얼골

端雅한 楷書의 모습
어느 가을날 붉은 만도링있는 海邊의 風景과 함께
온하로 그려놓은 少年의 落書를 물결이 싯어갔다.
길손은 祖國의 한울이 나려덮이는 航室의 圓窓에서 밤마다 時計盤과 地圖를 드려다 보았고 園丁은 길손이 돌아오면 붉게 爛熟한 열매 열매를 고이려 하였는데 …… 오오 네의 풀은 잎새는 너의 엷은 嘆息이였드뇨? 붉은 肉體가 젖어드는 밤, 길손이 오기 前 讀本의 試饌은 물결소리 유달리 처량한 밤 바다가였다.
지금 少年은 少年이 아니다.
언덕을 背景하고 少女들은 陳列되는데
林檎園의 午後에 돌아온 길손은
異國製 담배를 피우며 木馬의 表情을 짓고 있다.

≪斷層≫ 第 4冊 1940. 6

馬

1

네가魚族이되여보풀은여름밤을헤염칠때나는네의華美를슬퍼할줄몰으는나를슬퍼하였다너는네皮膚를欺瞞하며네의肝線을異國産品으로封鎖하나네가먹는冷性飼料는花瓣과같은高熱을낮울수는있을망정레—쓰실같은네의血管을속일수는없다密生한羊齒類植物의불타올으는意慾.너는버얼서휘파람부는魚族일수는없다

2

날맑은날너는雨傘을들고채송花핀꽃밭을걸으며沈默한것은네의四葉클로버를슬퍼함이냐네의裝飾한뒷발통이클로버의軟한잎새잎새를문질으며移動될때슈미—즈와바요렛뜨레스를입은젊은馬네의

얼골魚族을닮으려하나네의옷고름엔家具가記錄되엿다너는네의四葉클로버의풀은血痕을디오니쇼스의思想이라하느뇨?

3
네가林間호텔의花崗石베란다에앉어꿈꾸는비이너쓰를조잘거릴때다리와다리속으로보이는달과驢馬의컴포지숀아카시아花香이昇華할려는네의脂粉을侮辱하는밤樹木이흔들릴때마다움직이는縞馬. 머얼리구부러진외로운아베뉴를걸어도네의기다리는思想은누어있지않었고네의뿌론드속에선誇張된종다리도울지않었다

4
달빛에너를두고달빛속을旅行할때너는달빛보다시원한여름밤을가졌었다해가우리의思想을忘却한너는밤과낮을꺾우로서사는動物. 칼피쓰를빠는네주둥이와수박의붉은살을깨무는힌이빨을너는보았니?한오리두오리天井에올을사이도없이파잎의구름은흐터지고흐터지고芭蕉의설음을同情하는너는그實芭蕉보다슬프다

(뮤-즈여椅子와芭蕉잎사이에넘어진저馬의慾望은누구의것이뇨)

≪斷層≫ 第4冊 1940. 6

壺 1

名匠의손으로된바도않인壺를나는寢室에두고바라본다내가壺를좋와하는것은水平을가진美麗한파라숏파라숏은않이다. 壺心않인壺心의風景은오므려들고伸張되고萎縮하고 ……僞善하는壺는그實少女도않이요琉璃窓도않이요壺다.

≪斷層≫ 第4冊 1940. 6

壺 2

寢臺에 자빠진 淫女. 花壺.

《斷層》 第4冊 1940. 6

가야금에 붙이어

이 거리의 등불 꺼진 창문과 함께
너도 슬픈 오늘의 심정이냐?
가야금!

산 하나 없다
둘러보아야 구름 덮인 地平線
슬픈 葬列처럼 黃昏이 흐느낀다
저녁이 되여도 눈 못 뜨는 창문 안에서
가야금의 줄만 고르는 마음 ……

가야금아
전해오는 이 땅의 슬픈 역사
오늘에 울리어 줄을 튕기느냐?
나라 망하니 가야산 깊은 산 속에서
마디마디 울리던 애연한 가락

울면서 타는 소리냐?
타면서 우는 마음이냐?

그 소리에 움직여

집집마다 소리 없이 창문을 열고
그 가락에 취하여
길 가던 젊은이들 발길 멈추는데

녀인아
불러도 오지 못할 옛 기억보다도
저녁이면 등잔에 심지 돋구고
사람들 불러 열두 줄 튕겨야 한다

자라서도 그리운
어머니의 자장노래
잃었기에 찾아야 할
조국의 노래란다

밤새 흐느끼려느냐? 가야금
울지 말고 가거라 저기 산으로,
조종의 슬기가 밀림에서 꽃이 핀다

가야금 겨레의 마음
아픈 상처 감싸주는
어머니 손길이여
이 밤이 지새도록 튕기고 튕기여라
그 소리에 실려 새벽이 찾아오리
어둠을 타고 앉아 노을이 비쳐오리
-1940. 3-

≪在滿朝鮮詩人集≫ 뽑

한 詩人의 프로필

창문은
동쪽을 향해 뚫려 있고
黃昏이면 반만년의 歷史가
등잔을 받들고
창턱에서 까물거리는 것이였다

세월이여
무궁한 時間이여

屈辱의 분함이
그대로 땅바닥에 썩는데도
창문은 민족의 얼을 지키고 있는가
부뚜막 가엔 東方의 家族들이
배고파 웅크리고 있는데

한 폭의 壁畵
太陽을 향해 활줄을 당기는
詩人의 머리털은 자란 그대로
붉은 意慾에 굽실거리고 있었다
−1940. 10 咸亨洙를 만나−
(발표지 미상)

담배를 물고
파아란 연기 속엔
추방당한 天使가 산다

天使는 하늘이 그리워
치미는 鄕愁에 우으로만 올은다.

오늘 밤도 말없이
나의 室內로 나는
우리 天使를 불러
메마른 입술에 물어본다

뭉치고 흩어지고
다시 감도는 연기는
두고온 고향
싸리바자 울타리에 서리던
마을의 슬픔인가

회오리 落葉도 아닌
서그픈 휘파람도 아닌
침묵 속에 터지는 그리움이란다

室內엔 꽃 한 포기 없다
고양이 한 마리도 안 산다
혼자 모대기는 정적만이 덛쌓인
墳墓의 동굴 나의 방

연기여
웃음과 생기와 希望을
너는 걷어안고
어데로 사라지는 것이냐?

아, 心臟은

병든 흙벽을 두드려부시고
밖으로 뛰쳐나올 듯
쿵쿵 울리는 室內

울분만이 연기를 따라
오르다 흩어졌다 다시 뭉치여
가을 한 밤이 깊어간다.
−1940. 11−

(발표지 미상)

1941년◉

延吉驛 가는 길

벌판 우에는
갈잎도 없다. 高粱도 없다. 아무도 없다.

鍾樓 넘어로 하늘이 묺어져
黃昏은 싸늘하단다.
바람이 외롭단다.

머얼리 停車場에선 汽笛이 울었는데
나는 어데로 가야 하노?

호오 車는 떠났어도 좋으니
驛馬車야 나를 停車場으로 실어다 다고

바람이 유달리 찬 이 저녁
머언 포풀라 길을 馬車 우에 홀로.

나는 외롭지 않으련다.
조곰도 외롭지 않으련다.
－庚辰 11月－

≪朝光≫ 63호 1941. 1

밤과 女人과 나

복도는 길고 어둡습니다
나는 낯선 지붕 밑
어지러운 돗자리에 앉아
얼룩진 천정의 무늬를 헤여봅니다

창문에 흘러드는 달빛마저도
역겨워 女人은 외면합니다
슬퍼도 웃어야 하는 것이
우리에게 생긴 새 義務입니다

<갓떼 구루조또 ……> 거리에서는
목 갈린 소리 창살을 부시고
달빛 아래서도 물고 뜯고
죽이고, 죽고 ……

두고 온 고향이여
언제 한번 걸어볼 것인가
못 잊을 마을의 오솔길과
시냇가 언덕을,

어머니 무덤엔
雜草 무성했으려니
갈려도 못 가는 이 不幸을 참는 것이
청년들의 운명이란 말입니까

벌려도 뼘도 못되는 엷은 가슴팍으로
나는 저 하늘과 뭇별

삶의 온갖 것을 부정하고
어둠을 향해 내동댕이치려는데

女人은 안문 덧문
조심조심 잠그면서
혼자 중얼거립니다
－밤도 깊었으니
이제 새일거얘요
이 저주로운 숨막히는 밤도 ……
－1941. 2 龍井에서－
(발표지 미상)

大肚川驛에서

마을도 없는
산비탈에 서 있는 외진 山間驛
하늘엔 눈발이 부연데
待合室은 지친 얼굴들로
가득차 있다

우묵 패운 볼
두드러진 뼈
눈동자는 저마다 닥쳐올 운명에
초불처럼 떨고 있으니
貧窮의 한 배 속에서 나온 형제들이냐
행복이란 손에 한번 쥐어 못본 얼굴들이다

경산도, 평안도, 관북 사투리
제 고장 기름진 땅 누구에게 빼앗기고
이리도 멀고 먼 이역 땅
두메 막바지에 흘러왔담?

쫓기는 신세라 이제 또한
얼마나 많은 눈물
무거운 근심을
이 大陸 황무지에 쏟을 것인가

흐트러진 머리를 쓸어올릴 생각도 없이
흙바닥만 뚜러지게 들여다보는 녀인
눈물 자욱 마르지 않은 걸 보니
오는 길에 애기를 굶어 죽인 게로구나

할머니는 천리길 걸어 아들 면회 갔다가
'비적'의 어머니라 구두발에 채여
감옥 문간에서 쫓겨났다지요?
먹다 버린 벤또를 줏어 먹는
애야 너는 그렇게도 배가 곺으냐?

아, 이 사람들 위해
내 할 수 있는 일이 있다면
무엇을 아끼겠느냐만
유리창은 흐리어
하늘도 흐리어 ……

썰매도 마차도 소방울 소리도
환영처럼 흰 눈 속으로

사라지고

고향은 강 건너 조선땅이지만
흙 한번 밟아보지 못했다는 사람들
어둡기 전 앞 고개 넘어야겠다면서
하나, 둘
눈 속에 숨어드는데

이 내 몸 눕힐 지붕 밑은 어드메뇨?
집도 없고 벗은 가고
다리는 지쳤고
뜻만으로 헤쳐야 할 운명의 험난한 길에

아, 눈이 내린다
바람은 나뭇가지에 더욱 소란타

≪滿鮮日報≫ 1941. 4쯤

火爐를 안고

눈보라 하두 사나워
집에 들어 화로 앞에 앉으니
마치 사냥군에 쫓기다 굴 속에 숨은
한 마리 사슴 같구나

어데 남은 숯덩이가 없는가
부저가락으로 죽은 재를 뒤져보면서

아직 젊었는데 어찌하여
흘러간 年齡을 헤어보는가
미래라는 창창한 세월은
어디에 묻어두고,

오늘도 하루 종일
보이지 않는 채찍에 쫓기어 헤매였노라
숨가쁘게 땅만 굽어보며
고개 한번 들어보지 못하였노라

한번도 소리쳐 불러보지 못한
어머니 조국의 이름이여
빼앗긴 강토
깨어진 반만년의 歷史여

—자네는 이 슬픔을 참을 수 있단 말인가
—자네는 이 壓力에 숨 쉴 수 있단 말인가

眞理를 찾아
해진 교복 주머니에 주워 넣었던
새 時代의 예지는 꾸겨졌고
宇宙를 征服하려던 청춘의 날개는
가죽 채찍에 쪼박났고,

아, 슬프면 술을 불러 주먹치던
그 통곡도 하나 感傷이였나
싸움에서 卑怯하지 말라던 左右銘도
하나 철없던 군사놀이 구령이였나

삶이여 대답하라
굴종이냐? 죽음이냐?
창문에 별빛 한 점 비쳐들지 않고
질화로엔 타버린 숯덩이만 남았다만

죽음이 생명을 이기지 못하고
생명은 생명을 낳아 영원하거니
밤, 성에 돋은 지붕 밑에서
화로의 남은 재를 뒤져보노라
죽어서도 불씨 안고 다시 사는
불의 어머니
숯덩이 숯덩이를 찾아서.
－1941. 7－

(발표지 미상)

찌저진 포스타가 바람에 날리는 風景

풀 한 포기 돋지 못한 墳墓의 언덕엔
뼈만 남은 枯木 한 그루
깊은 가난 속에 파묻힌 초가 지붕들
창문은 우묵우묵 안으로만 파고들었다

여기는 流浪의 정착촌
쫓겨온 移民 部落

누구를 막으려
무엇을 경계하여

토성을 두세 길 쌓고도 모자라
숨은 참호까지 깊이 팠느냐

“형제를 미워하라
이웃을 경계하라”
아니면 칼을 받으라는 코란經쯤의 呪文인가
카인■도 낯을 붉힐
背理의 法典
(그래 마을 창문들이 등을 돌린 게구나)

아, 한 많은 세상살이
허리는 굽었지만
마음이야 굽어들손가
마을은 침묵으로 외면하고 있는 한낮

오늘도 또 한 사람의 ‘통비분자’
묶이어 성문 밖을 나오는데
‘王道樂土’ 찢어진 포스타가
바람에 喪章처럼 펄럭이고 있었다
−1941. 8 老土溝에서−

(발표지 미상)

새들은 날아가는데

강 건너 들
들을 지나면 하늘에 닿은
연 연 푸른 山脈 ……

산 넘어 구름은 가고
구름 따라 새들은 난다
눈부신 나래에 실은 것
서름이냐? 눈물이냐?
아니면 푸른 꿈이냐?

내가 사는 거리는
밟히고 짓닉겨 풀도 못 자라는데
겨울에도 눈 속에 꽃이 핀다는
松風羅月 쫌은 어느 산 그늘이냐?

구름 위에 솟은 산은
백두산이요
계곡에 흐르는 물은 松花江이라
뜨거운 마음과 찬바람이
함께 어울져 흘러
승냥이도 가까이 못한다는
武陵桃源 別天地 솟아났다는 곳,

봄과 大地가 한 몸으로 엉켜 있어
산이 불러 들어 和答하고
새들은 봄을 입에 물고 날아가는데
산 넘어 아득한 그리움
未知의 새 세계로 鄕愁는 부르건만

나는 어찌 못하누나
이 醜惡한 거리와 숨막히는 방을
벗어나지 못하고 嘆息하고 있고나
-1941. 9 朝陽川에서-

(발표지 미상)

그 자욱 더욱 뚜렷이

그것은 마음의 바닷가
白沙場을 조심조심 걸어간
그대 純情의 발자국,
밀물, 썰물, 세월의 파도는
밀려오고, 밀려갔어도

눈물의 그 자욱은
더욱 뚜렷이 남아 있고나
−1941 .9 城津에서−
(발표지 미상)

한 交叉驛에서

하필 저녁에
차가 머물 것인가?
거리는 강 건너 멀리
저녁 연기에 잠겨 히미하다

待合室은 고달픈 삶에
현기증이 난다
너도 나도 모두
지칠 대로 지친 얼굴들 ……

좀더 맑은 공기가 어데 없을까
문을 밀고 나서니

하늘도 납덩이처럼 내리눌리웠구나

이제 한 시간 지나야
바꾸어 탈 렬차는 온다는데
갈 곳 없는 流配의 길에
나의 위치를 나는
어데로 정해야 옳을고?

담배라도 피워보자
아무도 없는 곳
들판에서나 한번
고개 번쩍 들어보자
－1941. 10－

(발표지 미상)

病記

흰 백합꽃이
내 병실의 쇠잔한 숨결을 지킨다

나의 꿈은
하늘 나는 수리개였고
나의 소망은
사막에서도 높이 솟은
太陽의 비라밋트였는데

지금은 한술 미음도 힘들다누나
記憶을 씹으며 연명하는 육체.
꽃병과 마주하여 이야기한다
모두 돌아간 깊은 밤
병실에 홀로 ……

꽃을 보낸 마음은
꽃보다 아름다우련만
밤의 유리창
떠오르는 네 미소가 서그프다

포장을 치고
눈을 감어본다
등잔불이여 나의 臨終을
너만이 지켜다오
가는 길이 어두워서야 되겠니?

눈동자가 나의 육체보다도 더 커지는 밤
꽃은 초불처럼 병실에 가득 찬다
≪朝光≫ 1941. 10

仙人掌

샤보뎅
빗방울소리 난다

샤보뎅 속에 어린 鄕愁가 산다
鳥籠 속 보리밭이 머얼 듯

샤보뎅의 鄕愁는 머얼다

한낮에도 꿈을 사랑하며
샤보뎅은 그저 외롭단다
年齡을 헤이며 한층 더 외롭단다

꽃 피면 꿈을 잃는—
그러기에 남 모올래 피는 샤보뎅의 꽃은 남 모올래 잃는
샤보뎅의 꿈이란다

샤보뎅
午後의 샤보뎅은 불쌍도 하다.
—辛己 八月—

≪春秋≫ 10號. 1941. 11

電線柱

겨울이면 늙은 네 얼굴에 주름살이 더 깊어지고 눈 내리는 날이면 너 혼자 길거리에 장승처럼 우뚝 서 있다. 전선주,
너는 땅 속에 다리가 묻혀 걸을 수 없는 고정한 너의 '로고쓰'를 슬퍼함이냐? 아니면 세상 더럽고 추악한 모든 것 휩쓸며 내닫는 바람을 부러워함이냐? 한밤에도 너는 잠들지 않고 윙윙거리는 뜻 몰을 소리를 창문 덛문 굳게 빗장한 내 사색의 城砦 안에서도 들을 수 있었다.
눈보라 기승치는 이런 밤이면 의례 密林에선 총소리가 울리고 우등불이 타올랐으니 매맞아 죽은 아버지와 굶어 죽은 어머니와 불타 죽은 동생의 원한이 그 불길 속에 황황 타고 있음을 말없는

천년 원시림인들 어찌 모르랴? 巨木들은 어깨를 비비며 불길을 일으키고 말라 시들은 落葉은 그 몸을 불에 던지고 나무가지들은 하늘 높이 불꽃을 내뿜는 그 소리를 전선주 너는 통신하며 밤새 윙윙거리는게 아니냐?
총을 멘 그의 아들딸들이 잃어버린 고향 땅의 한줌 흙을 가슴 깊이 소중히 간직하고 조상네 옛 기억을 찾아 鮮血로 흰 눈을 물들이며 백두산 밀림 속을 걸어가고 있으니 전선주, 너는 그 속 전하려 大陸을 바느질하며 강과 언덕 건너고 넘어 끝없이 뻗어가는 것이구나.
—1941. 12—

(발표지 미상)

三等待合室

고향 사투리가 듣고 싶어
오 가는 사람들로 붐비는
저녁 停車場으로
내 蹌踉이 나아오다

예서 고향이
몇천 몇백리이뇨?
南行列車에 탄 길손이 부러워라
보내는 사람도 없는데 손을 들어
멀리 사라지는
푸른 신호등을 바래주노라

人生은 뭇자욱 어지러운

三等待合室
행복보다도 不幸으로 가득찬
三等待合室.

(할머니 그 늙으신 몸에
北行列車를 더 타시렵니까?)
눈물의 북쪽 만리 아하하
쫓기우는 족속이여

조막발 異邦의 아가씨가
人形처럼 아장아장
문을 열고 들어선다

슬픈 石膏像처럼 창턱에 기대여
낯선 거리의 저무는 風景을
失神한 듯 내다보는 젊은이도 있다

아, 언제 닥칠지도 몰을
그 무서운 暴壓의 채찍이 내리기 전
나도 어데든지 떠나야 할 것 아닌가
한마디 고별의 인사도 없이
밤차에 숨어
밤차에 홀로 ……
—1941. 가을 조양천에서

(≪ 現代文學選≫, 김일성종합대학출판사)

北行列車

안개 짙은 밤
나는 그늘진 나의 청춘을 안고
북행렬차에 실려
도망치듯 고향을 떠났노라

산 속을 기여
海岸을 달음질쳐
北關千里 ……

車室은 우리 모두가 안고 있는
한 폭의 生活 縮圖런가
행복은 문 어구에도 없고
不幸만 꽉 차 숨이 막힌다.

車窓을 적시는 가을 찬 비는
울며 따라서는
어머니 눈물이냐?
마지막 넘던 집 문턱
울바자에 맺혔던 밤이슬이냐?

눈에 보이는 모든 것 잃었으니
어느 구석엔들 웃음이 있으리요
빈 젖을 파고드는 애기의 울음을
어머닌들 무엇으로 멈춘단 말인가
그런데 욕설로 무찌르는 異邦 말 ……

차바퀴 소리 요란한 걸 보니

두만강 다리를 건너는가부다
벌써 大地는 얼어
북만엔 눈발이 섰다는데
홋적삼 토스레로 이제
大陸의 칼바람을 어이 견데낼 것인가

오라는 글발도 없고
기다리는 사람도 없는
밤과 밤을 거듭한
追放의 막막한 나그네 길

나는 내가 내리는 이곳
북행열차는 끝닿는 줄 알았는데
아, 어제도 오늘도
또 래일도
北行列車는 더 큰 불행과 슬픔을 싣고
어덴가 자꾸 떠나고 있어라
—1941. 조양천에서—

(발표지 미상)

獸神

계집은 疲困하엿습니다
허면서도 오라고 손질합니다.

公園路의 午後에도 꽃은 업섯습니다.
바닷가에도
南쪽으로 뚤린 들窓 넘어도

계집을 할는 習性을 배웟습니다.
金曜日의 밤
계집은 勿論 女人은 안입니다.
붉은「우쿠레데」의 風景과
어두운 寢室의 華麗한 精神과
말이 없고 나도 默하고
개와 가치 즐길 줄만 아는 것입니다

≪滿鮮日報≫ 1942. 2. 14

室內

파아란 煙環 속엔 天使가 산다
天使는 憂愁를 宿命 지녔다

오늘밤도 말없이

나의 室內로 天使를 조용히 불러들이다

天井으로 오르는 煙氣는 외로운 憂愁의 舞라 한다
회오리 落葉도 안인 휘파람도 안인
天井과 벗하는 쓸쓸한 思想이라 한다

가슴을 쿡 쑤신다 오란다 桌上時計
손을 드니 오오 열 손가락이 透明타

고양이도 안 산다 花盆도 업다
외롭지도 안을련다 울지도 안을련다

室內
우리 슬픈 天使는 숨소리 하나 업는 房 속만이 조타한다.
－庚辰 11月－

≪滿鮮日報≫ 1942. 2. 14

카페－'미스'조선에서

너는 '모나리자'의 알수 없는 미소로 나를 끌어당기고 있었고 불타는 水族館은 毒草煙氣에 취하여 흔들리고 있는데 나는 나라 잃은 젊은이의 설움과 버림받은 나의 인생을 슬퍼하며 술상을 마주하고 있었다. 너의 량 길손 흰저고리와 다홍치마는 '하나꼬'라는 낯선 異邦 이름과는 조화되지 않았으니 너의 검은 머리채속에는 네가 잃어 버린 것 그러나 잊을 수 없는 모든 것이 그대로 깃들어 숨쉬고 있는것이 아니냐? 어머니의 자장가와 네가 뜯던 봄나물과 흙냄새, 처마 밑의 지지배배 제비 둥지, 밭머리의 돌각담, 아침 저녁 물동이에 넘쳐나던 물방울과 싸리바자 담모퉁이 두엄무지, 처마끝의 빨간 고추, 배추쌈의 된장맛…그리고 그리고 한마디 물음에도 빨개지던 네 얼굴을 후려갈기던 집달리의 욕설, 끌려가던 돼지의 悲鳴, 아버지의 긴 한숨과 어머니의 통곡소리…아아 채 여물지도 못한 비둘기 할딱이는 네 젖가슴을 우악스런 검은 손에 내맡기고 너의 貞操를 동전 몇닢으로 희롱해도 너는 울지도 반항도 못하고 있고나.
술상 건너 깨어지는 유리잔과 정력의 浪費와 난폭한 辱說, 순간에서 永遠한 快樂을 찾는 歡樂의 一大狂亂 속에서 시드는 너의 청춘을 구원할 생각도 없이 웃음과 애교로 生存을 구걸하고 있으니 슬프다 유리창은 어둡고 밤은 깊어가고 거리에는 궂은 비 주룩주룩 서럽게 내리는데 "누나가 보고 싶어 누나가 보고 싶어" 네 어린 동생의 영양실조의 눈동자가 창문에 매달려 들여다 보는데도 너는 등을 돌려대고 내게 술잔을 권하고 있으니 아아 버림 받은 人生은 내가 아니라 '하나꼬' 너였고나. '미스 조선' 너였고나.
-1940.10 도문에서 소설가 현경준을 만나-

(발표지 미상)

胡弓

胡弓
어두운 늬의 들窓과 함께 영 슬프다.

山 하나 없다 둘러보아야 기인 地平線
슬픈 葬列처럼 黃昏이 흐느낀다.
저녁이 되여도 눈을 못 뜨는 이 마을의 들窓과
胡弓의 줄만 고르는 瞑目한 이 마을의 思想과

胡弓
아픈 傳說의 마디마디 哀然한 曲調

기집애야 왜 燈盞을 고일 줄 모르느뇨?
늬 노래 듣고 어둠이 점점 짙어오는데 오호

胡弓 어두운 들窓을 그리는 記憶보다도
저녁이면 燈불을 받드는 風俗을 배워야 한다.

—어머니의 자장노래란다.
—일어버린 南方의 鄕愁란다.
밤새 늦길려느뇨? 胡弓
(저기 山으로 가거라 바다로 黃河로 나려라)
어두운 늬의 들窓과 함께 영 슬프다.
—庚辰 3月—

≪滿洲詩人集≫ 1941

밤의 倫理

술을 불으고 돌아오는 밤은
노상 히틀러의 時間도 가진다.

와-샤 검은 薔薇송이를 뿌려라
꽃다발과 노래와 춤의 饗宴

充血된 나의 慾望은 疲困을 잊을 수도 있다.
밤 하늘이 너무 푸르고 맑아서

슬픈 마음이기에
웃을 줄 안단다

그러기에 나는 오늘 밤을 幸福할련다.
華麗한 밤의 倫理로 잠시 幸福할련다.

≪滿鮮日報≫ 1942. 2. 19

病記의 一節

寂寞한 들을 건너 포풀라 길에 여름이 오면 외로움보다도 무서움이 앞서는 墓地가까운 언덕아래 사는 賢이 도라갈 줄을 몰은다. 지금 黃昏이 짙어 거리거리 지붕들은 부-현 布帳을 쓰고 조고만 들窓들이 눈을 뜨기 비롯하는데도 賢은 默하여 앉어 있다.
깊은 湖水와 같은 눈瞳子가 衰殘한 나를 지키며 沈默함은 슬퍼서 아니요 외로워서도 아니요 그저 괴로움을 나누고 싶어서란다 그러지못할진데 고요히 자는 얼굴만이라도 지키고 싶어서란다 사랑이 그 욕이 크고 깊을수록 여윈 나는 슬프다.
(오오 머언 市外路에 人跡이 끊어지기 前
빨리 당신은 歸路에 올으세요
기인 複道에 「슬립퍼-」소리 조심이 돌아간 후도
아예 나는 외로워 않을터이나……黃昏, 黃昏

≪滿鮮日報≫ 1942. 2. 19

南方消息

南쪽으로 뚫린 들窓 넘어로
머얼리 바다의 손님이 찾어온다

太陽이 水平線 밑을 기인다
蒼空을 덮는 嚴肅한 바다의 構圖

한줄기 흘으는 거리의 感傷이 안이다
한덩이 밋트로 깔어안는 茶盞의 倫理도 아니다

累累千年 흘러온 太平洋의 經綸
太陽을 더부린 宇宙의 旅行.

작고만 南方손님이 들窓가에 설레인다
아이야 布帳을 들어라 우리 正坐하고
南쪽 消息을 듣기로 하자

≪每日新聞≫ 1942. 3. 19

葬列

原始的인 風樂 소리가 흘러가고 素服한 女人이 느끼며 지나가고

가까운 記憶도 머얼리 黃昏처럼 떠오르고

枯木과 驢馬와 말과 造花의 晩饌 기인 行列이 흐느낄 때

나는 나의 位置를 슬퍼하고 있었다
≪在滿朝鮮詩人集≫ 1942.

南風

앵글로 색손의 太陽이 바다의 階段을 내린다.
露臺 우에는 비인 木椅子가 기울고
午前의 設計 앞에 끌어올으는 바다의 情熱
풀은 湖水 위에 靑燕이 날고 날고
오늘도 南海에서는 컴패스를 돌리며
피의 弧線 바다의 幾何學은 壯烈하거니
이제 삘딩 같은 無表情을 버려야 한다
풀은 한울아래 한마디 白鷗여도 좋다
三月
氾濫하는 南風속에 가슴을 벗고
深呼吸을 하자.
≪在滿朝鮮詩人集≫ 1942.

茶店 <알라라드> 2章

(1)

흰 드레스에 금발을 곱실거리며 椅子와 食桌 새를 나는 듯 새여다니는 너는 한 마리 '슬라브'의 파랑새, 너의 부풀어 오른 가슴우에서 한들거리는 꽃송이는 붉은 장미냐? 히어씬스냐? 北國의 밤은 白夜로 밝아 노을이 아름답게 피어 萬年 凍土帶가 녹아 흘러 오로라의 하늘이 붉게 타고 꽃이 피고……
봇나무 숲 새로 길은 아득히 뻗어 노을을 만진다는데 너는 그 봄 그 꽃도 모르고 異邦말을 서투르게 번지며 던져주는 빵 조각을 게걸스럽게 받아먹는 강아지의 習性을 배우고 있으니 슬프다 너는 너를 낳아준 볼가강 잔디 푸른 언덕으로 다시는 돌아가지 못할 에미 그란드, 네 푸른 너 스스로의 날개로 날아야 할 애어린 파랑새 행복의 나라는 어느 하늘가 地平線 저쪽에 잠자고 있는 것이냐? 너의 純情이 大陸의 찬바람에 얼어들 때 悲哀의 季節은 네 집 문턱을 떠 나지 않고 있으니 산 도야지가 밟고 간 네 가슴의 상처를 부등켜 안고 비 내리는 한 밤을 울며 지새웠으나 슬프다 현대의 청년들은 모두 산 도야지보다 더 미욱하고 暴惡하거니 어찌할 것인가. 빨간 부리가 뾰족하고 귀밑의 솜털이 보얀 파랑새.
에트란제의 처녀야 너는 네 아름다운 청춘을 너 스스로 좀먹을 것이 아니라 땅 속에서도 저 갈 길 찾아 흐르는 물줄기처럼 너는 네가 걸어야 할 너의 길을 네가 찾아야 될 것 아니냐? 너는 이 新 興都市의 우람한 국가 청사 密室에서 무엇을 모략하고 있는지 季節 風이 무엇을 쓸어가고 있는지도 모른다. 창문 유리에 흘러내리는 것은 빗물이냐? 눈물이냐? 너는 네 가슴 속에 새로 피어날 한 떨기 장미꽃의 이름이라도 유리창에 그려야 한다. 새겨야 한다.

(2)

벗은 벗 나름으로 나라 없는 청년의 슬픔을 가슴 속에 묻어두고 담배만 피우며 침묵하고 있었고 나는 나대로 추방당한 신세라 차 잔을 앞에 놓고 창문 밖 비에 젖는 행길을 虛寂하고 있었다.
'알라라드', 이 都市에 내리는 알라라드의 산비냐? 심장에 떨어지는 망국의 서름이냐? 우산 하나도 못 가진 우리는 이제 저녁 거리로 나서 뼈에 젖도록 찬비를 맞으리라.
茶店 알라라드의 가을비……가을비……
−1942. 9 新京에서−
(발표지 미상)

그 밤의 생명을

쓰러질듯 비틀거리는 마음이
女人의 방문을 밀고 들어섭니다.
못 견디게 서름이 북바칠 때면
아무나 붓잡고
통곡이라도 하고 싶은 마음에…
公園 길의 오후에도
꽃은 없었습니다.
산에도, 들에도,
락조 비낀 울바자 밑에도,
젊음은 푸른 잎새 하나 없이
서리 바람에 시드니
希望이란 어데로 날아간
빛 잃은 落葉입니까?
라오콘의 배암처럼 칭칭 감긴
이 숨막히는 어둠을
혼자서는 견뎌낼 수 없어
女人과 맞우 앉았습니다
죽음의 靜寂에 묻힌 듯한
분묘의 지붕 밑
女人은 말이 없고

나도 침묵하고—
永遠한 時間
오직 하나 벽시계의 초침만이
—살아 있다
살아야 한다!
마치로 心臟을 내려치듯
그 밤의 생명을
지켜주고 있었습니다

≪貘≫ 1942. 12.

1943년◉

追憶의 바다가에서 (短想詩篇)

그리움을 안고
그리움을 안고
바다에 오니
歲月의 안개 속에 묻혔던 옛 記憶
물새 되여 가슴에 날아들어
너는 수줍음 많은 처녀 그대로
내 아픈 追憶 속에 살아 있고나
그 눈매 그대로
물 속을 드려다 보니
잃어버렸던 그 눈동자
물에 살아 움직이네
덛쌓이는 세월의 파도 밑에서
그대 마음 더 깊어진 듯
눈물도 원망도 없이
그 눈매 그대로 나를 끌어당겨
지켜보고 있어라
말 못하겠으면
말 못하겠으면
뜨거운 입김이라도
이 백사장에 남겨두고 갈 것이지
서름만 가슴속에 안고
그대 밤차에 홀로 떠났던가
아무도 좋으니
그 누가 나를 기다리는 듯하여

바닷가에 나와
빈 배 위에 허리 걸치고 앉으니
수평선 저 멀리
섬 하나 신기루처럼 떠오르네

아무도 좋으니
가까이 좀 와 주렴
그리고 가마 타고 울면서 간
그 女人의 소식 알려 주렴
종이장처럼 얇은 가슴을 움켜쥐고
장미꽃 같은 피를 吐하고 죽었다는
그 이야기 좀 더 소상히 전해 주렴
내 여기서
내 여기서
이룩 못할 첫 사랑에
靑春을 슬퍼하던 곳
夜學에서 돌아오면
달 밝은 밤 함께 걷던
도래구비 흰 모래불엔
마른 미역 줄기만 널려 있어라
뜻도 량심도 헌 신발처럼 버리고
짐승이 되면 살기 헐한 세상,
남은 것은 갈대 같은 육체뿐
청춘의 긍지와 희망은
어느 포악한 손아귀에 비틀려
소리없이 교살당했느냐?
음산한 저녁이여
생소한 대륙의 황혼이여
차는 못 타도 좋으니

저 벌판에 엎드려
통곡이라도 해보자.
대지를 끌어안고
한번 크게 소리라도 쳐보자.
-1943. 가을 新站에서-
(발표지 미상)

1944년◉

南湖에서(1)

湖水가에 앉으니
湖水처럼 흐를 줄 모르는
停止한 나의 思想이었다

조약돌 주어
湖心을 향해 던져보노니
퍼지는 물이랑이여
깨여지는 하늘이여

가랑비 한 방울도 주지 않는
저 어두운 하늘을 원망하며
길가에 주저앉은 때도 있었노라
뭇 발길에 짓밟히면서도
엎드려 말 못하는 저 넓은 들을 보며
장탄식한 때도 있었노라

≪出入嚴禁≫
軍用飛行場 철조망 말뚝이
가슴 깊이 내려박힌 大地 ……

그래도 언젠가는
湖水 거울처럼 맑게 개일 날 있으려니
그날엔 나도

내가 던진 나의 돌을 찾으려
다시 여기로 나오리라
−1944. 4 新京 郊外에서−
(발표지 미상)

南湖에서(2)

민들레꽃이 가득 핀
湖水 가였다
큰 고통을 누르기라도 하듯
바위돌 하나
땅 우에 가물대고 있다

물은 물의 빛깔과 香氣
제 하늘과 별을 가지고 있건만
눈 한번 크게
떠보지 못한 湖水 ……

해와 달은
물 위에 떴다 잠기고
세월은 짙은 안개 속에
흘러 묻히고,

古朝鮮의 옛 宮殿 터엔
屠殺場이 건설되고 있으니
필요한 存在로 내가 설 자리는
저 넓은 들

어느 한 곳에도 없단 말인가

아, 성실하고 의로운 모든 것은
蔑視와 조롱을 받는
野蠻의 세월이여
호수 속에는 또 하나 다른 내가
未來를 찾아 헤염치고 있었다.
－1944. 4－
(발표지 미상)

貴族

맑게 개인 蒼空이였고
언제나 푸른 바다이었다.
이 가운데서 마음은 머언 宇宙를 생각하며 살어왔다.

오오 우러러 모시기에 高貴한 民族의 古典
信念은 물줄기로 흘러 永劫에 다었고
神話는 歲月과 함께 늙어 歲月처럼 새로운 東方의 이야기

힌 구름을 타고 東方에 내려 왔노라
祭壇을 쌓고 나뭇가지를 꺾어 한울에게 焚香했노라

데모그라시의 騷動을 拒否한다
神의 冒瀆을 저들 「近代」의 群衆으로부터 奪還한다
「自由」의 賤民들의 跳梁을 抗拒한다.

맑게 개인 蒼空이였고
清澄을 자랑하는 天帝의 後裔이다
그러므로 지금 東方은 손을 들었노니
"高貴의 破壞를 물리쳐라"
"東方을 擁護한다, 반달族의 闖入을 否定한다"
−1943. 10−

≪朝光≫ 102호 1944. 4

윤동주 편

해제

윤동주 육필 시고 해제[●]

왕신영, 심원섭, 오오무라마스오, 윤인석

이 책은 ≪윤동주의 모든것≫을 당시의 모습 그대로 독자들과 연구자들에게 제시하기 위해 기획, 출판된것이다. 따라서 이 자료 전집에는 그간 여러가지 사정으로 인해 공개되지 못했던 시 자료 8편을 포함하여 윤동주가 남긴 모든 자료-자필 시선집 ≪하늘과 바람과 별과 시≫를 비롯하여 두 권에 이르는 자필 습작집, 낱장 원고 뭉치로 남은 육필 시고들, 스크랩 내용, 장서 여백에 남긴 육필 단상(斷想) 등-가 사진판으로 수록되여있다. 그리고 연구자 및 독자들의 편의를 위해 사진판 육필 시고집의 퇴고 과정 및 원고 상태의 이모저모를 상세하게 기술한 ≪시고(詩稿) 주(註)≫도 함께 수록되여있다. 이 자료집의 내용과 구성, 편집 방식 등을 구체적으로 소개하면 다음과 같다.

1. 전체 구성

이 책의 전체 구성은 다음과 같다.

머리말
≪윤동주 육필 시고 전집≫ 해제

● 이 글은 사진판 ≪윤동주 자필 시고 전집≫(민음사, 1999)에 실려 있다. 맞춤법, 띄여쓰기는 중국에서의 현행 조선말 규범원칙으로 다시 고쳤다.

제1부. 윤동주 육필 시고(詩稿)
제2부. 육필 메모·소장서 자필 서명
제3부. 시고 본문 및 주(註)
제4부.
  1) 소장 도서 목록
  2) 스크랩 내용 일람
  3) 시고집별 수록 내용 대조표
생애 및 작품 년보
총색인

2. 제 1부 윤동주 육필 시고(詩稿)

제 1부에는 윤동주가 남긴 육필 시와 산문 원고 총 150편이 원본의 크기대로 사진판으로 수록되여있다. 이 사진판 원고들은 다섯 부분으로 나눠져 수록되여 있는데 수록 작품의 성격 및 편수를 포함한 상세 내역을 밝히면 다음과 같다.

1) 첫번째 원고노트≪나의 習作期의 詩 아닌 詩≫ 시 59편(1편은 제목만 있음)
2) 두번째 원고노트≪窓≫ 시 53편
3) 산문집 산문 4편
4) 육필 자선시집≪하늘과 바람과 별과 시≫ 시 19편
5) 습유시 ① 일본 류학 이전 작품 시 10편
   ② 일본 류학 시절 작품 시 5편
6) 지면으로 발표된 작품을 스크랩한것 시 9편(5편은 수정하였음)

작품의 배렬 순서

위의 시고집 중 (1)과 (2)는 원고지 노트에 씌여진것이며 (3)과 (4)는

개별 원고들이 한 책으로 묶여진것이다. (5)는 낱장 원고 상태로 보관되여왔다. 이 모든 자료들에 수록된 작품의 배열시 편자들은 원래의 시고집에 수록되여있는 작품 배렬 순서를 그대로 살려서 수록하였다.

첫번째 원고노트 ≪나의 習作期의 詩 아닌 詩≫

원고지 노트에 기록되여있는 ≪나의 習作期의 詩 아닌 詩≫는 1934년 12월부터 1937년 3월까지 창작된 작품들을 수록한 시고집이다. 수록 작품 중에는 동시와 동요 작품들이 다수 포함되여있으며, 이번에 최초로 공개되는 작품 3편(<창구멍>, <가슴 2>, <개>)도 함께 수록되여있다.

특기할것은 일부 원고의 상단에 ≪改作 轉記≫, ≪『窓』에 改作 轉記≫, ≪『窓』에 改題 轉記≫, ≪轉記 後 削除≫ 등의 연필 필적이 부기(附記)되여있는 경우들이다. 이것은 윤동주의 필적이 아니라, 정음사 간 ≪하늘과 바람과 별과 시≫의 편주자인 고(故) 윤일주가 작품의 중복 수록 여부와 개작 여부 등을 파악하기 위해 별도로 부기(附記)해 놓은것임을 밝혀둔다.

두번째 원고노트≪窓≫

『窓』은 1936년부터 1939년 9월까지 창작된 작품이 수록되여있는 시고집으로서 역시 원고지 노트에 작성되여있다. 첫번째 습작집≪나의 習作期의 詩 아닌 詩≫에 수록되여있는 작품중 18편이 그대로 혹은 개작된 상태로 옮겨져 있으며, 이번에 최초로 공개되는 작품 5편(<鬱寂>, <夜行>, <빗뒤>, <어머니>, <街路樹>)이 포함되여있다.

산문집

수록 작품 4편 중 1편에만 창작연월일이 부기되여있어 전체 창작시기를 정확히 알수는 없으나, 내용으로 보아 일본 유학 이전에 창작된 작품인것으로 추측된다. 모두 원고지에 작성되여있으며 한책으로 묶여있다.

육필 자선시집≪하늘과 바람과 별과 시≫

연희전문 시절 윤동주가 만든 자선시집 세권중의 하나로서 정병욱에게 증정되였던것이다. 1939년부터 1941년 사이에 쓰여진 작품들이 수록되여있다. 모두 원고지에 작성되여있으며 한책으로 묶여있다.

습유시

모두가 낱장 원고 상태로 보관되여 온것으로서 ≪일본 유학 이전 작품≫과 ≪일본 유학시절 작품≫으로 나눠져있다. 이중 ≪일본 유학 이전 작품≫은 일부 작품에 1941년작이라는 부기가 있는데, 여러 가지 상황으로 미뤄 보아 ≪하늘과 바람과 별과 시≫에 수록되지 않은 과거의 습작품중 일부이거나 연전시절과 졸업후에 씌여졌던 작품인것으로 추측된다. 모두 갱지에 기록되여있으며 <病院>, <慰勞>, <八福> 등의 작품은 종이의 앞뒤면에 기록되여있는 특징이 있다.

≪일본 유학시절 작품≫은 입교대학(立敎大學) 재학 시절에 창작된 작품들이다. 5편 모두 입교대학 상징 문양과 세로줄이 인쇄되여있는 용지에 기록되여있다.

3. 제 2부 사진판 육필 메모·소장서 자필 서명

제2부는 윤동주가 소장서들의 여백에 남겼던 메모와 기타 부기(附記) 내용, 그리고 그가 소장서에 남긴 자필 서명(구입 날자 포함) 중 대표적인것들을 해당 지면과 함께 사진판으로 수록한 부분으로 구성되여있다. 독자들의 이해를 돕기 위해 일부 메모 내용 옆에는 따로 주를 첨가하였다.

4. 제 3부 「시고 본문 및 주(註)」

제 3부 「시고 본문 및 주(註)」는 제 1부에 수록된 자료들을 활자화한 본문과 주(註)로 나눠져있다. 이 내용에 대해 설명하면 다음과 같다.

1) 본문

대부분의 육필 시고에는 많은 양의 퇴고 내용이 포함되어있다. 편자들은 윤동주의 퇴고 작업 과정을 추적하여 그 최종적 형태로 판단되는 내용을 이 본문 부분에 수록하였다. 이 작업 과정 중 현재의 활자 체계로 완벽하게 재현해 낼수 없는 구독점과 띄어쓰기, 그리고 제목 부분은 다음과 같은 원칙 아래에서 활자화하였다.

① 구독점
육필 원고에서 윤동주가 사용한 구독점은 「 , 」, 「 . 」, 「 ◦ 」의 세 가지이다. 이중 「 , 」와 「 . 」은 확실한 구분이 어려운 경우가 많았다. 이런 경우는 편자들의 합의에 따라 처리하였다.

② 띄여쓰기
원고지에 기록되여있는 육필 원고들의 띄어쓰기 상태를 재현하는 데에는 전혀 문제가 없었으나, 원고 용지의 칸구분을 무시한 채로 기재되여있는 내용들 - 작게 쓰여진 수정 내용이나 별도의 메모 내용들 - 과 원고지가 아닌 일반 용지에 기재되여있는 자료들의 띄여쓰기 판단은 매우 어려웠다. 이런 경우에도 편자들이 판단 · 합의하여 처리하였다.

③ 제목 활자의 크기 및 제목과 본문과의 간격 문제
육필 원고에 기재되여있는 제목들은 글자 크기가 본문의 글자 크기보다 큰 경우, 비슷한 경우 등등 여러가지 경우가 있다. 편자들은 이 상황을 일일이 원고 상태 그대로 재현하는것은 불가능하다고 판단하였다. 따라서 제목 글자의 크기를 본문의 활자 크기와 똑같은 크기로 통일하고, 제목과 본문과의 줄 간격은 두 줄로 통일하였다.

④ 일본식 약자 혹은 중국식 필기체 한자의 처리 문제 :
윤동주는 일본식 약자 혹은 중국식 필기체 한자로 추정되는 한자를 일부 작품에서 사용하고 있다. 「영」, 「山맥」, 「確실」, 「地도」 등의 예가 그것이다. 이런 경우도 모두 원문 그대로 복원하여 수록하였다.

2) 주

주 부분은 본문만으로 재현할 수 없는 원고의 상태를 보다 상세하게 독자들에게 제시하기 위해 편자들이 별도로 작업한 내용을 제시한것이다. 삭제된 모든 원고 내용은 물론, 퇴고 과정, 메모나 부기(附記) 내용 등을 포함하여 지면에 기재되여있는 모든 문자적 요소를 기술하였다. 그 외에 본문만으로 재현할 수 없는 비문자적 요소들, 즉 띄어쓰기, 들여쓰기, 구독점, 각종의 도형 부호, 필기구의 종류, 지면의 특수한 상태 등등도 함께 기술하였다. 이 모든 경우에 원자료의 상태에 대한 정확한 판단이 어려운 경우에는 「판독 불능」, 「××로 추정됨」, 「×××에 글자가 쓰여졌다가 지워진 흔적이 있음」, 「××로 보이나 정확한 판독은 불가능함」 등의 주를 붙였다. 주 내용을 성격별로 몇 개로 나눠 설명하면 다음과 같다.

사용된 문장 부호

주 내용에 사용된 문장 부호의 의미는 다음과 같다.

≪ ≫ : 시집명, 단행본명, 잡지명, 신문명
< > : 개별 작품명
「 」 : 인용

한자 표기 문제

앞에서도 밝혔지만 윤동주는 일본식 약자 혹은 중국식 필기체자로 추정되는 한자를 일부 사용하고 있다. 이런 경우는 그 한자의 원형을 제시하고 그것의 약자, 필기체자 가능성 여부를 편자들이 판단하여 제시하였다. 그외에 윤동주가 사용한 한자가 명백한 오자로 판단되는 경우에는 이를 명기하였다.

예 1) 「맥」은 「脈」의 속자(俗字)임.(<사랑의殿堂>)
　 2) 「還」은 「環」의 오자인 듯함.(<별똥 떨어진데>)

퇴고 과정

윤동주의 퇴고 작업 과정을 상세하게 기술하였다. 그 과정의 기술 원칙은 다음과 같이 정하였다.

한 번만 수정한 경우 :

A를 B로 수정한 경우, ≪B는 원래 A≫라고 표기하였다.

예) 「흐른다」는 원래 「흐로다」.(<별똥 떨어진데>)

두 번 이상 수정한 경우 :

처음에 A였다가 B로 고치고 다시 A로 수정한 경우 : 처음에 A였으나 B로, 다시 A로 수정되였음.

예) 「부닥치기前」은 처음에 「어리기前」에서 「부닥ㅎ」으로, 다시 「부닥치기前」으로 수정되었음. (<사랑의 殿堂>)

삭제된 경우

예) 「불」은 삭제된 뒤 다시 오른쪽 옆에 씌여졌음.(<돌아와보는밤>)

삽입된 경우

예) 「靑春들과함께」는 삽입되었음.(<花園에 꽃이 핀다>)

각종 도형 및 교정 기호

육필 시고에 기재되여있는 비문자(非文字)적 요소들에 관해 기술하되, 이중 도형적인 형태를 갖고있는 부분들은 다음과 같은 몇개의 용어 내지 부호로 통일하여 기술하였다. 앞부분에 「○」이 붙은 주 내용들이 이에 해당한다. 그외에 부호로 통일하여 기술하기 어려운 경우는 따로 원고의 상태를 기술하였다. 주의 앞부분에 *표시가 있는것은 제목 및 작품 전체 내용과 관련된 사항을 기술하는 경우나 해당 작품이 미발표작임을 표시하는 경우이다.

세모표 : 원고지 특정 부분에 삼각형이나 유사한 형태가 그려져있는 부분을 총칭한것이다.

예) ○ 제목 위에 붉은 색연필로 세모표가 그려져있음.(<南쪽하늘>)

테두리선 : 원고지 특정 부분에 테두리선이 그어져있는 부분을 총칭한것이다.

예) ○ 이 작품은≪慰勞≫가 쓰여 있는 종이의 뒷면에 쓰여 있음. 작품 전체에 네모로 테두리가 쳐져 있으며(<八福>)

○ 첫번째 원고노트의 마지막 속표지 뒷면에 쓰여졌으며 작품 전체에 사각형 테두리가 둘러져 있음.(<나무>)

동그라미표 : 원고지 특정 부분에 원형의 도형이 그려져있는 부분을 총칭한것이다.

예) ○ 제목 왼쪽 위에 붉은 색연필로 작게 동그라미표가 그려져있음. (<가슴>)

가위표 : 원고지 특정 부분에 × 유형의 도형의 그려져 있는 부분을 총칭한것이다.

예) ○ 「커-브」 위에 붉은 색연필로 작은 가위표가 그어져있음. (<陽地쪽>)

뒤바꿈 표시 : 순서를 뒤바꾸라는 표시가 있는 경우를 총칭한것이다.

예) ○ 「儉」과 「峻」 사이에 뒤바꿈 표시 있음.(<사랑의殿堂>).

행갈음 표시 : 행을 새로 나누라는 표시가 있는 경우를 총칭한것이다.

예) ○ 「이노래 끝의 恐佈를 / 생각할 사이가 없엇다.」는 원래 「이노래 끝의恐佈를 생각할 사이가 없엇다.」이며, 연필로 행갈음 표시가 되여있음. (<삶과죽음>)

행이음 표시 : 행을 이으라는 표시가 있는 경우를 총칭한것이다.

예) ○ 「아우의 얼골은 슬픈 그림이다」는 원래 「아우의 얼골은 / 슬픈 그림이다」이며, 행이음 표시 있음.(<아우의 印象畵>)

옆줄 : 원고의 특정 부분에 줄이 그어져 있는 경우를 총칭한것이다.

예) ○ 「아담한 빨래에만 달린다」에 붉은 색연필로 옆줄이 그어져 있음.(<빨래>)

방점 : 원고의 특정 부분에 방점이 있는 경우를 총칭한것이다.

예) ○ 「노아」의 오른쪽에 방점이 있음. (<소낙비>)

∧ : 원고의 특정 부분에 ∧ 류형의 표기가 있는 경우를 총칭한것이다.

예) ○ 3연과 5연 사이에 ∧ 표시가 되여있음.(<看板없는 거리>)

∨ : 원고의 특정 부분에 ∨ 류형의 표기가 있는 경우를 총칭한것이다.

예) ○ 첫행 위에 연필로 ∨ 표시가 되여있음.(<看板없는거리>)

> : 원고의 특정 부분에 >류형의 표기가 있는 경우를 총칭한것이다.

예) ○ 「오」와 「래」 사이에 >표시가 있음.(<八福>)

⌒ : 원고의 특정 부분에 ⌒ 류형의 표기가 있는 경우를 총칭한것이다.

예) ○ 2연 위에 붉은 색연필로 표시가 되여있음.(<가슴>)

□ : 판독이 불가능한 글자는 □로 대체하였다.

예) ○ 「하나의 꽃밭 이루어지도록」은 원래 「딴은 이□□□□」, 네 글

자는 판독 불가능. (<花園에 꽃이 핀다>)

} : 원고의 특정 부분에 } 류형의 표기가 있는 경우를 총칭한것이다.

예) ○ 원고지 왼쪽 빈 공간에 } 로 묶여진 「어머니 / 아버지」라는 글씨가 있음. (<귀뜨람이와 나와>)

기타 :

예) ○ 제목을 제외한 작품 전체가 세로선으로 지워져있으며 그 아래 공간에 위의 본문이 씌여있음.(<호주머니>)

필기구의 종류

대부분의 육필 원고는 잉크를 사용하는 필기구(만년필이나 펜으로 추정되는)로 작성되여있다. 이 경우에는 특별히 필기구의 종류에 대해 언급하지 않았으며, 이 이외의 경우, 즉 연필이나 색연필 등으로 기록되여있는 경우는, 그 필기구의 종류를 명시하였다.

예) 「그래봐도」는 연필로 쓰여졌으며 행간에 삽입되였음.(<가슴 1>)
「아담한 빨래에만 달린다.」에 붉은 색연필로 옆줄이 그어져있음. (<빨래>)

원고지면의 상태

육필 원고는 원고지에 씌여진것이 대부분이나, 이외에 특수한 용지에 쓴 경우, 원고지의 이면에 쓴 경우, 혹은 원고지의 내용을 일부 오려내어 따붙이거나 한 경우 등등의 경우도 상당수 있다. 이런 경우의 상황 역시도 아래와 같이 기술하였다.

예) 「흰그림자」 이하 동경 시절의 작품 다섯편은 모두 입교대학(立教大學) 용지에 쓰여졌음. 용지 왼쪽 위에는 입교대학의 상징문양과

함께 「RIKKYO UNIVERSITY」가 인쇄되여있음. (「동경유학시절 작품」 별지)

○ 작품 전체에 가위표되여있으며 첫번째 원고노트 뒤 속표지에 씌여졌음. (<개>)

○ 두번째 원고노트는 <自像畵>의 도중에 끝나 있으며, 이 작품을 포함한 원고지 일부가 뜯겨나간 흔적이 있음.(<自象畵>)

기 타

다음의 경우에는 한 포인트 작은 크기의 활자로 기술하였다.

- 삭제된 내용에 대한 주(註)
- 다른 시고집이나 신문 · 잡지 등 인쇄 매체에 중복 수록된 「참고 자료」의 경우

5. 제 4부 소장 도서 목록 · 스크랩 내용 일람 · 시고집별 수록 내용 대조표

소장 도서 목록

윤동주가 구입하여 읽었거나 보관하고 있었던 장서는 용정에 보관되여있었다고 전하는 것들 외에도 일경에 압수되었던 것들이 매우 많았으리라고 생각된다. 그러나 아쉽게도 현존하는 윤동주 소장 도서는 윤일주의 장남 윤인석이 보관해 온 41권의 도서밖에 없는 형편이다. 편자들은 이 도서들을 한글서적과 일문 서적, 영문 서적으로 나눠 그 목록을 상세한 출판사항과 함께 제시하였으며, 책의 앞머리나 말미에 남겨진 윤동주의 필적(자필 서명, 구입처 및 구입 일자) 유형도 함께 제시하였다. 이외에 윤동주는 1936년 선광인쇄주식회사에서 간행된 백석의 첫시집 『사슴』(100부 한정판)의 전 내용을 필사하여 보관하고 있었는데 이것도 한글도서에 포함하였다.

스크랩 내용 일람

윤동주는 소년기부터 기성 문인들의 작품과 평론들을≪스크랩≫ 하였다고 전하나 현존하는것은 1936년부터 1940년에 걸쳐 동아일보와 조선일보를 중심으로 발표되였던 기성 문인들의 작품을 스크랩한것밖에는 없다. 윤동주는 이 작품들을 「SCRAP BOOK」이라는 영문 제목이 인쇄된 표지밑에 한권으로 묶어 놓았는데, 편자들은 이 내용들을 스크랩되여있는 순서대로 배렬한 목록을 제시하였다. 발표일자 및 수록처가 미상인 자료들은 밑에 따로 배렬하였다.

그리고 윤동주는 생전에 지면을 통하여 발표된 자신의 작품을 스크랩한것이 9점 있는데, 그중 <自畵像>과 <遺言>은 위의 스크랩 북에, 그외의 작품은 낱장으로 되여있다. 편자들은 이를 모두 사진판으로 수록하였다.

시고집별 수록 내용 대조표

윤동주의 육필 시고집들 속에는 중복 수록된 작품들, 제목이 없는 작품들, 혹은 제목만 있는 작품들이 포함되여있다. 중복 수록된 작품들의 경우에는 내용이나 제목에 변화가 있는 경우도 많다. 이런 경우의 문제를 일목요연하게 제시하기 위해 각 시고집들에 수록된 작품들의 목차를 작품별로 대조한 ≪시고집별 내용 대조표≫를 수록하였다.

6. 앞으로 기대되는 작업들

이 사진판 자료집은 윤동주의 육필시고들을 원상태에 최대한 가까운 상태로 영구 보관이 가능할 수 있게 하기 위한 의도로 기획 · 편집되였다. 따라서 이 자료집의 출간으로 인하여 윤동주 시의 원본 비평적 연구를 포함한 후속 연구에 필요한 기초 자료가 확보될수 있는것으로 판단된다. 이 자료를 토대로 하여 앞으로 다음과 같은 후속 작업이 이뤄

질수 있기를 기대한다.

1) 윤동주 시집 정본 연구

정음사판(正音社版)으로 대표되는 기간 시집들은 고(故) 윤일주에 의해 현대어로 교열되어 출판된 시집들이다. 작품의 교열 수준이나 편집 방식이 매우 정교하여 그간 윤동주 연구에 커다란 기여를 해온 시집들이다. 그러나 이 자료집의 출간과 더불어 새로 공개된 작품들의 존재, 그리고 퇴고 과정이 복잡한 일부 작품의 교열 문제 등을 고려해 볼 때, 정본 확정 작업이 새로 진행되어야 할 필요성이 있는것으로 판단된다.

2) 윤동주 시어 색인 작성 작업

이 자료집의 출간으로 윤동주의 시어 색인 작업이 가능한 환경이 조성된것으로 판단된다. 시어의 총색인 작업과 윤동주가 구사하는 문장의 통사적 구조 분석, 기타 문체론적 연구 분야의 연구까지도 활성화될것을 기대해 본다.

7. 끝으로

이번 자료집 출간은 모든 관련 자료를 자유롭게 열람하게 해주셨으며 사진판 공개까지 흔쾌히 허락해주신 윤동주 유가족 여러분의 호의와 정성이 없었다면 불가능하였다. 지면을 빌어 감사드리는바이다. 아울러 이 자료집의 편집과 주(註) 작업은 단국대학교 부교수 왕신영(일본문학, 비교문학 전공), 연세대학교 강사 심원섭(한국문학 전공), 와세다대학 교수 오오무라 마스오(大村益夫 : 한국문학 전공), 유가족 대표인 성균관 대학교 부교수 윤인석의 공동 작업으로 이뤄졌다. 2년여에 걸친 이 공동 작업이 사진판 육필 시고 전집으로 결실맺게 된 기쁨을 윤동주님과 유가족 여러분, 그리고 편주자 모두와 함께 나누고 싶다.

1) 나의 習作期의 詩 아닌 詩* ◉

초한대

초한대——
내방에 품긴 향내를 맛는다。
　　×
光明의祭壇이 문허지기젼
나는 깨끗한 祭物을보앗다。
　　×
염소의 갈비뼈같은 그의몸.
그의生命[1]인 心志까지
白玉같은 눈물과피를 흘려.
불살려 버린다.
　　×
그리고도 책머리에[2] 아롱거리며.
선녀처럼 초ㅅ불은 춤을춘다.
　　×
매를 본꿩이 도망가드시[3]
暗黑이 창구멍으로 도망한[4].
나의 방[5]에품긴

◉ 윤동주의 첫번째 원고노트 표지임. 오른쪽에 밀로의 비너스상, 중앙 하단에 「文藻」가 인쇄되여 있으며, 비너스상 오른편에 세로로 「芸術은 길고 人生은 쩝다。」, 중앙 상단에 가로로 「나의 習作期의 詩 아닌 詩」가 자필로 씌여있음.

1) ≪그의生命인≫은 원래 ≪그리고도≫이며, 연필로 삭제되였음.
2) ≪책머리에≫는 원래 ≪책상머리에≫.
3) ≪도망가드시≫의 ≪가≫옆에 연필로 ≪하≫가 씌여있음.
4) ≪도망한≫은 원래 ≪도망간≫이며, ≪한≫은 연필로 수정되였음.
5) ≪방에≫는 원래 ≪방의≫.

祭物의[6] 偉大한香내를 맛보노라.

昭和九年十二月二十四日、

삶과죽음.

삶은 오날도 죽음의 序曲을 노래하였다、
이노래가 언제나 끝나랴
×
세상사람은 ——[7]
뼈를 녹여내는듯한 삶이[8]노래에.
춤을 추ㄴ다.
(나는이것만은알엇다.
이노래의 끝을 맛본 니들은
自己만알고、
다음노래의 맛을 아르커주지 아니하엿다)[9]
사람들은 해가넘어가기 前[10]、
이노래 끝의[11] 恐佈[12]를
생각할 사이가 없었다.[13]
×

6) ≪祭物의≫는 원래 ≪祭物의아름다운犧牲의≫. ≪祭物의아름다운犧牲의≫에서 ≪아름다운≫은 삽입되였음.
7) ≪세상사람은 ——≫은 행간에 삽입되였음.
8) ≪삶이≫는 원래 ≪한삶이≫
9) 이 부분은 2련과 3련 사이에 괄호 상태로 덧보태어져 있다.
10) ≪사람들은 해가넘어가기前≫은 행간에 삽입되였음.
11) ≪이노래 끝의≫은 원래 ≪이노래의 끝을≫.
12) ≪恐佈≫는 ≪恐怖≫의 오자인듯함.
13) ≪이노래 끝의 恐佈를 / 생각할 사이가 없었다.≫는 원래 ≪이노래 끝의 恐佈를 생각할 사이가 없었다.≫이며, 연필로 행갈음 표시가 되여있음.

하늘 복판에 알색이드시.
이[14]노래를 불은 者가 누구뇨[15]
그리고 소낙비 끝인뒤같이도.
이노래를 끝인者가 누구뇨.
×
죽고 뼈만남은.
죽음의 勝利者 偉人들!

昭和九、十二、二四

래일은없다.

(어린마음[16]의 물은—)[17]

래일래일 하기에
물엇더니.
밤을자고[18] 동틀때
래일이라고.
×
새날을[19] 찯은나는
잠을자고 돌보니
그때는 내일이아니라.

---

14) ≪이≫는 삽입되였음.
15) ≪누구뇨≫는 원래 ≪누구냐≫이며, 연필로 수정되였음.
16) ≪마음≫은 원래 ≪아히≫.
17) ≪(어린마음의 물은-)≫은 행간에 삽입되였음.
18) ≪밤을자고≫는 원래 ≪잠자고≫.
19) ≪새날을≫은 원래 ≪새로운날을≫. ≪찯은≫의 오른쪽 옆에 연필로 ≪찾든≫이라고 씌여있음.

오늘이더라、[20]

×

무리여!(동무여!)[21]

레일은 없나니

....

昭和.九年十二月二十四日

(童謠)조개껍질、

——(바다물소리 듯고 싶어[22])——

아롱아롱 조개껍대기
울언니 바닷가에서
주어온 조개껍대기

×

여긴여긴 북쪽나라요
조개는 귀여운선물
작난감 조개껍대기.

×

데굴데굴 굴리며놀다、
짝잃은 조개껍대기
한짝을 그리워하네

×

20) ≪오늘이더라、≫의 밑에 괄호 표시가 있으며, ≪인걸≫·≪인거슬≫이라고 씌여있음.
21) ≪무리여!(동무여!)≫는 행간에 삽입되였음.
22) ≪싶어≫는 원래 ≪섶어≫.

아룽아룽 조개껍대기
나처럼　그리워하네
물소리　바다물소리

一九三五年十二月、鳳凿里에서.

童詩　고향집

——(만주에서불은)——

헌집신짝 끟을고
　나여긔 웨왓노
두만강을 건너서
　쓸쓸한 이땅에
　　×
남쪽하늘 저밑엔
　따뜻한 내고향
내어머니 게신곧
　그리운 고향집.

一九三六、一、　六

병아리

『뾰、뾰、뾰、
엄마젖좀주』

병아리[23] 소리。

×

『꺽、꺽、꺽
오냐、좀기다려』
엄마닭[24] 소리

×

좀잇다가
병아리들은
어미품으로[25]
다들어갓지요。[26]

昭和十一年一月六日.

동요 병아리[27]

尹 童柱

『뾰、뾰、뾰
엄마 젖좀주』
이것은 병아리 소리。

---

23) ≪병아리≫는 원래 ≪이것은 병아리≫.
24) ≪엄마닭≫은 원래 ≪이것은 엄마닭≫.
25) ≪병아리들은≫과 ≪어미품으로≫로 사이에 ≪젓먹으려는지≫가 연필로 삭제되였음.
26) ≪어미품으로 / 다들어갓지요。≫는 원래 ≪어미품으로 다들어갓지요。≫
27) * 참고 : 『카톨릭 少年』 1936년 11월호에 동 제목의 작품이 尹童柱라는 필명으로 발표되였으며, (주)는 활자화된 후 본인에 의해 수정된 부분을 설명한것임.
(주) 1련 3행과 2련 3행의 「이것은」은 잉크로 지워졌음.
≪젖 먹으려는지≫는 잉크로 지워졌음.
≪어미품으로≫는 ≪엄마품으로≫로 고쳐졌음.

× ×

『꺽、꺽、꺽
오냐 좀기다려』
이것은 엄마닭 소리。

× ×

좀있다가
병아리들은
젖 먹으려는지
어미품으로
다들어갓지요。

오줌[28]쏘개디도

빨래、줄에[29] 걸어논
요에다[30] 그린디도[31]
지난밤에[32] 내동생
오줌쏴[33] 그린디도.

×

꿈에가본[34] 어머님게신、
별나라 디도ㄴ가、

28) ≪줌≫은 삭제되였다가 그 오른쪽 옆에 다시 씌여졌음.
29) ≪빨래、줄에≫는 원래 ≪빠줄에≫.
30) ≪요에다≫의 ≪다≫는 잉크로 지워졌다가, 그 오른쪽 옆에 연필로 다시 씌여졌음. ≪다≫아래에 띄움 표시 있음.
31) ≪디도≫는 원래 ≪디도는≫이며, ≪는≫은 연필로 삭제되였음.
32) ≪지난밤에≫는 원래 ≪간밤에≫.
33) ≪오줌쏴≫는 원래 ≪오줌쏴서≫이며, ≪서≫가 연필로 삭제되였음.
34) ≪꿈에가본≫은 원래 ≪꿈에본≫.

돈벌러간[35] 아바지게신
만주땅 디도ㄴ가、[36]

동시 오좀 싸개지도(地圖)[37]

尹 童柱

빨래줄에 거러논
요에다 그린지도는
지난밤에 내동생
오줌쏴서 그린지도
× × ×
꿈에가본 엄마게신
별나라 지돈가
돈벌러간 아빠게신
만주땅 지돈가

35) ≪돈벌러간≫은 원래 ≪돈벌러가신≫.
36) 2련 (≪꿈에~디도ㄴ가、≫)은 원래
우에큰것은 도라가신/어머님게신 나라ㄴ가、/꿈에본 만주땅/그아래/길고도가는건/우리땅.
37) 『카톨릭 少年』 1937년 1월호에 동제목의 작품이 尹童柱라는 필명으로 발표되였으며, (주)는 활자화된 후 본인에 의해 수정된 부분을 설명한것임.
(주) ≪거러논≫은 ≪걸어논≫으로 고쳐졌음.
≪그린지도는≫는 ≪그린지도≫로 고쳐졌음.
≪오줌쏴서≫는 ≪오줌쏴≫로 고쳐졌음.
2련 2행과 4행의 ≪지돈가≫는 ≪지돈가?≫로 고쳐졌음.

창구멍[38]

바람부는[39] 새벽에 장터가시는
우리압바 뒷자취 보구싶어서
춤을발려 뚤려논 적은창구멍
아롱아롱 아츰해 빛이웁니다
×
눈나리는[40] 져녁에 나무팔려간
우리압바 오시나 기다리다가
혜끝으로 뚤려논 적은창구멍
살랑살랑 찬바람 날아듭니다.

짝수갑[41]

38) * 미발표작.
39) ≪바람부는≫은 처음에 ≪바람부는≫에서 ≪눈 나리는≫으로, 다시 ≪바람부는≫으로 수정되였음.
40) ≪눈나리는≫은 처음에 ≪우리리는≫에서 ≪눈 나리는≫으로, 다시 ≪바람부는≫에서 ≪눈나리는≫으로 수정되였음.
41) * 제목만 있음. 원고지 아홉 줄이 빈칸으로 남겨져있음.

기와장내외

비오는날 져녁에 긔와장내외
잃어버린 외아들 생각나선지[42]
꼬부라진 잔등을 어루만지며
쭈룩쭈룩 구슬피 울음웁니다.[43]
×
대궐집웅 우에서 긔와장내외
아름답든 녯날이 그리워선지
주름잡힌 얼골을 어루만지며
물끄럼이 하늘만 처다봅니다

(詩) 비둘기

안아보고십게[44] 귀여운[45]
산비둘기 널곱마리
하늘끝까지보일듯이 맑은 주일날아츰에
벼를거두어 빤々한논에서
앞을다투어 요를주으며
어려운 니약이를 주고받으오.[46]
날신한 두나래로[47] 조용한 공긔를흔들어、

---

42) ≪생각나선지≫는 원래 ≪생각이나서≫.
43) ≪울음웁니다.≫는 원래 ≪울움웁니다.≫.
44) ≪안아보고십게≫는 처음에 ≪맥끈하게 안아보고십게≫에서 ≪안아보고십게 맥끈한≫으로, 다시 ≪안아보고십게≫로 수정되였음.
45) ≪귀여운≫은 원래 ≪귀여워보이는≫.
46) ≪주고받으오.≫는 원래 ≪주고받는다.≫.
47) ≪두나래로≫는 원래 ≪두나래로로≫.

두마리가나오、[48]
집에 색긔생각이 나는 모양이오、[49]

二月、十日、

離別.

눈이오다、물이되는날.
재ㅅ빛하늘에[50] 또뿌연내、그리고、
크다른機關車는빼—액—울며[51]、
쪽그만、가슴은、[52]울렁거린다、

×

리별이 너무재빠르다、안탑갑게도、
사랑하는 사람을、
일터에서 만나자하고— .
더운손의맛과、구슬눈물이마르기젼[53]
기차는 꼬리를 산굽으로돌렷다、

一九三六年三月二十日 永鉉君을—

48) ≪나오、≫는 원래 ≪난다、≫.
49) ≪모양이오、≫는 원래 ≪모양이다、≫.
50) ≪재ㅅ빛하늘에≫는 원래 ≪뿌연하늘에≫.
51) ≪크다란機關車는빼—액—울며≫는 원래 ≪긔차는빼—액— 울고≫.
52) ≪쪽그만、가슴은、≫은 원래 ≪가슴은、≫. ≪쪽그만、≫은 ≪가슴은、≫의 오른쪽에 씌여있음.
53) ≪마르기젼≫은 원래 ≪마리기젼≫.

食券、

식권은 하로세끼를준다、

×

식모는 젊은아히들에게.
한때 힌그릇[54]셋을준다、

×

大同江 물로끄린국、
平安道 쌀로지은밥、
朝鮮의 매운고추장、

×

식권은 우리배를 부르게.

一九三六、三月二十日、

牡丹峯에서

앙당한 솔나무가지에、
훈훈한 바람의날개가스치고[55]、
얼음석긴 大同江물에、
한나절햇발이 밋그러지다、

허무러진 城터에서
철모르는 女兒들이
저도모를 異□[56]말로、

54) ≪힌그릇≫의 ≪힌≫이 씌여진 칸에 ≪ㅎ≫으로 추정되는 글자가 씌였다가 지워졌음.
55) ≪바람의날개가스치고≫는 원래 ≪바람의스치고≫.

재질대며 뙴을뛰고。

난데없는 自動車가 밉다、[57]

一九三六、三月二十四日、

黃昏

햇살은 미다지틈으로
길쭉한 一字를쓰고……지우고

까무기떼 집웅우으로
둘、둘、셋、[58]작고날아지난다、
쑥々—꿈틀꿈틀 북쪽하늘로、

내사………
북쪽하늘에 나래를펴고싶다、[59]

一九三六 三月二十五日

56) ≪異㖯≫의 ≪㖯≫은 ≪國≫의 취음(取音)인 듯함. 또는 国을 그렇게 쓴 듯.
57) ≪밉다、≫다음의 2행은 삭제되였음.
몬지와 까소린내에
코이 절이다。
58) ≪둘、둘、셋、≫은 원래 ≪하나、둘、셋、≫이였던 것이 연필로 수정되였음.
59) ○ ≪북쪽하늘에 나래를펴고싶다、≫에 붉은 색연필로 옆줄이 그어져있음.

黃昏60)

해ㅅ살은 미다지 틈으로
길죽한 一字를쓰고……지우고……

까마기떼 집웅 우으로
둘、둘、셋、넷、작고 날아지난다。
쑥쑥、 꿈틀꿈틀 北쪽 하늘로、

내사……………
北쪽 하늘에 나래를 펴고싶다。

一九三六、三月、二十五日
平壤서、

가슴、1.

소리없는 大敽61)
답답하면 주먹으로、
뚜다려보앗으나

그래봐도62)

---

60) ＊첫 번째 원고노트 수록 작품 중에 동제목의 작품이 두편 있음.
○제목에 붉은 색연필로 동그라미표가 그려져있음.
＊참고 : 두번째 원고노트『窓』에는 같은 작품이 다음과 같이 씌여있음.
61) ≪大敽≫의 ≪敽≫는 ≪鼓≫의 오자인듯 함.
62) ≪그래봐도≫는 연필로 씌여졌으며 행간에 삽입되였음.

후 ——[63]
가 — 는 한숨보다몯하오、[64]

가슴[65]

1、

소리없는 북
답답하면 주먹으로
뚜다려 보오。

그래 봐도
후 —
가 — 는 한숨보다 몯하오。

가슴 2、

늦은가을 스르램이
숲에쌔워[66] 공포에떨고、

63) ≪후 ——≫다음 행의 ≪입으로 나오는≫이 삭제되였음.
64) ≪몯하오、≫는 원래 ≪몯하다、≫였던 것이 연필로 수정되였음.
65) * 참고 : 두번째 원고노트『窓』에 있는 동제목의 다음과 같은 작품이 있음.
66) ≪숲속에쌔워≫는 원래 ≪숲속에숨어≫.

우슴웃는[67] 힌달생각이 도망가오、[68]

一九三六 三、二十五

가슴[69]

2

늦은가을 스르램이
숲에쌔워 恐怖에떨고、

웃음웃는 힌달생각이
도망가오。

종달새

종달새는 일은봄날
즐드즌 거리의뒷골목이
슳더라。
명랑한 봄하늘、

67) ≪우슴웃는≫는 원래 ≪웃음웃는≫.
68) ≪도망가오、≫는 원래 ≪도망갓다、≫.
69) * 미발표작.
○ 작품 아래편 빈 공간에≪가슴、 불꺼진 화로≫ 라고 씌여있음.
* 참고 : 두번째 원고노트 『窓』에 있는 동제목의 다음과 같은 작품이 있음.

가벼운 두나래를펴서
요염한 봄노래가、
좋더라、
그러나、
오날도 구멍뚫린 구두를끌고、
훌렁훌렁 뒷거리길로、
고기색기같은나는 헤매나니、
나래와노래가 없음인가、
가슴이 답답하구나、

一九三六 三月、平、想、

山上、[70]

거리가 바둑판처럼보이고、
江물이배암의색기처럼 기는[71].
山웋에까지 왓다、[72]
아직쯤은 사람들이
바둑돌 처럼 별여있으리라。
×
한나절의 태양이
함석집웅[73]에만 빛이고
굼병이 거름을하든기차가、

70) 제목 우에 붉은 색연필로 동그라미표가 그려져 있음.
71) ≪기는≫은 원래 ≪거는≫.
72) ≪왓다、≫는 처음에 ≪왓다、≫에서 ≪왓소、≫로, 다시 ≪왓다、≫로 수정되였음.
73) ≪함석집웅≫에 붉은 색연필로 옆줄이 그어져있음.

停車場74)에섯다가、검은내를吐하고、
또 거름발75)을 탄다、

×

텐트같은 하늘이 문허저
이거리를덮을가 궁금하면서76)、
좀더높은곧으로 올라가고싶다、

一九三六、五月日.

山 上77)

거리가 바둑판처럼 보이고、
江물이 배암이 색기처럼 기는
산웋에 까지 왓다。
아직쯤은 사람들이
바둑돌 처럼 별여있으리라。

한나절의 太陽이
함석집웅에만 빛이고、
굼벙이 거름을 하든 汽車가
停車場에 섯다가 검은내를 吐하고
또、거름발을 탄다。

74) ≪停車場≫의 ≪場≫은 삽입되였음.
75) ≪거름발≫에 붉은 색연필로 옆줄이 그어져있음.
76) ≪궁금하면서≫는 원래 ≪답답하면서도≫. ≪도≫우에 붉은 색연필로 가위표가 그어져있음.
77) 두번째 원고노트『窓』에 있는 동제목의 다음과 같은 작품이 있음.

텐트같은 하늘이 문허저
이거리를 덮을가 궁금하면서
좀더 높은데로 올라가고 싶다。

거리에서.

달밤의 거리
狂風이 휘날리는
北國의 거리
都市의 眞珠[78]
電燈밑을 헤엄치는[79].
쪽으만人魚[80] 나.
달과뎐등에 빛어.
한몸에 둘셋의그림자、
커젓다 적어젓다、

×

궤롬의 거리[81]
灰色빛 밤거리를.
것고있는 이마음.
旋風이닐고 있네.
웨로우면서도.
한갈피 두갈피.

---

78) ≪都市의 眞珠≫는 처음에 ≪都市의 별들엔≫에서 ≪都市의 眞珠街≫로, 다시 ≪都市의 眞珠≫로 수정되였음.
79) ≪電燈밑을 헤엄치는≫은 원래 ≪電燈밑을 방황하는≫.
80) ≪쪽으만 人魚≫는 원래 ≪적으만인어≫.
81) ≪궤롬의 거리≫는 원래 ≪궤롬의 거리를≫.

피여나는 마음의그림자.
푸른 空想이
높아젓다 나자젓다。

一九三五、一、十八、

空想、

空想 ——
내마음의 塔
나는 말없이 이塔을쌓고있다、
名譽와虛榮의 天空에다、
문허질줄도 몰으고、
한층두층 높이 쌋는다、
×
無限한 나의空想——
그것은 내마음의바다、
나는 두팔을 펄처서、
나의 바다에서
自由로히 헤염친다、
黃[82]金、知慾의水平線을향하여。

---

82) ≪黃≫에 다른 글자의 흔적이 있음.

空想83)

尹 東柱

공상 —
내마음의 塔
나는 말없이 이塔을 쌓고있다
名譽와 虛榮의 天空어다
문허질줄도 몰으고
한층두층 높이 싸ㅅ는다
×
無限한 나의空想 —
그것은 내마음의 바다
나는 두팔을 펄처서
나의 바다에서
自由로히 헤염친다
金錢 知識의 水平線을向하여。

주: ≪天空어다≫의 ≪어≫에 파란색 잉크로 옆줄이 그어져있음.
≪金錢 知識≫은 잉크로 ≪黃金 知慾≫으로 수정되였음.

이런날84)

사이좋은正門의 두돌긔둥끝에서

---

83) * 참고 : 이 작품은 1935년 10월, 『崇實活泉』에 앞의 작품과 같은 제목으로 발표되였으며, (주)는 활자화 된 후 본인에 의해 수정된 부분을 설명한것임.

84) ≪이런날≫은 원래 ≪矛盾≫. 첫번째 원고노트의 육필 목차에도 ≪矛盾≫으로 되여있음.
○ 제목에 파란 색연필로 동그라미표가 그려져있음.

五色旗와、太陽旗가 춤을추는날、
금(線)[85]을끟은地域의 아이들이즐거워하다、

아이들에게 하로의乾燥한學課로、[86]
해ㅅ말간 勸[87]怠가기뜰고、[88]
「矛盾」두자를 理解치몯하도록
머리가 單純하엿구나、[89]
×
이런날에는[90]
잃어버린 頑固하던兄을、
부르고싶다。[91]

一九三六,六月十日.

午後의球場

늦은봄기다리든[92]土曜日날.
午後세時半[93]의京城行列車는、
石炭煙氣를자욱이 품기고、
소리치고 지나가고[94]

85) ≪(線)≫은 삽입되였음. ≪아이들≫의 ≪이≫는 삽입되였음.
86) ≪하로의乾燥한學課로、≫는 원래 ≪하로의乾燥한學課가、≫. ≪한≫은 삽입되였음.
87) ≪勸≫은 ≪倦≫의 오자인듯함.
88) ≪勸怠가기뜰고、≫는 원래 ≪勸怠를주고、≫.
89) ≪머리가 單純하엿구나、≫는 처음에 ≪머리가 進步되엿슬까?≫에서 ≪머리가單純하구나、≫로, 다시 ≪머리가 單純하엿구나、≫로 수정되였음.
90) ≪이런날에는≫은 붉은 색연필로 괄호 표시가 있음.
91) ≪잃어버린 頑固하던兄을、/ 부르고싶다。≫에 붉은 색연필로 옆줄이 그어져있음.
92) ≪늦은봄기다리든≫은 원래 ≪늦은봄날≫.
93) ≪午後세時半≫은 원래 ≪午後셰時半≫.

한몸을꿇을기에 强하든.
공(뿔)[95]이磁力을잃고
한목음의물이
불붓는목을[96]
축이기에[97] 넉넉하다、
젊은가슴의피循環이잣고、
두鐵脚이 늘어진다、

검은汽車煙氣와함께
풀은山이
아지랑저쪽으로[98]
까라안는다、

一九三六、五月、

陽地쪽、

저쪽으로 黃土실은 봄바람이
커—브를 돌아피하고
아롱진 손길의 四月太陽이
좀먹어시드른 가슴을만진다、

---

94) ≪소리치고 지나가고≫에 맞은편 쪽 원고지에서 묻어난 듯한 잉크자국이 두줄 있음.
95) ≪(뿔)≫은 삽입되였으며, ≪(뿔)≫혹은 ≪(뽈)≫로도 보이나 확실치 않음.
96) ≪한목음의물이 / 불붓는목을≫은 원래 ≪한목음이물이 불붓는목을≫.
97) ≪축이기에≫는 원래 ≪적시기에≫이며 그 오른쪽 행간에 ≪축이≫가 씌여졌다가 지워지고 다시 왼쪽 행간에 씌여졌음.
98) ≪풀은山이 / 아지랑저쪽으로≫는 원래 ≪풀은山이 아지랑저쪽으로≫이며, 연필로 뒤바꿈 표시가 되여있음.

×

異域인줄 모르는小學生애[99]둘이
地図째기 노름에[100]、
한뼘의손가락이
짧음을限함이여、[101]
아서라!열븐[102] 平和가깨여질가 근심스럽다、[103]
一九三六봄想、6.26.

陽 地 쪽[104]

저쪽으로 黃土실은 이땅 봄바람이
胡人의물래밖퀴 처럼 돌아 지나고、
아롱진 四月太陽의 손길이
壁을등진 섧은 가슴 마다 올올이 만진다。

地図째기노름에 늬땅인줄몰으는 애 둘이、
하뼘손가락이 짧음을限함이여!
아서라! 갓득이나 열븐平和가、
깨여질가 조심스럽다。

---

99) ≪小學生애≫의 ≪애≫는 연필로 삽입되였음.
100) ≪地図째기 노름에≫는 원래 ≪線을좇어 땅떼먹기에≫. ≪地図≫의 ≪図≫는 ≪圖≫의 중국식 한자와 비슷함.
101) ≪한뼘의손가락이 / 짧음을限함이여、≫는 원래 ≪한폼의 손가락이 쩌르다、≫.
102) ≪아서라!열븐≫은 삽입되였음.
103) 2련의 첫머리와 끝에 붉은 색연필로 ≪ ≫표시가 되여있음.
104) 두번째 원고노트『窓』에 있는 동제목의 작품임.

山林、

잔득까라앉은 房에
자 — 욱이 不安이깃들고
時計가 자근자근가슴을땋려
山林으로 좇은다、

幽暗한 山林이
고단한한몸을抱擁할[105]
因緣을 가젓다。[106]

山林의波動우으로 붙어
어둠이 어린가슴을짓밥고、
닢아리를 흔드는 져녁바람이
솨 —— 恐佈[107]에 떨게하고
멀리첫여름의 개고리소리에
그립은過去의 斷片이아질다。

나무틈으로 반짝이는 별만이
새世紀의希望으로 나를이끈다。[108]

一九三六、六、二十六日

105) ≪抱擁할≫은 원래 ≪抱擁하고≫.
106) ≪因緣을 가젓다。≫는 원래 ≪넉넉하다。≫.
107) ≪佈≫는 ≪怖≫의 오자인듯함.
108) ≪나무틈으로 반짝이는 별만이 / 새世紀의希望으로 나를이끈다。≫에 푸른 색연필로 옆줄이 그어져있음.

山林[109)]

時計가 자근자근 가슴을 따려
하잔한 마음을 山林이 부른다。

千年 오래인 年輪에 짜들은 幽寂한 山林이
고달픈 한몸을 抱擁할 因緣을 가젓나보다。

「山林의 검은波動우으로부터
어둠은 어린 가슴을 질밥는다、」

멀리 첫여름의 개고리의 재질댐에
흘러간 마을의 過去가 아질타。
가지、가지사이로반짝이는별들만이
새날의 饗宴으로 나를 부른다。

발거름을 멈추어
하나、둘、어둠을 헤아려본다
아득하다

문득 닢아리흔드는 져녁바람에
솨 — 무섬이올마오고.

---

109) 낱장으로 된 원고에 있는 동제목의 작품임.

山林[110]

時計가 자근자근 가슴을땋려
不安한마음을山林이 부른다。

千年오랜年輪에 짜들은 幽暗한 山林이、고달픈 한몸을
抱擁할因緣을 가젓나부다。

山林의 검은 波動웋으로 붙어
어둠은 어린가슴을 짓밟고、

닢아리를 흔드는 져녁바람이
솨 — 恐佈에 떨게한다。

멀리 첫여름의 개고리 재질댐에
흘러간 마을의過去는 아질타。

나무틈으로 반짝이는 별만이
새날의 希望으로 나를이끈다。

110) 두번째 원고노트 『窓』에 있는 동제목의 작품임. ○ 제목 우에 붉은 색연필로 동그라미 표가 그려져있음.

가슴 3、[111)]

불꺼진 화독을
안고도는 겨울밤은 깊엇다

재(灰)만남은 가슴이
문풍지소리에 떤다。

一九三六、7.24.

"꿈은깨여지고、"

꿈은눈을 떳다、
그윽한 幽霧에서。

노래하든 종달이、
도망처 나라나고。

지난날 봄타령하든
금잔듸 밭은아니다。

---

111) * 정음사 刊 ≪하늘과 바람과 별과 詩≫1955년도판부터는 <가슴 2>로 발표되였음.
* 참고 : 두번째 원고노트『窓』에 있는 동제목의 작품은 다음과 같음.
가슴
3
불꺼진 火독을
안고도는 겨울밤은 깊엇다。

재(灰)만 남은 가슴이
문풍지 소리에 떤다。

塔은 문허젓다、
붉은 마음의塔이 ——

손톱으로색인 大理石塔이 —
하로져녁暴風에 餘地없이도、

오 — 荒廢의쑥밭.
눈물과 목메임이여!

꿈은 깨여젓다、
塔은 문허젓다。

一九三五 十月二十七日
36、7、27、改作

蒼空.(未定稿)

그 여름날、
熱情의 포푸라는、
오려는 蒼空의 푸른 젓가슴을
어루만지려112)
팔을 펄쳐、113) 흔들거렷다。
끌는 太陽그늘114) 좁다란地点에서。

112) ≪어루만지려≫는 원래 ≪어루만지려(하엿다。)≫.
113) ≪팔을 펄쳐、≫는 원래 ≪팔을 들어≫이며, ≪쳐≫는 연필로 수정되였음. 왼쪽 행간에 ≪(손을 저엇다)≫가 씌여졌다가 삭제되였음.
114) ≪끌는 太陽그늘≫은 원래 ≪끌는 太陽그늘에서≫. 이 행의 왼쪽 행간에 ≪(좁다란 地点에서)≫가 삭제되였음.

×

天幕같은 하늘 밑에서、
떠들든 소낙이、
그리고 번개를、
춤추든 구름은 이끌고、
南方으로 도망하고、115)
높다라케 蒼空은 한폭으로116)
가지우에 퍼지고、
둥근달 과 기럭이를 불러왓다、117)

×

푸드른118) 어린마음이 理想에타고、
그의憧憬의날 가을에
凋落의눈물을 비웃다、

一九三五年 十月二十日、平壤서

南쪽하늘、119)

제비는 두나래를 가지엿다.
시산한 가을날.

×

어머니의 젖가슴을120)

---

115) ≪도망하고、≫는 원래 ≪도망가고、≫였으나 연필로 수정되었음.

116) ≪한폭으로≫는 원래 ≪道人처럼≫.

117) ≪둥근달 과 기럭이를 불러왓다、≫는 원래 ≪둥근달 과 기럭이를 / 불려 왓다、≫.

118) ≪푸드른≫은 원래 ≪푸른≫.

119) ○ 제목 오른쪽 옆에 붉은 색연필로 동그라미표가 그려져있음.
○ 1련 2행부터 2련 4행까지 푸른 색연필로 옆줄이 그어져있음.

그리는 서리나리는 져녁、
어린영(灵)[121]은 쪽나래의 鄕愁를 타고、
南쪽하늘에 떠돌뿐 ——

一九三五、十月、平에서、

南쪽하늘[122]

제비는 두나래를 가지엿다。
시산한 가을날 ——

어머니의 젖가슴이 그리운
서리나리는 져녁 ——
어린灵은 쪽나래의 鄕愁를 타고
南쪽하늘에 떠돌뿐 ——

빨래

빨내줄에 두다리를 느리고、
힌빨내가 귓속니약이하는 午後、
123)

120) ≪젖가슴을≫은 원래 ≪젖을≫.
121) ≪灵≫은 ≪靈≫의 속자(俗字)임.
122) 두번째 원고노트『窓』에 있는 동제목의 작품임.
123) 1련과 2련 사이에 연필로 한줄 띔 표시가 있음.

짱々한 七月[124] 해ㅅ발은[125] 고요히도、
아담한 빨내에만 빛인다(달린다)

一九三六——

빨래[126]

빨래줄에 두다리를 드리우고
힌빨래들이 귓속 이약이하는 午後、

쨍々한 七月햇발은 고요히도
아담한 빨래에만 달린다。

|童詩| 비ㅅ자루

요—리 조리 베면 저고리 되고、
이—러케 베면 큰총되지。
　누나하구 나하구
　가위로 좋이 쏠앗더니、
　어머니가 비ㅅ자루 들고
　누나하나 나하나
　엉덩이를 따렷소

124) ≪七月≫은 삽입되였음.
125) ≪해 ㅅ발은≫의 「해」 우에 작은 가위표가 있음.
126) 두번째 원고노트 『窓』에 수록되어 있는 동제목의 작품임.

방바닥이 어지럽다고——

아니 아니
고놈이 비ㅅ자루가
방바닥 쓸기 슗으니
그래ㅅ지 그래ㅅ서、
괘씸하여 벽장속에 감춧더니
이튼날아츰、
비ㅅ자루가 잃어젓다고127)
어머니가 야단이 지요。

一九三六 九、九、

童詩 비ㅅ자루128)

尹 童柱

요—리조리 베면 저고리되고
이—렇게 베면 큰총되지。
누나하구 나하구
가위로 좋이 쏠앗더니
어머니가 비ㅅ자루들고
누나하나 나하나

127) 「이튼날아츰、/비ㅅ자루가 잃어젓다고、」는 원래 「이튼날아츰에、비ㅅ자루가 잃어젓다고、」이며, 「에」는 연필로 삭제되였음. 「비ㅅ자루가 잃어젓다고」에 행갈음 표시가 있음. 「잃어젓다고」는 원래 「없다고」.

128) * 참고 : 이 작품은 『카톨릭 少年』1936년 12월호에 尹童柱라는 필명으로 발표되였으며, (주)는 활자화된 후 본인에 의해 수정된 부분을 설명한것임.

엉덩이를 때렷소
방바닥이 어지럽다고—。

◇

아니 아니 아 — 니
고놈의 비ㅅ자루가
방바닥 쓸기 싫으니
그래ㅅ지 그랫서
괘ㅅ심하여 벽장속에 감촛더니
이튿날아츰 비ㅅ자루가 없다고
어머나가 야단이지요。

주: ≪엉덩이를≫ 이≪볼기짝을≫ 으로 고쳐졌음.
≪아니 아니≫ 가≪아니≫ 로 고쳐졌음.
≪어머나가≫ 가≪어머니가≫ 로 고쳐졌음.

해ㅅ비

앗씨처럼 나린다
보슬보슬 해ㅅ비
맞아 주자、다가치
옥수수대 처럼 크게
닷자엿자 자라게
해ㅅ님이 웃는다、
나보고 웃는다、

하날다리 놓엿다、
알롱달롱 무지개
노래 하자、즐겁게

동모들아 이리 오나、
다같이 춤을추자、
해ㅅ님이 웃는다、
즐거워　웃는다。

一九三六、九、九、

童詩、비행긔、

머리에 푸로페라가、
연자깐[129] 풍채보다、
더—빨리돈다。(註)연자간=石磨간、[130]

×

따에서 오를때보다
하늘에 높히떠서는
빠르지 몯하다
숨결이 찬모양이야。

×

비행긔는——
새처럼 나래를
펄럭거리지 몯한다
그리고、 늘——
소리를 지른다。
숨이찬가바[131]。

一九三六 十月 初、

---

129) ≪연자깐≫에 방점이 있음.
130) ≪(註)연자간=石磨간、≫은 윤동주의 자필임.
131) ≪숨이찬가바≫는 삽입되였음.

"닭"

한간鷄舍 그넘어는 蒼空이 깃들어[132]
自由의鄕土를 닞은(忘) 닭들이
시들은生活을 주잘대고、[133]
生産의 苦勞를 부르지젓다。[134]

陰酸[135]한 鷄舍에서 쏠러나온
外來種 레구홍、
學園에서[136] 새무리가 밀러나오는[137]
三月의 맑은午後도있다[138]。
닭들은 녹아드는 두엄[139]을파기에、[140]
아담한두다리가 奔走하고
굼주렷든 주두리가
바즈런하다、[141]
두눈은[142] 여무럿고、
날수있는 技能을忘却하엿고나、[143]
아깝다 洗練한 그몸이。[144]

---

132) ≪깃들어≫는 원래 ≪기뜰어≫.
133) ≪주잘대고、≫는 원래 ≪주잘거리고、≫.
134) ≪生産의 苦勞를 부르지젓다。≫는 푸른 색연필로 옆줄이 그어져있음.
135) ≪陰酸≫은 ≪陰散≫의 오자인듯함.
136) ≪學園에서≫에 붉은 연필로 ㄱ 표시 있음.
137) ≪밀러나오는≫는 원래 ≪쏠러나오는≫.
138) ≪있다≫에 붉은 색연필로 ⌣ 표시 있음.
139) ≪두엄≫의 오른쪽 옆에 ≪덤、≫이 씌여져 있음.
140) 2련 5행부터 10행까지(≪닭들은~忘却하엿고나、≫) 푸른 색연필로 옆줄이 그어져있음.
141) ≪바즈런하다、≫는 처음에 ≪구데기 줏기에 바즈런하다、≫에서 ≪찍게기 줏기에 바즈런하다、≫로 수정되였으나 ≪바즈런하다、≫만 남기고 모두 삭제되였음
142) ≪두눈은≫앞의 ≪그리고≫는 삭제되였음. ≪두눈은≫은 원래 ≪두눈이≫.
143) ≪忘却하엿고나、≫는 붉은 색연필로 ⌣ 표시되여있음.
144) ≪技能을~그몸이≫사이에 붉은 색연필로 옆줄이 그어져있음. ≪그몸이。≫다음의 2행이 삭제되였음.

닭[145]

한間鷄舍 그넘어 蒼空이 깃들어
自由의 鄕土를 닞(忘)은 닭들이
시들은 生活을 주잘대고、
生產의 苦勞를 부르지젓다。

陰酸한鷄舍에서 쏠려나온
外來種 레구홍、
學園에서 새무리가 밀려나오는
三月의 맑은 午後도 있다

닭들은 녹아드는 두엄을파기에
雅淡한 두다리가 奔走하고
굼주렷든 주두리가 바즈런하다。
두눈이 붉에 여무도록 ――

一九三六、봄

谷間

산들이 두줄로 줄다름질치고、
여울이소리처 목이자젓다、[146]
한여름의 햇님이 구름을타고、

가장理解하기쉬운 심상한風景에、홀로 씨드쓴 ~~우슴을~~웃음이여!
145) 두번째 원고노트 『窓』에 같은 제목의 작품이 있음.
146) 1행과 2행 사이 우쪽에 붉은 색연필로 동그라미표가 있음.

이골짝이를 빠르게도 건너런다。

× ×

산등아리에 송아지뿔처럼、
울뚝불뚝히 어린바위가[147]
얼룩소[148]의 보드러운털이
이산등서리에 푸러케자랏다。[149]

× ×

三年만에 故鄕찾이드는、
산꼴나그네의 발거름이
타박타박 땅을고눈다、
벌거숭이 두루미다리、같이、[150]

× ×

헌신짝이 집행이 끝에
목아지를 달아매여 늘어지고、
까치가 색기의날발을태우려[151]
푸루룩 저산에날뿐、고요하다。

× ×[152]

---

147) ≪어린바위가≫는 처음에 ≪어린바위가솟구≫에서 ≪어린바위가자라구≫로 수정되였다가, 다시 ≪어린 바위가≫만 남기고 연필로 모두 삭제되였음.

148) ≪얼룩소≫는 원래 ≪얼럭소≫.

149) ≪산등아리에/～푸러케자랏다。≫의 4행에 붉은 색연필로 옆줄이 그어져있음. ≪××≫는 모두 행간에 있음.

150) ≪두루미다리、같이、≫는 처음에 ≪두루미다리、가。≫에서 ≪두루미다리、가치、≫로, 다시 ≪두루미다리、같이、≫로 수정되였음.

151) ≪까치가 색기의날발을태우려≫는 처음에 ≪까치가 나무가지를 물고≫에서 ≪까치가 색기를 날 발을태우려≫로, 다시 ≪까치가 색기의날발을태우려≫로 수정되였음.

152) 4련과 5련(≪고요하다。～갓쓴양반≫) 사이의 다음 4행이 삭제되였음.

버리지들이 연달아 노래하고、
저기、집이있으니 사랑도있을것이다。
가담가담 논둑도있어
늙은이와 아희의 물싸홈을보다。

(주) ≪저기、≫는 삽입되였음.

갓쓴양반 당나구하고、모른척지나고、
이땅에두물든、
말탄섬나라사람이[153]、
길을뭇고지남이 異常한일이다。
다시[154]곬작은고요하다 나그내의마음보다。

가을밤

구즌비 나리는 가을밤
벌거숭이 그대로
잠자리에서 뛰여나와、
마루에 쭈구리고서서、
아이 — ㄴ양 하고
솨 —— 오좀을쏘다。

一九三六、十月二十三日밤、

— (가을밤) —[155]

구즌비 나리는 가을밤

≪집이있으니 사랑도있을것이다。≫는 원래 ≪집이있나보니 사랑도있을걸니다。≫

153) ≪사람이≫앞에 ≪삼≫자가 있었으나 붉은 색연필로 가위표가 그어져있음.

154) ≪다시≫는 삽입되였음. ≪곬작은≫은 원래 ≪곬작이≫.

155) 제목이 <雜筆>에서 <아이ㄴ양>으로 수정되었다가 다시 연필로 모두 삭제되였음. 두번째 원고노트≪窓≫에 있는 작품.

벌거숭이 그대로
잠자리에서 뛪여나와
마루에 쭈구리고 서서
아이ㄴ양 하고
솨 —— 오좀을 쏘오。

谷 間156)

산들이 두줄로 줄다름질 치고
여울이 소리처 목이 자젓다。
한여름의 햇님이 구름을 타고
이골작이를 빠르게도 건너련다。

山등아리에 송아지뿔 처럼
울뚝불뚝히 어린바위가 솟구、
얼룩소의 보드러운 털이
山등서리에 퍼 — 렇게 자랏다。

三年만에 故鄕 찾어드는
산골 나그네의 발거름이
타박타박 땅을 고눈다。
벌거숭이 두루미 다리같이……

헌 신짝이 집행이 끝에
목아지를 매달아 늘어지고、

156) 두번째 원고노트 《窓》에 있는 동제목의 작품.

까치가 색기의 날발을 태우려 날뿐、
골작은 나그내의 마음처럼 고요하다。
一九三六、여름.

童詩、굴뚝、

산골작이 오막사리 나즌굴뚝엔
몽긔몽긔 웨인내굴 대낫에솟나、
×
감자를 굽는게지 총각애들이
깜박깜박 검은눈이 뫃여앉어서、
입술이 꺼머케 숱을바르고、
넷 이야기[157] 한커리에 감자하나식、
×
산골작이 오막사리 나즌굴뚝엔
살낭살낭 솟아나네 감자굼는내。
一九三六 가을、

무얼먹구사나、

바닷가 사람、
물고기 잡어 먹구살구、

157) ≪넷 이야기≫는 원래 ≪호랑서방 넷알≫. ≪넷이야기≫의 ≪이야기≫우에 글자가 씌여졌다가 지워진 흔적이 있음.

산꼴에 사람
감자 구어 먹구살구、

별나라 사람
무얼 먹구사나、

一九三六年十月、

동요 무얼 먹구 사나[158)]

尹 童柱

바다ㅅ가 사람
물고기 잡어먹구살구
산꼴엣 사람
감자구어 먹구살구
별나라 사람
무얼먹구 사나。

童詩 봄、

우리애기는
아래발추 에서 코올코올、

158) ≪카톨릭 少年≫1937년 3월호에 동제목의 작품이 尹童柱라는 필명으로 발표되였음.

고양이는
부뜨막에서[159] 가릉가릉[160]
[161]
애기바람이
나무가지에 소올소올

아저씨 햇님이
하늘한가운데서 째앵째앵。
一九三六 十月.

참새、(未定)[162]

가을지난 마당을[163]

---

159) ≪부뜨막에서≫는 처음에 ≪가막목에서≫에서 ≪가마목에서≫로, 다시 연필로 지우고 ≪부뜨막에서≫로 수정되였음.

160) ≪가릉가릉≫은 원래 ≪갸릉갸릉≫이며, 연필로 수정되였음.

161) 2련 아래쪽 공간에 ≪부뜨≫라는 글자가 씌여있음.

162) 작품 전체가 연필로 가위표 되여 있으며, 우의 본문은 그 아래 공간에 다시 씌여진것임. 삭제된 내용은 다음과 같음.

참새

가을지난 마당은 하이얀종이
참새들이 글씨를 공부하지요、

째액째액 입으론 받아읽으며
두발로는 글씨를 연습하지요、

하로종일 글씨를 공부하여도
짹자한자 밖게는 더몰쓰는걸。
一九三六、十二月

(주) ≪마당은 하이얀종이≫는 원래≪마당을 백노지인양≫이며, 연필로 수정되였음.
≪받아읽으며≫는 원래≪읽으면서도≫이며, 연필로 수정되였음.
≪글씨를 공부하여도≫는 원래≪글씨는 연습하여도≫이며, 연필로 수정되였음.

163) ≪가을지난 마당을≫은 원래 ≪앞마당을≫이였으나 연필로 수정되였음.

　　백노지인양[164)]
참새들이
　　글씨공부하지요
　　　×
짹、짹、
　　입으론
　　　　부르면서、
두발로는
　　글씨공부하지요、
　　　×
하로종일
　　　　글씨공부하여도
짹자한자
　　박에더몯쓰는걸、

눈 우에서[165)]

개가
꽃을 그리며
뛰오。

---

164) ≪백노지인양≫은 원래 ≪백노지ㄴ것처럼≫이였으나 연필로 수정되였음.
165) ≪눈 우에서≫는 처음에 ≪눈 우에서≫에서 ≪눈이나리는날≫로, 다시 ≪눈 우에서≫로 수정되였음.

편지

누나 !
이겨울에도
눈이가득이 왓습니다。
× ×[166]
힌봉투에
눈을 한줌옇고
글씨도 쓰지말고
우표도 부치지말고
말숙하게 그대로
편지를 부칠가요
× ×
누나가신 나라엔
눈이 아니온다기에。

버선본[167]

어머니!
누나 쓰다버린 습자지는
두었다간 뭣에 쓰나요?[168]

그런줄 몰랏더니
습자지에다 내보선놓고[169]

---

166) 2련과 3련은 ≪개≫와 ≪편지≫1련의 아래쪽 공간에 씌여졌음.
167) ≪버선본≫은 원래 ≪보선본≫.
168) ≪두었다간 뭣에 쓰나요?≫는 원래 ≪두어둬서 멀합니까?≫였으나 연필로 수정되였음.

가위로 오려、[170]
버선본[171] 만드는걸。

× ×

어머니!
내가 쓰다버린 몽당연필은
두었다간 뭣에쓰나요[172]

그런줄 몰랏더니
천우에다 버선본놓고[173]
침발려 점을찍곤
내보선 만드는걸。

一九三六、十二月初

눈[174]

지난밤에
눈이 소—복이왓네
집웅이랑
길이랑 밭이랑
치워한다고
덮어주는 니불인가바

---

169) ≪습자지에다 내보선놓고≫는 삽입되였음.
170) ≪가위로 오려、≫는 원래 ≪가위로 모려、≫.
171) ≪버선본≫은 원래 ≪보선본≫.
172) ≪두었다간 뭣에쓰나요≫는 원래 ≪두어둬서 멀합니까≫였으나 연필로 수정되였음.
173) ≪버선본놓고≫는 원래 ≪보선본놓고≫.
174) ≪눈≫은 원래 ≪니불≫이였으나 연필로 수정되였음.

그러기에
치운겨을에만 나리지

一九三六 十二月、

사과

붉은사과 한개를
아버지 어머니
누나、나、넷이서
껍질채로 송치까지
다 —175) 논아먹엇소。

눈

눈이
샛하야케 와서、
눈이
새물새물176) 하오。

175) ≪다 —≫는 삽입되였음.
176) ≪새물새물≫은 원래 ≪재물재물≫.

닭[177]

—— 닭은 나래가커두[178]
　　　웨、날잖나요
—— 아마 두엄파기에[179]
　　　홀、잊엇나봐。[180]

아츰

휙、휙、휙、소꼬리가 부드러운 채ㅅ직
질로 어둠을 쫓아、
캄、캄、캄、어둠이 깁다깁다 밝으오。

이제 이동리의 아츰이、
풀살오른 소엉덩이 처럼[181] 기름지오
이동리 콩죽먹는 사람들이、
땀물을 뿌려 이여름을 자래웟소。

닢、닢、풀닢마다 땀방울이 맺엇소。
여보!여보! 이 모—든것을 아오。
(一九三六)[182]

---

177) 제목 우에 붉은 색연필로 동그라미가 그려져있음. 이 작품은 ≪눈≫아래쪽 빈 공간에 씌여졌음.
178) ≪나래가커두≫에서 ≪커≫는 삭제되였다가 다시 씌여졌음.
179) ≪두엄파기에≫는 원래 ≪덤을파기에≫.
180) ≪잊엇나봐。≫는 처음에 ≪니젓나봐。≫에서 ≪닞엇나봐。≫로, 다시 ≪잊엇나봐。≫로 수정되였음.
181) ≪처럼 기름지오≫에 붉은 색연필로 옆줄이 그어져있음. ≪기름≫은 삽입되였음.

이아츰을[183]
深呼吸하오 또하오、

아 츰[184]

휙、휙、휙、소꼬리가 부드러운 채ㅅ직질로
어둠을 쫒아、
캄、캄、어둠이 깁다깁다 밝으오。

땀물을 뿌려 이여름을 길렀오。

닢、닢、풀닢마다 땀방울이 맺엇소

꾸김살 없는 이아츰을、
深呼吸하오 또하오。

겨울

난간 밑에
시라지 다람이
바삭 바삭

---

182) ≪(一九三六、)≫은 연필로 씌여있음.
183) ≪이아츰을≫우에 ≪(소꼽비를 권채로)≫가 있었으나 삭제되였음.
184) 두번째 원고노트 『窓』에 있는 동제목의 작품.

춥소。

길 바닥에
말똥 동그램이
달랑 달랑
어오。

一九三六年겨을、

겨을[185]

처마 밑에
시래기 다람이
바삭바삭
추어요。
길바닥에
말똥 동그램미
달랑 달랑
얼어요。

185) 두번째 원고노트 ≪窓≫에 있는 동제목의 작품.

호주머니[186)]

옳을것없서、
걱정이든、[187)]
후주머니는、[188)]

겨을만 되면
주먹두개 갑북 갑북。 [189)]

黃昏[190)]

하로도 검푸른 물결에[191)]

---

186) ○ 제목을 제외한 작품 전체가 세로선으로 지워져있으며 그 아래 공간에 우의 본문이 씌여있음. 삭제된 내용은 아래와 같음.

호주머니

가을에는
　　밤 한톨 살작。
겨을에는
　　주먹두개 갑북。
봄에는
　　버들개지 답답
여름에는
　　아무것도 반반。

187) ≪옳을것없어、/ 걱정이든、≫은 원래 ≪왼일년 내내、≫. 1련의 2행과 3행 사이에 ≪터-ㅇ비엿든≫이 삭제되였음.
≪터-ㅇ비엿든≫은 원래≪텡텡 비엿든≫.
188) ≪후주머니는、≫는 원래 ≪후주머니여도、≫.
189) ≪주먹두개 갑북 갑북。≫은 원래 ≪두주먹두개 갑북 갑북。≫.
190) 첫번째 원고노트 작품 중에는 동제목의 작품이 두편 있음.
＊참고 : 두번째 원고노트 ≪窓≫과 낱장으로된 원고에는 같은 내용의 작품 제목이 『黃昏이 바다가되여』로 되여있음.

흐느적 잠기고 잠기고……

저— 웨ㄴ 검은고기떼가
물든바다를 날아 横斷할고、

잎아리 잃은 海草[192]
海草마다[193] 슳으기도[194] 하오[195]

西窓에 걸린 해말간風景畵[196]
옷고름 너어는 젊은나그네의 (孤兒의) 시름。[197]
이제 첫 航海하는[198] 마음을먹고
방바닥에 나딩구오 딩구오……
오날도 수많은 배가
나와함께 이물결에 잠겨슬게오。
一九三七、一月、

黃昏이 바다가되여、[199]

하로도 검푸른 물결에

191) 1행 우칸에 붉은 색연필로 동그라미와 ㄱ표가 그려져있음.
192) ≪잎아리 잃은 海草≫는 원래 ≪잎아리 없는 海草는≫.
193) ≪海草마다≫는 삽입되였음.
194) ≪슳으기도≫는 원래 ≪슬피기도≫.
195) 3련은 2련과 4련 사이에 삽입되였으며 3련 전체에 괄호 표시가 되여있음.
196) ≪西窓에 걸린 해말간風景畵≫는 원래 ≪西窓에 해말간風景이 걸려≫. ≪걸린≫은 삽입되였음.
197) ≪젊은나그네의 (孤兒의)시름。≫은 원래 ≪시름에 잠기오。≫.
198) ≪첫 航海하는≫에서 ≪첫≫은 삽입. ≪航海하는≫우에 작은 가위표가 있음.
199) ≪窓≫에 수록된 것임.

흐느적 잠기고……잠기고……

저— 웬 검은 고기떼가
물든 바다를 날아 橫斷할고。

落葉이 된 海草
海草마다 슲으기도 하오。

西窓에 걸린 해말간 風景畵
옷고름 너어는 孤兒의 설음。

이제 첫航海하는 마음을 먹고、
방바닥에 나딩구오……딩구오……
黃昏이 바다가되여
오날도 數많은 배가
나와함께 이물결에 사라젓슬게오。

黃昏이 바다가되여、200)

하로도 검푸른 물결에
흐느적 잠기고……잠기고……

저— 웬 검은고기떼가
물든 바다를 날아 橫斷할고、

200) 낱장에 수록된 것임

落葉이된 海草
海草마다 슬프기도 하오。

西窓에 걸린 해말간 風景畵
옷고름너어는 孤兒의설음

이제 첫航海하는 마음을 먹고
방바닥에 나딩구오……딩구오……

黃昏이 바다가되여
오늘도 數많은 배가
나와함께 이물결에 잠겨슬 게오。

童詩、거즛뿌리

똑、똑、똑、
문좀 열어주서요。
하로밤 자고갑시다。
밤은깊고 날은추운데、
거、누굴가?
문열어주구 보니、
검둥이의 꼬리가、
거즛뿌리 한걸。
×
꼬기요、꼬기요、
닭알 나앗다。
간난아!어서집어가거라

간난이 뛰여가보니、
닭알은 무슨닭알。
고놈의 앎닭이[201]
대낮에 재ㅅ발간
거즛뿌리 한걸。
둘다、

바다도 푸르고、
하늘도 푸르고、

바다도 끝없고
하늘도 끝없고、[202]
[203]
바다에 돌 던지고[204]
하늘에 침 받고[205]

바다는 벙글
하늘은 잠잠[206]

---

201) ≪고놈의 앎닭이≫는 원래 ≪앎닭이란 놈이≫.
202) 2련은 1련과 삭제된 2련 사이의 행간에 삽입되였음.
203) 2련과 3련 사이의 다음 2행이 삭제되였음.
그러기에
둘다 다 좋치.

(주) ≪좋치.≫는 원래 ≪좋소.≫.
204) ≪던지고≫는 원래 ≪던저보고≫이며, 연필로 수정되였음.
205) ≪받고≫는 처음에 ≪받어보고≫에서 ≪받어보오≫로, 다시 ≪받고≫로 수정되였음. ≪받고≫는 연필로 고쳐졌음.
206) ≪잠잠≫다음의 1행이 연필로 삭제되였음.
둘다 크기두 하오

거즛뿌리[207)]

尹 童舟

똑、똑、똑、
문좀 열어주서요
하로밤 자고갑시다。
밤은깊고 날은추운대
거 누굴가?
문열어주고 보니
검동이 꼬리가
거즛뿌리 한걸。
꼬끼요 꼬끼요
닭알 나앗다
간난아! 어서집어가거라。
간난이 뛰여가보니
닭알은 무슨닭알
고놈의 암닭이
대낮에 새빨간
거즛뿌리 한걸。

주: 8행과 9행 사이에 × × 표시가 삽입되였음.

반딋불[208)]

가자、가자、가자、

---

207) * 참고 : 《카톨릭 소년》1937년 10월호에 동제목의 작품이 尹童舟라는 필명으로 발표되였으며, (주)는 활자화된 후 본인에 의해 수정된 부분을 설명한것임.
208) 제목 우에 붉은 색연필로 동그라미표가 그려져있음.

숲으로 가자、
달쪼각을 주으려[209]
숲으로 가자

그믐밤[210] 반디불은
부서진 달쪼각[211]

가자、가자、가자、
숲으로 가자、
달쪼각을 주흐려
숲으로 가자、

밤、

오양간[212] 당나귀
아— ㅇ 앙 외마디 울음울고、

당나귀 소리에
으— 아 아 애기 소스라처깨고

등잔에 불을다오。

아바지는 당나귀에게

---

209) ≪달쪼각을 주으려≫의 ≪을≫은 삽입되였음.
210) ≪그믐밤≫는 원래 ≪그믐밤에≫.
211) 2련 1행과 2행 사이의 ≪반디불은≫이 삭제되였음.
212) ≪오양간≫은 원래 ≪마구간≫.

짚[213]을 한키 담아주고

어머니는[214] 애기에게
젖을 한목움 먹히고、

밤은 다시 고요히 잠드오。

밤[215]

오양간 당나귀
아 — ㅇ 앙 외마디 울음울고、

당나귀 소리에
으— 아 아 애기 소스라처깨고、

등잔에 불을 다오。

아바지는 당나귀에게
짚을 한귀 담아주고、

어머니는 애기에게
젖을 한목음 먹히고、

밤은 다시 고요히 잠드오。

一九三七、三月、

213) ≪짚≫은 원래 ≪꼴≫.
214) ≪어머니는≫는 원래 ≪어머는≫.
215) 두번째 원고노트 ≪窓≫에 있는 동제목의 작품임.

할아바지、[216]

왜떡이 쓥은 데도
작고 달다고 하오。[217]
一九三七、三、一〇、

만돌이

만돌이가 학교에서 돌아오다가
전보대 있는데서
돌재기 다섯개를 주었읍니다。

전보대를 겨누고[218]
돌첫개를 뿌렸습니다。
——딱——
두개채[219] 뿌렸습니다。
——아불사——
세개채 뿌렸습니다。

---

216) 제목 우에 붉은 색연필로 동그라미표가 그려져있음.
○ 작품 우에 ⌒ 표시가 있음.
＊참고 : 두번째 원고노트 ≪窓≫에 있는 동제목의 작품은 다음과 같으며, 전문 삭제 되여있음.

할아버지

왜떡이 쓥은데도
작고 달다고 하오。

217) ≪달다고 하오。≫는 원래 ≪달다고 한다。≫.
218) ≪겨누고≫는 원래 ≪겨누고 돌첫개를≫.
219) ≪두개채≫는 원래 ≪두번채≫.

——딱——
네개채 뿌렷습니다。
——아불사——
다섯개채 뿌렷습니다。
——딱——

다섯개[220]에 세개……
그만하면 되엿다。
내일 시험、[221]
다섯문데에、세문데만하면—[222]
손꼽아 구구를 하여봐도[223]
허양 륙십점이다。
볼거있나 공차려가자。

그이튼날 만돌이는
꼼짝몯하고 선생님한테
힌종이를 바처슬까요。[224]
그렇찬으면 정말
륙십점을 맞엇슬까요
[225]

---

220) ≪다섯개≫의 ≪개≫는 삽입되였음.
221) ≪내일 시험、≫은 원래 ≪내일 시험에≫.
222) ≪내일 시험、/ 다섯문데에、세문데만하면—≫은 원래 ≪내일 시험、다섯문데에、세문데만하면—≫이며, 행갈음 표시 있음.
223) ≪손꼽아 구구를 하여봐도≫는 행간에 삽입되였음.
224) ≪바처슬까요。≫는 처음에 ≪바칫지요。≫에서 ≪바치지않엇슬까요?≫로, 다시 ≪바치잔엇슬까요?≫에서 ≪바처슬까요。≫로 수정되였음. ≪바처슬까요。≫의 아래쪽 공간에 다음 2행이 삭제되였음.
　　정말六十点을맞엇슬까요?
　　힌종이를밧찻슬까요?
225) 원고지 아래쪽 여백에 ≪심부럼 나는≫이란 글자가 씌여졌다가 삭제되였음.

童詩 "개"[226)]

「이 개 더럽잔니」
아 —— 니 이웃집 덜렁 숳개가
오날 어슬렁 어슬렁 우리집으로 오더니
우리집 바두기의 미구멍에다 코를대고
씩々내를 맛겟지 더러운줄도 모르고、
보기 숭해서 막차며 욕해 쫓앗더니
꼬리를 휘휘 저으며
너희들보다 어떻겟냐하는 상으로
뛰여가겟지요 나—— 참。

나무、[227)]

나무가 춤을추면
바람이 불고、
나무가 잠잠하면
바람도자오、

---

226) 미발표작.
○ 작품 전체에 가위표 되여 있으며 첫번째 습작노트 뒤 속표지에 씌여졌음.
227) 미발표작.
○ 첫번째 원고노트의 마지막 속표지 뒤면에 씌여졌으며 작품 전체에 사각형 테두리가 둘러져있음.

2) 두번째 원고노트≪窓≫ ◉

黃昏
가슴、1
가슴、2
가슴、3
山上
陽地쪽
山林
南쪽하늘
빨래
닭
가을밤 (<아이ㄴ양>)
谷間
겨을
황혼이 바다가되여
밤
할아버지
장
風景
달밤
鬱寂
寒暖計
그女子
夜行
비ㅅ뒤
悲哀
瞑想

窓
바다
遺言
山峽의午後
새로운길
어머니
아츰
소낙비
街路樹
비오는 밤
사랑의殿堂
異蹟
아우의 印像畵
코쓰모쓰
슲은 族屬
고추밭
毘盧峯
해빛, 바람(童謠)
해바라기 얼골
애기의 새벽
귀뜨람이와 나와
산울림
달같이
薔薇病들어
츠르게네프의 언덕(散文詩)
산골물
自像畵

『窓』*

黃 昏

햇ㅅ살은 미다지 틈으로
길죽한 一字를쓰고……지우고……

까마기떼[228] 집웅 우으로
둘、둘、셋、넷、작고 날아지난다。
쑥쑥、 꿈틀꿈틀 北쪽 하늘로、

내사 …………
北쪽 하늘에 나래를 펴고싶다。

一九三六. 三月.二十五日
平壤서、

가 슴[229]

1、[230]
소리없는 북[231]

---

* 두번째 원고 노트 표지. 상단에 「原稿ノート」, 그 밑에 사람을 태우고 달리는 말 그림이 인쇄되어 있음. 그 밑에 「窓」이라는 글자를 시인자신이 직접 도안하여 그려넣었음. 책등에는 「나의 詩集」이라 씌여있으며, 그 아래에도 글씨의 흔적이 있으나 판독 불가능함.

228) ≪까마기떼≫는 원래 ≪까무기떼≫.

229) 제목 왼쪽 우에 붉은 색연필로 작게 동그라미표가 그려져있음.

230) 1행 오른쪽 우에 붉은 색연필로 세모 표시가 되여있음.

답답하면 주먹으로
뚜다려 보오。
232)
그래 봐도
후——
가—는 한숨보다 몬하오。

一九三六、三、二十五、
平壤서

가 슴[233]

2、[234]
늦은가을 스르램이
숲[235]에쌔워 恐佈[236]에떨고、

웃음웃는 힌달생각이
도망가오。

一九三六、三、二十五、

231) ≪북≫은 원래 ≪大鼓≫였으나 연필로 수정되였음.
232) 2련 우에 붉은 색연필로 ⌒ 표시가 되여있음.
233) 작품 전체에 가위표 표시가 되여있음.
234) 1행 오른쪽 우에 붉은 색연필로 가위표가 그어져있음.
235) ≪숲≫에 지움 표시를 한 흔적이 있음.
236) ≪佈≫는 ≪怖≫의 오자인듯함.

가 슴

3、[237]

불꺼진 火독을
안고도는 겨을밤은 깊엇다。

재(灰)만 남은 가슴이
문풍지 소리에 떤다。

一九三六、七、二四、

山 上[238]

거리가 바둑판처럼 보이고、
江물이 배암이 색기처럼 기는
山웋에 까지 왓다。
아직쯤은 사람들이
바둑돌 처럼 별여있으리라。

한나절의 太陽이
함석집웅에만 빛이고、
굼벙이 거름을 하든 汽車가
停車場에 섯다가 검은내를 吐하고
또、거름발을 탄다。

237) 1행 오른쪽 우에 붉은 색연필로 동그라미표와 세모표가 함께 그려져있음.
238) 3련 각 행 우에 붉은 색연필로 동그라미가 그려져있음.

텐트같은 하늘이 문허저
이거리를 덮을가 궁금하면서
좀더 높은데로 올라가고 싶다。239)

陽 地 쪽

저쪽으로 黃土실은 이땅240) 봄바람이
胡人의물래밖퀴 처럼 돌아 지나고、241)
아롱진 四月太陽의 손길이
壁을등진 섧은 가슴 마다 올올이242) 만진다。

地圖째기노름에 늬땅인줄몰으는243) 애 둘이、244)
245)
하뽐손가락이 젊음을246)限함이여!

239) ≪싶다。≫는 원래 ≪싶고나。≫.
○ ≪~ 싶다。≫ 다음의 아래 내용이 삭제되였음.
(一九三六、五、)
내노래를 좋와하야
소리를 지르다지르다、
날이 저무려 이거리로 다시돌아든다。
(주) ≪돌아든다。≫는 원래 ≪돌아가오。≫ .
240) ≪이땅≫은 삽입되였음.
3련 1행과 2행 사이의≪갓득으나 열븐 平和가≫ 가 삭제되였음.
241) ≪胡人의물래밖퀴 처럼 돌아 지나고、≫는 원래 ≪커-브를 돌아 避하고、≫.
○ ≪커-브≫」우에 붉은 색연필로 작은 가위표가 그어져있음.
242) ≪壁을등진 섧은 가슴마다 올올이≫는 원래 ≪좀먹어 시드른 가슴을≫. ≪섧은≫은 삽입되였음.
243) ≪늬땅인줄몰으는≫은 원래 ≪폭醉한≫. ≪아이≫는 원래 ≪小學生≫.
244) ≪地圖째기노름에 늬땅인줄몰으는 애 둘이、≫는 원래 ≪異域인줄 몰으는 아이 둘이≫.
245) 2련 1행과 2행 사이에 ≪地圖째기 노름에≫가 삭제되였음.
246) ≪하뽐손가락이 이 젊음을 限함이여!≫는 원래 ≪한뽐의 손가락이 젊음을 限함이여!≫.
≪이 젊음을≫의 ≪이≫는 삽입되였음.

247)

아서라! 갓득이나 열븐平和가、

248)

깨여질가 근심스럽다。

一九三六、봄、

山 林[249]

時計가 자근자근 가슴을땋려[250]
不安한마음을[251]山林이부른다[252]。[253]

千年오랜年輪에 짜들은[254] 幽暗한 山林이、고달픈 한[255]몸을
抱擁할因緣을 가젓나부다[256]。[257]

---

247) 2련 2행 다음의 한 행이 삭제되였음.
 젊음을 恨함이여.
 (주) ≪恨≫은 원래≪限≫.
248) 3련 1행과 2행 사이의 ≪갓득으나 열븐 平和가≫가 삭제되였음.
249) 제목 왼쪽 우에 붉은 색연필로 동그라미표가 그려져 있음.
250) ≪땋려≫는 처음에 ≪땋려≫에서 ≪땋릴 적에≫에 였으나 다시 원래대로 수정되였음.
251) ≪不安한마음을≫의 ≪을≫은 ≪으로≫로도 읽힐수 있음.
252) ≪山林이 부른다。≫는 처음에 ≪山林으로쫓은다。≫에서 ≪山林이 나를 부른다。≫로, 다시 ≪산림이 부른다。≫로 수정되였음.
253) 1련 전체에 테두리가 쳐져 있으며 4행 중 다음 2행이 삭제되였음.
 잔득 까라앉은 房에
 자-욱이 不安이 깃들고
254) ≪千年오랜年輪에 짜들은≫은 삽입되였음. ≪짜들은≫은 원래 ≪절은≫.
255) ≪한몸을≫의 ≪한≫은 한 번 삭제되였다가 다시 씌여졌음.
256) ≪가젓나부다。≫는 원래 ≪가젓다。≫. ≪검은≫은 삽입되였음. ≪어둠은≫은 원래 ≪어둠이≫.
257) 2련은 원래 ≪幽暗한 山林이、/ 고단한 한몸을 抱擁할 / 因緣을 가젓다。≫였으나

山林의 검은 波動웋으로 붙어
어둠은 어린가슴을 짓밟고、

닢아리를 흔드는 져녁바람이
솨 —— 恐佈[258]에 떨게한다。[259]

멀리 첫여름의 개고리 재질댐에[260]
흘러간 마을의過去[261]는 아질타。[262]

나무틈으로 반짝이는 별만이
새날의[263] 希望으로 나를이끈다。[264]
一九三六、六、二六、

南 쪽 하 늘[265]

제비는 두나래를 가지엿다。
시산한 가을날 ——

어머니의 젖가슴이[266] 그리운

≪고단한 한몸을≫은 2련 1행에, ≪抱擁할≫은 2련 2행에 각각 삽입되였음. ≪고단한≫은 다시 ≪고달픈≫으로 수정되였음.
258) ≪佈≫는 ≪怖≫의 오자인 듯함.
259) ≪떨게한다。≫는 원래 ≪떨게하고、≫.
260) ≪재질댐에≫는 원래 ≪떠듦에≫.
261) ≪過去는≫은 원래 ≪過去의≫.
262) ≪흘러간 마을의過去는 아질타。≫는 원래 ≪그립은 過去의 斷片이 아질타。≫.
263) ≪새날의≫는 원래 ≪새世紀의≫.
264) ≪이끈다。≫는 삭제되였다가 다시 씌여짐.
265) ○ 제목 우에 붉은 색연필로 세모표가 그려져있음.

서리나리는[267] 져녁 ——
어린灵[268]은 쪽나래의 鄕愁를 타고
南쪽하늘에 떠돌뿐 ——

一九三五、一〇、
平壤에서

빨 래

빨래줄에 두다리를 드리우고
힌빨래들이 귓속 이약이하는 午後、

쨍々한 七月햇발은 고요히도
아담한 빨래에만 달린다。[269]

一九三六

닭

한間鷄舍 그넘어 蒼空이 깃들어
自由의 鄕土를 닞(忘)은 닭들이
시들은 生活을 주잘대고[270]、

---

266) ≪젖가슴이≫는 원래 ≪젖가슴을≫.
267) ≪서리나리는≫은 원래 ≪그리는≫.
268) ≪灵≫은 ≪靈≫의 속자(俗字)임.
269) ≪아담한 빨래에만 달린다。≫에 붉은 색연필로 옆줄이 그어져있음.

生産의 苦勞를 부르지젓다。

陰酸[271]한鷄舍에서 쏠러나온
外來種 레구홍、
學園에서 새무리가 밀려나오는
三月의 맑은 午後도 있다

닭들은 녹아드는 두엄을파기에[272]
雅淡한 두다리가 奔走하고
굶주렷든 주두리가 바즈런하다。
두눈이 붉에 여무도록[273] ——
一九三六、봄

—(가을밤)— 274)

구즌비 나리는 가을밤[275]
벌거숭이 그대로
잠자리에서 뛰여나와

270) ≪주잘대고≫는 원래 ≪주잘대가≫.
271) ≪陰酸≫은 ≪陰散≫의 오자인듯함.
272) ≪두엄을파기에≫는 원래 ≪덤을파기에≫.
273) ≪여무도록≫은 원래 ≪여물도록≫.
≪여무도록≫의 오른쪽 옆에 붉은 색연필로 동그라미 3개가 그려져있음.
≪여무도록≫ 다음의 1련이 삭제되였음.
늬는、
날수있는 技能을 닞엇고나、
악갑다 洗練한 그몸이。
274) 제목이 ≪아이ㄴ양≫으로 씌여졌다가 삭제되였음. ≪-(가을밤)-≫은 부제인듯함.
275) ≪가을밤≫에 옆줄이 그어져있음.

마루에 쭈구리고 서서
아이ㄴ양 하고
솨 —— 오좀을 쏘오。
一九三六、一〇 、二三、

谷　間

산들이 두줄로 줄다름질 치고
여울이 소리처 목이 자젓다。
한여름의 햇님이 구름을 타고
이골작이를 빠르게도 건너련다。

山등아리에 송아지뿔 처럼
울뚝불뚝히 어린바위가 솟구、
얼룩소의 보드러운 털이
山등서리에 퍼—렇게 자랏다。

三年만에 故鄕 찾어드는
산꼴 나그네의 발거름이
타박타박 땅을 고눈다。
벌거숭이 두루미 다리같이……

헌 신짝이 집행이 끝에
목아지를 매달아 늘어지고、
까치가 색기의 날발을 태우려 날뿐、
골작은 나그내의 마음처럼 고요하다[276)]。[277)]
一九三六、여름.

겨을

처마[278] 밑에
시래기[279]다람이
바삭바삭
추어요。[280]
길바닥에
말똥 동그래미[281]
달랑 달랑
얼어요。[282]

一九三六、겨을

黃昏이 바다가되여、[283]

하로도 검푸른 물결에

---

276) ≪고요하다≫ 다음의 6행이 삭제되였음.
    푸루죽 저山에 날뿐 고요하다。
    날뿐、골작은 나그네의마음처럼 고요하다、
    갓쓴양반 당나구타고 모른척 지나고、
    이땅에 드믈든 말탄 섬나라사람이
    길을 물고 지남이 異常한 일이다。
    다시 꼴작은 고요하다 나그네의마음보다。
  (주) 1행의 ≪고요하다≫는 원래 ≪고요다≫.
    2행의 ≪골작은≫은 한번 지워졌다가 오른쪽에 씌여진 뒤, 모두 삭제되였음.
277) 마지막 행은 원고지 왼쪽 가장자리 여백에 씌여졌음.
278) ≪처마≫는 원래 ≪난간≫.
279) ≪시래기≫는 원래 ≪시라지≫.
280) ≪추어요。≫는 원래 ≪춥소。≫였으나 연필로 수정되였음.
281) ≪말똥 동그래미≫는 원래 ≪말똥 동그램이≫.
282) ≪얼어요。≫는 원래 ≪어오。≫. 연필로 수정되였음.
283) ≪~이 바다가되여≫에 옆줄이 그어져있음.
  * 첫번째 원고노트에는 제목이 ≪黃昏≫으로 되여있음.

흐느적 잠기고……잠기고……

저— 웬 검은[284] 고기떼가
물든 바다를 날아 横斷할고。

落葉[285]이 된 海草
海草마다 슲으기도 하오。

西窓에 걸린 해말간 風景畵。
옷고름 너어는 孤兒의 설음[286]。[287]

이제 첫航海하는 마음을 먹고、
방바닥에 나딩구오……딩구오…… [288]

黄昏이 바다가되여[289]
오날도 數많은 배가
나와함께 이물결에 사라젓슬게오[290]。[291]

一九三七、一、

---

284) ≪검은≫은 삽입되였음.
285) ≪落葉이 된≫은 원래 ≪잎아리 잃은≫.
  ○ ≪落葉이 된≫ 전체에 붉은 색연필로 동그라미가 그려져있음.
286) ≪孤兒의 설음。≫은 원래 ≪젊은 나그네의 시름。≫.
287) ≪옷고름 너어는 孤兒의 설음≫에 붉은 색연필로 옆줄이 그어져있음.
288) 4련 2행부터 5련까지 붉은 색연필로 ⌒ 표시가 되여있음.
289) ≪황혼이 바다가되여≫는 행간에 삽입되였음.
290) ≪사라젓슬게오。≫는 처음에 ≪잠겨슬게오。≫에서 ≪삼켜슬게오。≫로, 다시 ≪삼키워슬게오。≫로 수정되였음.
291) 6련 3행 우에 붉은 색연필로 가위표가 그어져있음.

밤

오양간 당나귀
아 — ㅇ 앙 외마디 울음울고、

당나귀 소리에
으— 아 아 애기 소스라처깨고、

등잔에 불을 다오。

아바지는 당나귀에게
짚을 한귀 담아주고、

어머니는 애기에게
젖을 한목음 먹히고、[292]

밤은 다시 고요히 잠드오。

一九三七、三月、

할아버지

왜떡이 쓥은데도
작고 달다고 하오。

一九三七、三、一〇、[293]

---

292) 4, 5련 우에 붉은 색연필로 ⌒ 표시가 되여있음.

장

이른아츰 안낙네들은 시들은 生活을
바구니 하나 가득 담아니고……
업고 지고……안고 들고……
모여드오 작구 장에 모여드오。

가난한 生活을 골골히 버려놓고
밀려가고 밀려오고……
제마다 生活을 웨치오……싸우오。294)

왼하로 올망졸망295)한 生活을
되질하고 저울질하고 자질하다가
날이 저무러 안낙네들이
쓥은生活과 박구어 또 니고돌아가오。

一九三七、봄

風景

봄바람을 등진 초록빛바다
쏘다질듯 쏘다질듯 위트렵다。296)

잔주름 치마폭의 두둥실거리는297) 물결은、

---

293) 작품 전체가 제목과 함께 완전히 삭제되였음.
294) 1,2련 전체에 가위표로 삭제표시가 되여있음.
295) ≪올망졸망≫은 원래 ≪옹굴종굴≫.
296) 1련 우에 붉은 색연필로 크게 동그라미표가 그려져있음.

오스라질듯[298] 한끝 輕快롭다。[299]

마스트 끝에 붉은 旗ㅅ발이
女人의 머리갈처럼나부긴다[300]。[301]
[302] ※ ※
이 생생한 風景을 앞세우며 뒤세우며
외 — ㄴ— 하로 거닐고 싶다。[303]

—— 우중충한 五月하늘[304]아래로、
—— 바다빛 포기포기에 繡놓은언덕으로、[305]

---

297) ≪둥실거리는≫우에 작은 가위표가 있고, 그 오른쪽 옆에 ≪두≫가 삽입되였음.

298) ≪오스라질듯≫은 원래 ≪자즈라치게≫. ≪오스라질듯≫은 ≪한끝≫의 우쪽 여백에, ≪자즈라치게≫는 오른쪽 행간에 삽입되였음.

299) 2련은 행 우쪽에 붉은 색연필로 각각 동그라미표가 그려져있음.

300) 3련의 ≪마스트 끝에 붉은 旗ㅅ발이 / 女人의 머리갈처럼나부긴다。≫는 원래 ≪하필 바다꼬리를 꿔여찰 必要가없잔은가? / 제멋대로 내ㅅ바려 두게。≫.

301) 3련 우에 붉은 색연필로 동그라미표, 그 우에 가위표가 그어져있음.

302) 3련과 4련 사이의 다음 련이 삭제되였음.

섯불리 거츤風景이 거든
아예 同行할 꿈도꾸지 말라。

(주) ○ 삭제된 련 우에 붉은 색연필로 가위표가 그어져있음.

303) 4련 우에 붉은 색연필로 ⌒ 표시가 되여있음.

304) ≪五月하늘≫은 원래 ≪五月하날≫.

305) 5련 우에 붉은 색연필로 가위표가 그어져있음.
5련 다음의 5행은 푸른 색연필로 삭제되였음.

갈메기같이 사랑스런 女人아.
이古典한 風景을 뒤집어써라。
오오! 一九三七、五、二九日、
갈메기처럼사랑스런나의女人아! 이新裝한風景을치마처럼뒤집어써라。

(주) ≪갈메기같이 사랑스런 女人아.≫는 처음에 ≪이 古典한 風景은≫에서 ≪사랑스런 女人아!≫로, 다시 ≪갈메기같이 사랑스런 女人아.≫로 수정되였음.
≪이古典한 風景을 뒤집어써라。≫는 원래≪女人의 허리로 붙어 발등까지。≫.
≪女人≫의 왼쪽 행간에≪新裝한≫이 삽입되였다가 지워졌음.
≪갈메기처럼≫은 원래 ≪갈메기같이≫.
≪사랑스런 나의 女人아!≫의 ≪나의≫는 삽입되였음. ≪뒤집어써라。≫의 ≪라。≫ 오른쪽 옆에 붉은 색연필로 씌여진 ≪보여라≫, ≪보려마≫ 등으로 보이는 글자가 있으나 정확한 판독은 불가능함.

달 밤[306]

흐르는 달의 흰물결을 밀처
여윈 나무그림자를 밟으며、
北邙山을向한 발거름은 무거웁고
狐[307]獨을伴侶한 마음은 슲으기도하다。

누가있어만 싶든 墓地엔 아모도없고、
靜寂만이[308] 군데군데 흰물결에 폭젖엇다。

一九三七、四、十五、

鬱 寂 [309]

처음 피워본 담바맛은
아츰까지 목않에서 간질간질 타。

어제밤에 하도 鬱寂하기에
가만히 한대피워 보앗더니。

一九三七、六

306) 제목 우에 붉은 색연필로 세모표가 그려져있음. 작품 전체의 행 윗부분에 ⌒ 표시가 되여있음.

307) ≪狐≫는 ≪孤≫의 오자인듯함.

308) ≪靜寂만이≫와 ≪군데군데≫사이에 ≪그≫가 씌여졌다가 지워진 흔적이 있음.

309) 미발표작
○ 작품 전체에 푸른 색연필로 가위표가 그어져있음.

寒暖計

싸늘한[310] 大理石기둥에 목아지[311]를 비틀
어맨 寒暖計、
문득 드려다 볼수있는 運命한 五尺六寸
의 허리가는 水銀柱、
마음은 琉璃管보다 맑소이다。

血管이單調로위 神經質인 輿論[312]動物、
각금 噴水같은 冷춤을 억지로 삼키기에、
精力을 浪費합니다。

零下로 손구락질할 수돌네房처럼 칩은
겨을보다
해바라기가 滿潑할 八月校庭이 理想곱소
이다。
피끓을 그날이————

어제는 막 소낙비가 퍼붓더니 오늘은
좋은 날세올시다。
동저골바람에 언덕으로、숲으로 하시구려—
이렇게 가만가만 혼자서 귓속이약이를
하엿습니다。
나는 또 내가몲으는사이에————

나는 아마도 眞實[313]한世紀의 季節을따아、
하늘만보이는 울타리않을뛰처、

310) ≪싸늘한≫은 원래 ≪學校出入口≫.
311) ≪목아지≫는 원래 ≪묵아지≫.
312) ≪輿論≫에 붉은 색연필로 동그라미가 그려져있음.
313) ≪實≫은 ≪實≫의 중국식 속자(俗字)임.

厂[314]史같은 포시순을 직혀야 봄니다。

一九三七、七、一 、

그女子

함께핀 꽃에 처음익은 능금은
먼저 떨어젓슴니다。

오날도 가을바람은 그냥붐니다[315]。
길가에 떨어진 불근 능금은
지나든 손님이 집어갓슴니다。

一九三七、七、二六、

夜 行[316]

正刻!마음이 앞은데있어 膏藥을붗이고
시들은[317] 다리를 끟을고 떻나는 行裝、
——— 汽笛[318]이들리잖게 운다。
사랑스런女人이 타박타박 땅
을 굴려 쫓기에[319]

314) ≪厂≫은 ≪歷≫의 약자임.
315) ≪그냥붐니다≫는 원래 ≪작고붐니다≫.
316) 미발표작.
○ 작품 전체가 그물 형태의 사선들로 삭제되여있음.
317) ≪시들은≫은 원래 ≪가는≫.
318) ≪汽笛≫은 원래 ≪汽笛≫.

하도 무서워 上架橋를 기여넘다。
——— 이제로붙어 登山鐵道、
이윽고 思索의 포푸라턴넬[320]로 들어간다。
詩라는것을反芻하다 맛당이反芻[321]하여야한다。
——— 저녁[322]煙氣가 놀로된 以後.
휘ㅅ바람부는[323] 햇 귀뜰램이의
노래는 마듸마듸 끊어져[324]。
그믐달 처럼 호젓하게슬프다、[325]
늬는 노래배울 어머니도 아바지도 없나보다。[326]
——— 늬는 다리가는 쬐그만보해미앤、[327]
내사 보리밭동리에 어머니도
누나도[328] 있다。
그네는 노래부를줄 몰라[329]
오늘밤도 그윽한 한숨으로 보내리니 ———[330]

一九三七、七 、二六、

---

319) ≪타박타박 땅 / 을 굴려 쫓기에≫는 원래 ≪통발로 타박타박 땅바닥을 굴려 뒤에서 쫓기에≫.
320) ≪턴넬≫오른쪽에 방점이 있음.
321) ≪反鄒≫는 ≪反芻≫의 오자인듯함.
322) ≪저녁≫은 처음에 ≪검은≫에서 ≪아츰≫으로, 다시 ≪저녁≫으로 수정되였음. ≪놀≫은 원래 ≪아즈랑이≫.
323) ≪휘ㅅ바람부는≫은 원래 ≪어듸선지 휘ㅅ바람부는≫.
324) ≪끊어져。≫는 원래 ≪작고 끊어진다。≫.
325) ≪그믐달 처럼 호젓하게슬프다≫는 행간에 삽입되였음.
326) ≪없나보다。≫는 원래 ≪없을 / 게다。≫.
327) ≪늬는 다리가는 쬐그만보해미앤、≫은 원래 ≪늬 다리는 가늘지!?≫.
328) ≪어머니도 / 누나도≫는 원래 ≪뽕닢땋은 어머니도 / 누나도≫.
329) ≪몰라≫는 원래 ≪모른다。≫.
330) 마지막 행 다음의 3행이 삭제되였음.

그믐달아! 나와같이다음날아츰에 到着하자
나는 다시 초생달을 처다보구 처다보다
다음날에 到着하여야 한다。

(주) ≪그믐달아!≫ 앞에 ≪디≫로 보이는 글자를 썼다가 지운 흔적이 있음.
≪처다보구≫는 원래 ≪처다부구≫ .

비 ㅅ 뒤[331]

「어 — 얼마나 반가운비냐」
할아바지의 즐거움。

가믈들엇든 곡식[332] 자라는소리
할아바지 담바 빠는 소라[333]와같다。

비ㅅ뒤의 해ㅅ살은
풀닢에 아름답기도 하다。

悲 哀

호젓한 世紀[334]의달을 딿아
알뜻 모를뜻 한데로 거닐과저!

아닌 밤중에 튀기듯이[335]
잠자리를 뛰처
끝없는 曠野를 홀로 거니는
사람의心思는 외로우러니

아 — 이젊은이는

---

331) 미발표작.
○ 작품 전체에 가위표가 그어져있음.
332) ≪곡식≫은 원래 ≪곡식이≫.
333) ≪소라≫의 ≪라≫는 ≪리≫의 오자인듯함.
334) ≪世紀의≫에 두줄로 옆줄이 그어져있음.
335) ≪튀기듯이≫의 ≪듯≫에 다른 글자의 흔적이 있음.

피라미트처럼 슬프구나

一九三七、八月十八日

瞑[336] 想

가츨가츨한 머리갈은 오막사리 처마끝、
쉿파람에[337] 코ㄴ마루가 서분한양 간질키오。[338]

들窓같은 눈은 가볍게 닫혀、
이밤에 戀情은 어둠처럼 골골히 스며드오[339]。

8.20.

窓、

쉬는 時間마다
나는 窓역흐로[340] 함니다。

---

336) ≪瞑≫은 ≪瞑≫의 오자인듯함.
337) ≪쉿파람에≫는 삽입되였음.
338) ≪간질키오。≫는 처음에 ≪간지럽습니다。≫에서 ≪간지럽소。≫로, 다시 ≪간질키오。≫로 수정되였음.
339) ≪스며드오≫우에 작은 가위표가 있으며, 그 오른쪽에 ≪골골히≫가 삽입되였음. ≪스며드오≫는 원래 ≪스며듬니다≫.
340) ≪窓역흐로≫의 ≪흐≫는 ≪으≫로도 판독될수 있음.

—— 窓은 산[341] 가르킴。

이글이글[342] 불을 피워주소、
이방에 찬것이 설입니다。

단풍닢 하나
맴 도나 보니
아마도 작으만한 旋風이 인게웨다。

그래도 싸느란 유리창에[343]
해ㅅ살이 쨍々한 무렵、
上學鐘이 울어만 싶습니다。

一九三七、十月、

바다、

실어다 뿌리는
바람 좇아 씨원타。

솔나무 가지마다 샛춤히
고개를 돌리여[344] 빼들어지고、

341) ≪산≫우에 ≪싸≫가 씌여졌다가 삭제되였음.
342) ≪이글이글≫은 원래 ≪이륵이륵≫이였으나 붉은 색연필로 수정되였음.
343) ≪싸느란 유리창에≫는 원래 ≪琉璃窓에≫.
344) ≪돌리여≫는 처음에 ≪돌리며≫였던것으로 추정됨.

밀치고
밀치운다。

이랑을 넘는 물결은
폭포처럼 피여오른다

海辺에 아이들이 모인다
찰찰 손을싯고 구부로、

바다는 작고 슯어진다。
갈메기의 노래에……

도려다보고 도려다보고
돌아가는 오날의 바다여!

一九三七、九月、元山 松濤園서

遺 言

후어 — ㄴ한房에[345] 遺言은 소리없는 입놀림。[346]

—— 바다에 眞珠캐려 갓다는 아들

345) ≪후어—ㄴ한房에≫는 원래 ≪어둠속의≫.
346) 첫 행 앞의 다음 2행과 1행이 삭제되였음.
휘양찬 달이 문살에 얼키고
외딴집에 개가 짖는다。

平生 외로운 아바지의 殞命、

海女와 사랑을 속삭인다는 맏아들、
이밤에사 돌아오나 내다봐라 ——

347)
平生 외로운 아바지의 殞命、

외딴집에 개가 짖고、
휘양찬 달이 문살에 흐르는밤。

一九三七、十月二十四日、

詩 遺 言348)

延專 尹 柱

후어—ㄴ한 房에
遺言은 소리업는 입놀림。
——바다에 眞珠캐려 갓다
는 아들
海女와 사랑을 속삭인다는
아 들맛는
이밤에사 돌아오니 내다
봐라——

347) 2련과 3련 사이의 ≪후어— ㄴ한房에 遺言은 소리없는 입놀림≫이 삭제되였음. ≪후어— ㄴ한房에 遺言은 소리없는 입놀림.≫은 처음에 ≪어둠속의 ㅁ≫에서 ≪어둠속의 遺言은 소리없는 입놀림≫으로, 다시 ≪후어— ㄴ한房에 遺言은 소리없는 입놀림≫으로 수정되였음.

348) 1939년 2월 6일자 ≪朝鮮日報≫에 동제목의 작품이 尹 柱라는 필명으로 발표된 것임.(주)는 활자화된 후에 본인에 의해 수정된 부분을 설명한것임.

平生 외롭든 아버지의 殞命
감기우는 눈에 슬픔이 어
린다。

외딴집에 개가 짖고
휘양찬 달이 문살에 흐르
는 밤。

주: 《아 들맞는》은 《맞아들》로 고쳐졌음.

山峽의午後[349]

내 노래는 오히려
섧은 산울림。

골자기 길에
떠러진[350] 그림자는
너무나 슬프구나[351]。

午後의 瞑[352]想은
아 — 졸려。

一九三七、九、

349) 원제목은 《산울림》.
350) 《떠러진》은 처음에 《넘준》으로 수정되였다가 다시 《떠러진》으로 수정되였음.
351) 《슬프구나》는 원래 《간얄피구나》.
352) 《瞑》은 《瞑》의 오자인듯함.

새로운길[353]

내를건너서숲으로、
고개를 넘어서 마을로、

어제도가고 오늘도갈
나의길 새로운길、

문들래가피고 까치가[354]날고
아가씨가 지나고바람이일고、

나의길은 언제나새로운길
오늘도、…… 내일도、……

내를 건너서 숲으로、
고개를 넘어서 마을로、

새로운길[355]

내를 건너서
숲으로、
고개를 넘어서
마을로、
어제도 가고

---

353) 처음 씌여졌던 작품은 가위표로 삭제 표시가 되여있으며, 우의 작품은 그 아래에 새로 씌여진 것임.

354) ≪까치가≫는 원래 ≪종달이≫.

355) 원문에서 삭제된 내용임.

오늘도 갈
나의길
새로운길

문들레가 피고
종달이 날고
아가씨가 지나고
바람이 일고、

나의길은
언제나 새로운길
오늘도
내일도、

내를 건너서
숲으로
고개를 넘어서
마을로、

一九三八、五、十356)

새로운 길357)

尹 東 柱

내를 건너서 숲으로
고개를 넘어서 마을로

356) 2련 1행의≪고≫는 삭제되였다가 다시 씌여졌음. 2련 2행의≪갈≫은 원래≪가고≫.
357) ≪文友≫(延禧專門學校文友會誌) 1941년 6월호와 자선시집에 수록되여있는 작품임.

어제도가고 오늘도 갈
나의길 새로운길

문들레가피고 까치가 날고
아가씨가 지나고 바람이 일고

나의길은 언제나 새로운길
오늘도····내일도····

내를 건너서 숲으로
고개를 넘어서 마을로

새로운 길 [자선 시집에 수록]

내를 건너서 숲으로
고개를 넘어서 마을로

어제도 가고 오늘도 갈
나의길 새로운길

문들레가피고 까치가 날고
아가씨가 지나고 바람이 일고

나의길은 언제나 새로운길
오늘도……내일도……

내를 건너서 숲으로
고개를 넘어서 마을로

어머니、[358]

어머니!
젖을 빨려 이마음을 달래여주시오。
이밤이 작고 설혀 지나이다。

이아이는 턱에 수염자리잡히도록[359]
무엇을 먹고 잘앗나이까?
오날도 힌주먹이
입에 그대로 믈려있나이다。

어머니
부서진 납人形도 슬혀진지
벌서 오랩니다。

철비가 후누주군이 나리는 이밤을
주먹이나 빨면서 새우릿가? [360]
어머니! 그어진손으로
이 울음을 달래여주시요。

一九三八、五、二八、

---

358) 미발표작.
○ 작품 전체가 그물 형태의 사선들로 삭제되였음.

359) ≪턱에 수염자리잡히도록≫은 원래 ≪갓스물이 다 되도록≫. ≪갓스물≫은 처음에 ≪갓시물≫.

360) ≪새우릿가?≫는 원래 ≪새리있가?≫.

아 츰[361]

홰、홰、홰、소꼬리가 부드러운 채ㅅ직질로
어둠을 쫓아、
캄、캄、어둠이 깁다깁다 밝으오。[362]

땀물을 뿌려 이여름을 길렀오[363]。[364]
닢、닢、풀닢마다 땀방울이 맺엇소
꾸김살 없는 이아츰을、
深呼吸하오[365] 또하오。
一九三六、

소 낙 비

번개、뇌성、왁자지근 뚜다려
먼—ㄴ 都會地에 落雷가 있어만싶다。

벼루짱 엎어논 하늘로
살같은 비가 살처럼 쏫다진다。

---

361) 작품 전체에 가위표가 그어져있음.
362) 1련우에 붉은 색연필로 ⌒ 표시가 되여있음.
363) ≪길렀오。≫는 원래 ≪자래웟소。≫였으나 연필로 수정되였음.
364) 2련은 원래 4행이였으나 다음의 3행이 앞에서 삭제되였음.
이제 이洞里의 아츰이
풀살오른 소엉덩이 처럼 푸드오、
이洞里의 콩죽먹은 사람들이
○ 삭제 부분 오른쪽 우에 ≪곳칠것≫이라고 씌여있음.
365) ≪深呼吸하오。≫ 앞에 ≪이아츰을≫이 삭제되였음.

손바닥 만한 나의庭園이
마음같이 흐린[366]湖水되기 일수다。

바람이 팽이처럼 돈다。
나무가 머리를 이루 잡지 몯한다。
[367]

내敬虔한 마음을 모서드려
노아[368]때 하늘을 한모금 마시다。

一九三七、八月[369]九日.

街路樹[370]

街路樹、단촐한 그늘밑에
구두술 같은 헤ㅅ바닥으로
無心히 구두술을 할는 시름[371]。

때는 午正[372]。싸이렌、
어대로 갈것이냐?

---

366) ≪흐린≫은 원래 ≪히른≫.
367) 4련과 5련 사이의 다음 1련이 삭제되였음.
참새한쌍 푹잣어 맹맹이를 치다가
내房을 房舟로만 알고—
(주) ≪참새한쌍≫은 원래 ≪참새夫婦≫.
368) ≪노아≫의 오른쪽에 방점이 있음.
369) ≪八月≫은 원래 ≪六月≫.
370) 미발표작. 제목을 포함한 작품 전체가 모두 삭제되였음.
371) ≪시름≫은 원래 ≪사나이≫.
372) ≪午正≫은 원래 ≪正午≫라고 썼다가 뒤바꿈 표시로 수정되였음.

□시[373] 그늘은 맴 돌고。[374]
따라 사나이도 맴돌고。[375]

一九三八、六、一、

비오는 밤、

솨 — 철석! 파도소리 문살에 부서저
잠살포시 꿈이 흐터진다。

잠은 한낫 검은고래떼처럼 살래여、
달랠 아무런 재조도 없다。

불을밝혀 잠옷을 정성스리[376] 여매는
三更。
念願。

憧憬의 땅 江南에 또洪水질것만시퍼、
바다의 鄕愁보다 더 호젓해 진다、

一九三八 、六、十一、

373) ≪□시≫는 판독이 불가능함.
374) ≪돌고。≫는 「돌앗다。」로 수정되였다가 다시 ≪돌고。≫로 수정되였음.
375) ≪맴돌고。≫는 ≪맴돌앗다。≫로 수정되였다가 다시 ≪맴돌고。≫로 수정되였음.
376) ≪정성스리≫는 원래 ≪정성소리≫.

사랑의殿堂

아[377] 너는 내殿에 언제 들어왓든것이냐?
내사 언제 네殿에 들어갓든것이냐?

우리들의 殿堂은
古風한 風習이어린 사랑의殿堂

順[378]아 암사슴처럼 水晶눈을 나려감어라.
난 사자처럼 엉크린 머리를 고루련다.

우리들의 사랑은 한낫 벙어리 엿다.

青春![379]
聖스런 촛대에 熱한불이[380] 꺼지기前、
順아 너는 앞문으로 내 달려라.

어둠[381]과 바람이[382] 우리窓에 부닥치기前[383]
나는 永遠한 사랑을 안은채
뒤ㅅ門으로 멀리 사려지련다. [384]

---

377) ≪아≫는 원래 ≪順아≫.
378) ≪順≫오른쪽 옆에 ≪純≫이 씌여졌다가 완전히 삭제되였음.
379) ≪青春!≫은 원래 ≪어둠과 青春!≫.
380) ≪聖스런 촛대에 熱한불이≫는 원래 ≪거룩한 촛대에 붉은불이≫.
381) ≪어둠≫의 ≪어≫는 처음에 ≪아≫에서 ≪어≫로 수정된듯함.
382) ≪바람이≫는 원래 ≪검은 바람이≫.
383) ≪부닥치기前≫은 처음에 ≪어리기前≫에서 ≪부닥ㅎ≫으로, 다시 ≪부닥치기前≫으로 수정되였음.
384) ≪사려지련다.≫는 원래 ≪살어지련다.≫.
≪사려지련다≫ 다음에≪一九三八、六、十九、≫ 라는 날짜가 기입되였다가 삭제되였음.

이제.[385]
네게는 森林속의 안윽한 湖水가 있고.
내게는 峻儉[386]한 山脈[387]이있다。

異蹟

발에 터분한 것을 다 빼여 바리고[388]
黃昏이 湖水우로 걸어오듯이
나도 삽분^[389] 걸어 보리 잇가[390]?

내사 이湖水가로
부르는 이 없이
불리워 온것은
참말異蹟이 외다。

오늘따라
戀情、自惚、猜忌[391]、이것들이
작고 金메달처럼 만저 지는구려[392]

385) ≪이제≫는 삽입되였음.
386) ≪儉≫과 ≪峻≫사이에 뒤바꿈 표시 있음.
≪儉≫은≪險≫ 혹은 ≪嶮≫의 오자인듯함.
387) ≪脈≫은 ≪脈≫의 속자(俗字)임.
388) ≪발에 터분한 것을 다 빼여 바리고≫는 원래 ≪발에 터분한 것을 / 다 빼여 바리고≫이며, 행이음 표시가 있음.
389) ≪삽분^ ≫은 삽입되였음. ≪삽분^ ≫은 ≪삽분삽분≫임.
390) ≪보리 잇가≫의 ≪보≫는 원래 ≪비≫.
391) ≪戀情、自惚、猜忌≫는 원래 ≪自肯、猜忌、奮怒≫.
(주) ≪奮怒≫의 ≪奮≫은 ≪憤≫의 오자인듯함.
392) ≪작고 金메달처럼 만저 지는구려≫는 원래 ≪작고 金메달처럼 / 만저 지는구려≫이며, 행이음 표시 있음.

하나、내 모든것을餘念없이[393)]、
물결에 써서 보내려니[394)]
당신은 湖面으로 나를불려내소서[395)]。[396)]

一九三八、六、十九、

[397)]

아우의 印像[398)]画.

붉은니마에 싸늘한 달이 서리여[399)]
아우의 얼골은 슬픈 그림이다。[400)]

발거름을 멈추어
살그먼히 애딘[401)] 손을 잡으며
『늬는 자라 무엇이 되려니』
×

---

393) ≪餘念없이≫는 원래 ≪바리려니≫.
394) ≪물결에 써서 보내려니≫는 원래 ≪당신은 이湖水우로≫. ≪당신은≫과 ≪물결에≫는 원래 ≪당신이≫와 ≪물결을≫.
395) ≪당신은 湖面으로 나를불려내소서≫는 원래 ≪나를 불러 내소서≫.
396) 마지막 행 다음의 1행이 삭제되였음.
걸으라!命令하소서!
397) 원고지 왼쪽 끝의 여백에 비스듬이 ≪모욕을 참어라≫라고 씌여있음.
398) ≪印像≫의 ≪像≫은 ≪象≫의 오자인듯함.
399) ≪붉은니마에 싸늘한 달이 서리여≫는 원래 ≪힌니마에 / 싸늘한 달이 서리여≫이며, 행이음 표시 있음.
400) ≪아우의 얼골은 슬픈 그림이다。≫는 원래 ≪아우의 얼골은 / 슬픈 그림이다≫이며, 행이음 표시 있음.
401) ≪애딘≫은 원래 ≪애든≫.

「사람이 되지」
아우의 설흔 전정코 설흔[402] 對答이다。

슬며—시 잡엇든 손을 놓고[403]
아우의 얼골을 다시 드려다본다[404]。

싸늘한 달이 붉은니마에 저저[405]
아우의 얼골은 슬픈 그림이다。[406]

一九三八、九月、十五日

詩

아우의 印像畵[407]

延專 尹東柱

붉은 니마에 싸늘한 달이 서리여
아우의 얼굴은 슬픈 그림이다。

발거름을 멈추어
살그먼히 애딘 손을 잡으며

402) ≪전정코 설흔≫은 삽입되였음.
403) ≪슬며—시 잡엇든 손을 놓고≫는 원래 ≪슬그먼히 손을 놓고≫.
404) ≪드려다본다≫는 원래 ≪들려다본다≫.
405) ≪싸늘한 달이 붉은니마에 저저≫는 원래 ≪싸늘한 달이 / 힌니마에 저저≫이며, 행이음 표시 있음.
406) ≪아우의 얼골은 슬픈 그림이다≫는 원래 ≪아우의 얼골은 / 슬픈 그림이다≫이며, 행이음 표시 있음.
407) 1938년 10월 17일자 ≪조선일보≫에 발표된 동제목의 작품임.

『너는 자라 무엇이 되려니』
『사람이 되지』
아우의 설흔 전정코 설흔
對答이다。

슬며—시 잡엇든 손을 노코
아우의 얼굴을 다시 드려다 본다。

싸늘한 달이 붉은 니마에 저저、
아우의 얼골은 슬픈 그림이다。

코쓰모쓰

清楚한[408] 코쓰모쓰는
오직 하나인 나의 아가씨、

달빛이 싸늘히 추운 밤이면
녯 少女가 몯견디게 그리워
코쓰모쓰 핀[409] 庭園으로 찾어간다。

코쓰모쓰는
귀또리 울음에도 수집어지고、

코쓰모쓰 앞에선 나는

408) ≪清楚한≫은 원래 ≪清愁한≫.
409) ≪핀≫은 삽입되였음.

어렷슬적 처럼 부끄러워 지나니、

내마음은 코쓰모쓰의 마음이오、
코쓰모쓰의 마음은 내마음이다。

一九三八、九、二十日、

슲은族屬[410]

흰수건이 검은 머리를 두르고、
흰고무신이 거츤발에[411] 걸리우다。

흰저고리 흰치마가 슬픈[412] 몸집을 가리우고
흰띠가 가는 허리를 질끈 동이다。

一九三八、九月

---

410) 참고 : 자선 시집에 있는 동제목의 작품은 다음과 같음.

슬픈族屬

흰 수건이 검은 머리를 두르고
흰 고무신이 거츤발에 걸리우다。

흰 저고리 치마가 슬픈 몸집을 가리고、
흰 띠가 가는 허리를 질끈 동이다。

411) ≪거츤발에≫는 원래 ≪붉은발에≫.
412) ≪슬픈≫은 원래 ≪슲은≫.

「고추밭」

시드른 닢새속에서[413]
고 빨—간살을 드러내 놓고、
고추는 芳年된 아가씬양
땍볕에[414] 작고[415] 익어간다。

할머니는 바구니를 들고
밭머리에서 어정거리고
손가락 너어는 아이는
할머니 뒤만 따른다。

一九三八、十月、二十六日

毘盧峯

萬象을
굽어 보기란——
무릎이
오들오들 떨린다。
[416]
白樺
어려서 늙엇다。

---

413) 첫행 앞의 다음 2행이 삭제되였음.
고추밭 넘어
하늘은 행결 푸르러 간다。
414) ≪땍볕에≫는 원래 ≪땍밭에도≫.
415) ≪작고≫의 ≪고≫에 다른 글자의 흔적이 있음.
416) 2련과 3련 사이에 글자를 쓰려다가 지운 흔적이 있음.

새가
나븨가 된다

정말 구름이[417)]
비가 된다。

옷 자락이
칩다。

一九三七、九月、

童謠、

해빛.바람、

손가락에 침발러
쏘—ㄱ、쏙、쏙
장에가는 엄마 내다보려
문풍지를
쏭—ㄱ、쏙、쏙

아츰에 햇빛이 빤짝、

손가락에 침발러
쏘—ㄱ、쏙、쏙、

---

417) ≪구름이≫는 원래 ≪비가≫.

장에가신 엄마 돌아오나
문풍지를
쏘—ㄱ、쏙、쏙、

저녁에 바람이 솔솔.

해바라기 얼골

누나의 얼골은
  해바라기 얼골。
해가 금방 뜨자
 일터에[418] 간다。

해바라기 얼골은
  누나의 얼골
얼골이 숙어들어
  집으로 온다。[419]

애기의 새벽[420]

우리집에는

---

418) ≪일터에≫는 원래 ≪공장에≫.
419) ≪집으로 온다。≫는 원고지 왼쪽 끝 여백에 씌여졌음.
420) 미발표작.

닭도 없단다。
다만
애기가 젖달라 울어서
새벽이 된다。

우리집에는
시계도 없단다。
다만
애기가 젖달라 보채여
새벽이 된다。

애기의새벽、

애기가 울어서[421)]
새벽이 된다
우리집에는
닭도 없는데

애기가 보채여
새벽이된다
우리집에는
시계도 없는데、

421) ≪애기가 울어서≫는 원래 ≪애기가 젖다라 울어서≫.

귀뜨람이와 나와.

귀뜨람이와 나와
잔듸밭에서 이야기 햇다[422]。

귀뜰귀뜰
귀뜰귀뜰

아무게도 아르켜 주지말고
우리들만 알자고 약속햇다[423]。

귀뜰귀뜰
귀뜰귀뜰

귀뜨람이와 나와
달밝은밤에 이야기 햇다。

424)

산울림.

까치가 울어서
산울림、
아모도 못들은

422) ≪이야기 햇다≫는 원래 ≪이야기 하엿다≫.
423) ≪약속 햇다≫는 원래 ≪약속하엿다≫.
424) 원고지 왼쪽 빈 공간에 {로 묶여진 ≪어머니 / 아바지≫라는 글씨가 있음.

산울림、

까치가 들엇다
산울림、
저혼자 들엇다、
산울림、

一九三八、五、

산울림[425)]

尹 童舟

까치가 울어서
산울림、
아무도 못들은
산울림。

까치가 들었다、
산울림、
저혼자 들었다、
산울림。

---

425) 1939년, ≪少年≫(월 미상, 윤일주 작성 년보에 의함)에 동제목의 작품이 尹童舟라는 필명으로 발표되였음.

달같이

年輪이 자라듯이
달이자라는 고요한 밤에
달같이 외로운 사랑이
가슴하나 뻐근히
年輪처럼 피여나간다。

十四年 九月、

薔薇病들어.

장미 병들어
옴겨 노흘 이웃이 없도다.

달랑달랑 외로히
幌馬車 태워 山에 보낼거나,

뚜——구슬피[426]
火輪船 태워 大洋에 보낼거나

푸로페라소리 요란히
飛行機 태워 成層圈에 보낼거나

이것 저것

426) ≪구슬피≫는 원래 ≪서러워≫. ≪서러워≫의 ≪워≫옆에 ≪위≫가 씌여졌다가 다시 삭제되였음.

다 구만두고

자라가는 아들이 꿈을[427] 깨기前
이내 가슴에 무더다오.

十四, 九月

[散文詩]

츠르게네프의 언덕.

나는[428] 고개길을 넘고있엇다……그때
세少年거지가 나를 지나첫다。
첫재 아이는 잔등에 바구니를 둘러메
고、바구니 속에는 사이다병 간즈매통
쇳조각、헌양말짝[429]等 廢物이 가득하엿다。
재 아이도 그러하엿다。
셋재 아이도 그러하엿다、
텁수룩한 머리털 식컴언 얼골에 눈물
고인 充血된 눈 色잃어 푸르스럼한 입
술、너들너들한 襤褸 찢겨진 맨발、
아—얼마나 무서운 가난이 이어린少年
들을 삼키엿느냐!
나는 惻隱한마음이 움즉이엿다。
나는 호주머니를 뒤지엿다、두툼한 지

427) ≪꿈을≫은 원래 ≪꿈이≫.
428) ≪나는≫은 처음에 원고지 첫칸에서 시작되였다가 한 칸 내려 씌여졌음.
429) ≪헌양말짝≫의 ≪양≫은 처음에 ≪영≫으로 썼다가 다시 ≪양≫으로 수정한듯함.

갑、時計、손수건……있을것은 죄다있
엇다。

그러나 무턱대고 이것들을 내줄 勇氣
는 없엇다。손으로 만지작 만지작 거릴
뿐이엿다。

多情스레 이야기나 하리라하고 "얘들아"
불러보앗다。

첫재 아이가 充血된 눈으로 흘끔 도
려다 볼뿐이엿다。

둘재 아이도 그러할뿐이 엿다.

셋재아이도 그러할뿐이엿다。

그리고는 너는 相關없다는듯이 自己네
끼리 소곤소곤 이야기하면서 고개로 넘
어갓다。

언덕우에는 아무도 없엇다。

지터가는 黃昏이 밀려들뿐 ——

十四年九月

「산골물」

괴로운 사람아 괴로운 사람아
옷자락물결430) 속에서도
가슴속깊이 돌돌 샘물이 흘러
이밤을 더부러 말할이 없도다。

430) ≪옷자락물결≫은 원래 ≪사람물결≫.

거리의 소음과 노래 부를수없도다。
그신듯이 냇가에 앉어스니
사랑과 일을 거리에 맥기고
가마니 가마니
바다로 가자、
바다로 가자、

自像画 431)

산굽을 돌아 논가 외딴우물을 단혼자
차저가선 가만히 드려다 봅니다。

우물속에는
달이 밝고
구름이 흐르고

---

431) 제목을 처음에 ≪외딴우물≫로 썼다가 다시 ≪自像畵≫로 수정하였음. ≪像≫은 삽입되였음.
＊참고 : ≪文友≫ (延禧專門學校文友會誌) 1941년 6월호에는 같은 내용의 작품이 ≪우물속의 自像畵≫로 발표되여 있으며, 내용은 아래와 같음.

우물속의自像畵

산모퉁이를 돌아 논가 외딴우물을 홀로 찾어가선 가만히 드려다 봅니다。

우물속에는 달이 밝고 구름이 흐르고 하늘이 펼치고 파아란 바람이불고 가을이 있습니다。

그리고 한 사나이가 있습니다。 어쩐지 그사나이가 미워저 돌아 갑니다。

돌아가다 생각하니 그사나이가 가엽서집니다。 도로가 드려다 보니 사나이는 그대로 있습니다。

다시 그사나이가 미워저 돌아 갑니다。돌아 가다 생각하니 그사나이가 그리워 집니다。

우물속에는 달이 밝고 구름이 흐르고 하늘이 펼처있고 파아란 바람이불고 가을이 있고 追憶처럼 사나이가 있습니다。

하늘이 펼치고
가을이 있습니다。

그리고
한 사나이가 있습니다。

어쩐지
그사나이가 미워저 돌아감니다。

돌아가다 생각하니
그사나이가 가엽서 짐니다。
도로가 드려다[432] 보니
사나는[433] 그대로 있습니다。

다시
그 사나이가 미워저 돌아감니다。

돌아 가다 생각하니
그사나이가 그러워 짐니다。

우물속에는[434]
[435]

---

432) ≪드려다≫의 ≪드≫에 글자를 썼다가 지운 흔적이 있음.
433) ≪사나는≫는 원래 ≪그사나이가≫.
434) ≪우물속에는≫이하는 없음. 두번째 원고노트는 ≪自像畵≫의 도중에 끝나있으며, 이 작품을 포함한 원고지 일부가 뜯겨나간 흔적이 있음.
435) 원고지 노트의 마지막 장에 붉은 색연필로 ≪베루린≫이라고 씌여있음.

自畵像436)

산모퉁이를 돌아 논가 외딴우물을 홀로
찾어가선 가만히 드려다 봅니다。

우물속에는 달이 밝고 구름이 흐르고
하늘이 펼치고 파아란 바람이 불고
가을이 있습니다。

그리고 한 사나이가 있습니다。
어쩐지 그 사나이가 미워저 돌아갑니다。

돌아가다 생각하니 그사나이가 가엽서집
니다。도로가 드려다 보니 사나이는 그
대로 있습니다。

다시 그사나이가 미워저 돌아갑니다。
돌아가다 생각하니 그사나이가 그리워집
니다。

우물속에는 달이 밝고 구름이 흐르고 하늘이펼치고 파
아란 바람이 불고 가을이 있고 追憶처
럼 사나이가 있습니다。

一九三九、九、

436) 자선 시집에는≪自畵像≫ 으로 되여 있음.

달을 쏘다
별똥 떨어진데
花園에 꽃이 핀다
終始

달을 쏘다

번거롭던 四圍가 잠잠해지고 時計[437]소리가 또렷하나 보니 밤은 저윽히 깊을대로 깊은 모양이다. 보든冊子를 冊床머리에 미러놓고 잠자리를 수습한다음 잠옷을 걸치는 것이다. 『딱』스윗치소리와 함께 電燈을 끄고 窓역의 寢臺에 드러누으니 이때까지 박은 휘양찬 달밤이엿든것을 感覺치 못하엿댓다. 이것도 밝은 電燈의 惠澤이엿을가.

나의 陋醜한 房이 달빛에 잠겨 아름다운 그림이 된다는것보담도 오히려 슬픈 船艙이 되는것이다. 창살이 이마로부터 코마루、입술 이렇게하야 가슴에 여맨 손등에까지 어른거려 나의마음을 간지리는것이다. 여페누운 분의 숨소리에 房은 무시무시해 진다. 아이처럼 황황해 지는 가슴에 눈을 치떠서 박글내다보니 가을하늘은 역시 맑고 우거진 松林은 한폭의 墨畵다. 달비츤 솔가지에 솔가지에 쏘다저 바람인양 솨—소리가 날뜻하다. 들리는것은 時計소리와 숨소리와 귀또리울음뿐 벅적고던 寄宿舍도 절깐보다 더한층 고요한것이 아니냐?

437) ≪時計≫는 원래 ≪時門≫.

나는 깊은 思念에 잠기우기한창이다. 딴은 사랑스런 아가씨를 私有할수있는 아름다운 想華도 좋고, 어린적 未練을 두고온 故鄕에의 鄕愁도 좋거니와 그보담 손쉽게 表現못할 深刻한 그무엇이있다.

바다를 건너온 H君의 편지사연을 곰곰생각할수록 사람과사람사이의 感情이란 微妙한것이다. 感傷的인 그에게도 必然코 가을은 왓나부다.

편지는 너무나 지나치지 않엇든가 그 中한토막,

『君아! 나는 지금 울며울며 이글을 쓴다. 이밤도 달이뜨고, 바람이 불고, 人間인까닭에 가을이란 흙냄새도 안다. 情의 눈물 따뜻한 芸術學徒엿던情의 눈물도 이밤이 마지막이다.』

또 마지막 켠으로 이런句節이있다.

『당신은 나를永遠히 쪼차버리는것이 正直할것이오.』

나는 이글의 뉴안쓰를 解得할수있다. 그러나 事實나는 그에게 아픈[438]소리한마디 한일이 없고 설흔글 한쪽 보낸일이 없지아니한가, 생각건대 이罪는 다만 가을에게 지워 보낼수박게 없다.

紅顔書生으로 이런 斷案을 나리는 것은 외람한 일이나 동무란 한낫 괴로운 存在요 友情이란 진정코 위트럽은 잔에 떠노흔 물이다. 이말을反對할者 누구랴, 그러나 知己하나 엇기 힘든다하거늘 알뜰한 동무하나 일허버린다는것이 살을베여내는 아픔이다.

나는[439] 나를 庭園에서 發見하고 窓을 넘어 나왓다든가 房門을 열고 나왓다든가 웨 나왓느냐하는 어리석은 생각에 頭腦를 괴롭게 할 必要는 없는것이다. 다만 귀뜨람이 울움[440]에도 수집어지는 코쓰모쓰 앞에 그윽히서서 딱터삘링쓰의 銅像그림자처럼 슬퍼지면 그만이다. 나는 이마음을 아무에게나 轉家[441]식힐 심보는 없다. 옷깃은 敏感이여서 달비체도 싸늘 히 추어지고 가을 이슬이란 선득

---

438) ≪아픈≫은 원래 ≪앞ㅇ≫.
439) ≪나는~≫우에 연필로 동그라미표가 그려져있음.
440) ≪울음≫은 원래 ≪울움≫.
441) ≪家≫는 ≪嫁≫의 오자인듯함.

선득 하여서 설흔 사나이의 눈물인 것이다。

발거름은 몸둥이를 옴겨 못가에 세워 줄때 못속에도 역시 가을이 있고、三更이있고 나무가[442] 있고 달이있다。(달이있고……)[443]

그刹那 가을이 怨望스럽고 달이 미워 진다。더듬어 돌을 찾어 달을 向하야 죽어라고 팔매질을 하엿다。痛快! 달은 散散히 부서지고 말엇다。그러나 놀랏든 물결이 자저들때 오래잔허 달은 도로 살아 난것이 아니냐、문득 하늘을 처다 보니 얄미운 달은 머리우에서 빈정대는 것을 ———

나는 곳곳한 나무가를 고나 띠를 째서 줄을메워 훌륭한 활을 만들엇다。그리고 좀탄탄한 갈대로 활살을 삼아 武士의 마음을 먹고 달을 쏘다。—끝—

「一九三八 十月 投稿
一九三九 一月 朝鮮日報
學生欄發表」

[수필]

달을 쏘다[444]

延專　尹東柱

번거롭던 四圍가 잠잠해지고 時計소리가 또렷하나 보니 밤은 저윽히 기플대로 기픈 모양이다。보든冊子를 冊床머리에 미러노고 잠자리를 수습한다음 잠옷을 걸치는 것이다。『딱』스윗치소리와 함께 電燈을 끄고 窓역의 寢臺에 드러누으니 이때까지 박은휘

---

442) ≪나무가≫의 ≪무≫는 삽입되였음.
443) ≪(달이있고……)≫는 행간에 삽입되였음.
444) 1956년 1월 23일자 ≪조선일보≫에 실린 동제목의 작품임.

양찬 달밤이엿던것을 感覺치못하엿댓다。이것도밝은電燈의 惠澤이엿을가。

나의陋醜한房이 달비체 잠겨 아름다운 그림이 된다는 것보담도 오히려 슬픈船艙이 되는것이다。창살이 이마로부터 코마루、입술 이러케하야 가슴에 여맨손등에까지 어른거려 나의마음을 간지리는 것이다。여페누운분의 숨소리에 房은 무시무시해진다。아이처럼 황황해지는가슴에 눈을 치떠서 박글내다보니 가을하늘은 역시 맑고우거진 松林은 한폭의 墨畵다달비츤 솔가지에 쏘다저 바람인양 솨—소리가 날뜻하다 들리는것은 時計소리와 숨소리와 귀또리울음뿐벅쩍고던 寄宿舍도절깐보다 더한층 고요한것이아니냐?

나는 깊은思念에 잠기우기 한창이다。딴은 사랑스런 아가씨를 私有할수잇는 아름다운 想華도조코 어린쩍 未練을 두고온 故鄕에의 鄕愁도 조커니와 그보담 손쉽게 表現못할 深刻한 그무엇이 잇다。바다를 건너온 H君의 편지사연을 곰곰생각할쑤록 사람과 사람사이의 感情이란 微妙한것이다。感傷的인 그에게도 必然코 가을은 왓나부다。편지는 너무나 지나치지 아니하엿던가、그中 한토막、

『君아! 나는 지금 울며울며 이글을 쓴다。이밤도 달이뜨고、바람이 불고、人間인까닭에 가을이란 흙냄새도 안다。情의 눈물 따뜻한 藝術學徒엿던情의 눈물도이밤이 마지막이다』

또 마지막켠으로 이런句節이잇다。

『당신은 나를永遠히 쪼차버리는것이正直할것이오。』

나는 이글의 뉴안쓰를 解得할수잇다。그러나 事實나는 그에게 아픈소리한마디 한일이업고 설혼글 한쪽 보낸일이 업지 아니한가 생각컨대 이罪는 다만 가을에게 지워보낼수박게 없다。

紅顔書生으로 이런 斷案을나리는것은 외람한 일이나 동무란 한낫 괴로운 存在요 友情이란 진정코 위트럽은 잔에떠노흔 물이다 이말을 反對할者 누구랴 그러나 知己 하나 엇기 힘든다하거늘

알뜰한 동무하나 일허버린다는것이 살을베여내는 아품이다

나는 나를 庭園에서 發見하고 窓을넘어 나왓다든가 房門을 열고 나왓다든가 웨 나왓느냐하는 어리석은 생각에頭腦를 괴롭게할 必要는 없는것이다 다만 귀뜨람이 울움에도 수집어지는 코쓰모쓰 아가씨아페 그윽히서서 딱터뻴링쓰의 銅像 그림자처럼 슬퍼지면 그만이다。나는 이마음을 아무에게나 轉嫁시킬 심보는 업다。옷깃은 敏感이여서 달비채도 싸늘이 추어지고 가을이슬이란 선득선득 하여서설흔사나이의 눈물인것이다。

발거름은 몸둥이를 옴겨못가에 세워줄때 못속에도 역시 가을이잇고、三更이 잇고 나무가 잇고 달이잇다。그刹那 가을이 怨望스럽고 달이 미워진다。더듬어 돌을차저달을 向하야 죽어라하고 팔매질을 하엿다。痛快! 달은 散散히 부서지고 말엇다。그러나 놀랏든 물결이 자저들때 오래잔허 달은 도로 살아난것이 아니냐 문득 하늘을 처다보니 얄미운 달은 머리우에서 빈정대는 것을

나는 곳곳한 나무가지를 고나 띠를 째서 줄을메워 훌륭한 활을 만들엇다。그리고 좀탄탄한 갈대로 활살을 삼아 武士의 마음을 먹고 달을쏘다。-끗-

별똥 떨어진데

밤이다.

하늘은 푸르다 못해 濃灰色으로 캄캄하나 별들만 또렷또렷 빛난다。침침한어둠뿐만 아니라 오삭오삭 춥다。이육중한 氣流한가운데 自嘲하는 한 젊은이가있다。그를 나라고 불러두자。

나는 이 어둠에서 胚胎되고 이 어둠에서 生長하여서 아직도 이 어둠속에서그대로 生存하나 보다。445) 이제 내가 갈곳이 어딘지 몰라 허우적 거리는 것이다。하기는 나는 世紀의 焦点인듯 憔悴하다。

얼핏 생각커기에는 내바닥을 반듯이 받들어 주는 것도 없고 그렇다고 내 머리를 갑박이 나려 누르는 아모것도[446] 없는듯하다 만은 內幕은 그러치도 않다。 나는 도무 自由스럽지 못하다。 다만 나는 없는 듯 있는 하로사리처럼 虛空에 浮遊하는 한 点에 지나지 않는다。 이것이 하로사리처럼 輕快하다면 마침 多幸할 것인데 그렇지를 못하구나!

이 点의 對稱位置에 또하나 다른 밝음(明)의 焦点이 도사리고[447] 있는듯 생각킨다。 덥석 웅키였으면 잡힐듯도 하다만은 그것을 휘잡기에는 나 自身이 鈍質이라는것보다 오히려 내 마음에 아무런 準備도 배포치 못한 것이 아니냐。 그리고보니 幸福이란 별스런 손님을 불러 들이기에도 또다른 한가닭 구실을치르지 않으면 안될가 보다。

이밤이 나에게있어 어린적처럼 하날 恐佈[448]의 장막인 것은 벌서 홀러간 傳說이오。 따라서 이밤이 享樂의 도가니라는 이야기도 나의 念頭에선 아직 消化[449]식히지못할 돌덩이다。 오로지 밤은 나의 挑戰의 好敵이면 그만이다。

이것이 생생한 觀念世界에만 머므른다면 애석한 일이다。[450] 어둠속에 깜박깜박 조을며 다닥다닥 나라니한 草家들이 아름다은 詩의 華詞가 될 수있다는 것은 벌서 지나간 쩨네레슌의 이야기요、오늘에 있어서는 다만 말못하는 悲劇의 背景이다。

이제 닭이 홰를 치면서 맵짠울음을 뽑아 밤을 쫓고 어둠을 즛내몰아 동켠으로 훠―ㄴ이 새벽이란 새로운 손님을 불러온다[451] 하자。[452]하나 輕妄스럽게 그리 반가워 할것은 없다。 보아라 假令 새벽이

445) 행 우에 연필로 동그라미표가 그려져있음.
446) ≪아모것도≫는 원래 ≪모모것도≫.
447) ≪도사리고≫는 원래 ≪모사리고≫.
448) ≪佈≫는 ≪怖≫의 오자인듯함.
449) ≪消化≫는 원래 ≪消息≫.
450) 행 우에 연필로 동그라미표가 그려져있음.
451) ≪불러온다 하자。≫는 원래 ≪불러온다 하나.≫.
452) 행 우에 연필로 동그라미표가 그려져있음.

왔다하더래도 이 마을은 그대로 暗澹하고 나도 그대로 暗澹하고 하여서453) 너나 나나 이 가랑지길에서 躊躇 躊躇 아니치 못할 存在들이 아니냐。

나무가있다。

그는 나의 오란 리웃이오、벗이다。그렇다고 그와 내가 性格이나 還境454)이나 生活이 共通한데 있어서가 아니다。말하자면 極端과 極端사이에도 愛情이 貫通할 수있다는 奇蹟的인 交分의 한標本에 지나지 못할것이다。

나는 처음 그를 퍽 不幸한 存在로 가소롭게 여겼다。그의 앞에 설때 슬퍼지고 惻隱한 마음이 앞을 가리군 하엿다。만은 오늘 도리켜 생각건대 나무처럼 幸福한 生物은 다시 없을듯 하다。굳음에는 이루 비길데 없는 바위에도 그리 탐탁치는 못할망정 滋養分이 있다 하거늘 어디로 간들 生의 뿌리를 박지못하며 어디로 간들 生活의 不平이 있을 소냐、칙칙하면 솔솔 솔바람이 불어오고、심심하면 새가 와서 노래를 부르다 가고、촐촐하면 한줄기 비가 오고、밤이면 數많은 별들과 오손도손 이야기할수있고 ——— 보다 나무455)는 行動의 方向이란 거치장스런 課題에 逢着하지 않고 人爲的으로든 偶然으로서든 誕生식혀준 자리를 직혀 無盡無窮한 營養素를 吸取하고 玲瓏한 해ㅅ빛을 받아드려 손쉽게 生活을 營爲하고 오로지 하늘만 바라고 뻐더질수 있는것이 무엇보다 幸福스럽지않으냐。

이밤도 課題456)를 풀지 못하야 안타까운457) 나의 마음에 나무의 마음이 漸漸올마오는듯하고、行動할수있는 자랑을 자랑치 못함에 뼈저리는듯 하나 나의 젊은 先輩의 雄辯이 曰 先輩도 믿지못할것이라니 그러면 怜悧한 나무에게 나의 方向을 물어야 할것인가。

---

453) ≪하여서≫는 원래 ≪허여서≫.
454) ≪還≫은 ≪環≫의 오자인 듯함.
455) ≪나무≫는 원고지 한 칸에 두 글자가 함께 씌여졌음.
456) ≪課題≫는 처음에 ≪宿題≫에서 ≪나의 宿題≫로, 다시 ≪課題≫로 수정되였음.
457) ≪안타까운≫은 원래 ≪않타까운≫.

어디로 가야 하느냐 東이 어디냐 西가 어디냐 南이 어디냐 北이 어디냐 아라! 저별이 번쩍 흐른다[458]。 별똥떨어진데가 내가 갈곳인가 보다。 하면 별똥아! 꼭 떨어져야 할곳에 떨어져야 한다。

「花園에 꽃이 핀다.」

개나리、진달레、안즌방이[459]、라일락、문들레 찔레 복사 들장미 해당화 모란 릴릭[460] 창포 추립 카네슌 봉선화 백일홍 채송화 다리아[461] 해바라기 코쓰모쓰 ——— 코쓰모쓰가 홀홀히 떠러지는 날[462] 宇宙의 마즈막은 아닙니다[463]、여기에 푸른하늘이 높하지고、빨간 노란 단풍이 꽃에 못지 않게 가지마다[464] 물들엇다가 귀도리울음이 끊어 짐과 함게[465] 단풍의 세게가 문허지고[466]、그우에 하로밤 사이에[467] 소복이 힌눈이 나려[468]、싸이 고 火爐에는 빨간 숫불이 되여오르고 많은이야기와 많은 일이 이화로가에서 일우어집니다。

讀者諸賢! 여러분은 이글이 씨워지는 때를 獨特[469]한 季節로 짐작해서는[470] 아니 됩니다、아니、봄、여름、가을、겨을、어느[471] 철

458) ≪흐른다。≫는 원래 ≪흐로다。≫.
459) ≪안즌방이≫는 처음에 ≪안즌방이≫에서 ≪벚꽃≫으로, 다시 ≪앉즌방이≫로 수정되였음.
460) ≪리릭≫은 처음에 ≪리릭≫에서 ≪나리≫로, 다시 ≪리릭≫으로 수정되였음.
461) ≪다리아≫는 원래 ≪따리아≫.
462) ≪떠러지는날≫에서 ≪는≫은 삽입되였음.
463) ≪아닙니다、≫는 원래 ≪아니다、≫.
464) ≪가지마다≫는 삽입되였음.
465) ≪귀도리울음이 끊어 짐과 함게≫는 원래 ≪하로 하츰 서리이 짐과 함게≫.
466) ≪문허지고、≫는 원래 ≪문허진≫.
467) ≪그우에 하로밤 사이에≫는 ≪그우에 소복 하로밤 사이에≫.
468) ≪나려≫의 오른쪽에 ≪나려≫가 씌여있음.
469) ≪獨特한≫은 원래 ≪特定한≫.
470) ≪짐작해서는≫의 ≪짐작≫오른쪽에 ≪想像≫이 있었으나 삭제되였음.
471) ≪어느≫는 원고지 한 칸에 두 글자가 씌여졌음.

로나[472] 想定하서도[473] 無방합니다。사실 一年내내 봄일수는 없습니다。하나 이花園에는 사철내 봄이 青春들과 함께[474] 심심하게 등대하여있다고 하면 過分한[475] 自己宣傳일가요。하나의 꽃밭 이루어지도록[476] 손쉽게되는것이아니라[477] 고생과 勞力이 있이야하는 것입니다

따는[478] 얼마의 單語를 모아 이拙文을 지적거리는[479] 데도 내머리는 그렇게 明晳[480]한것은못됩니다[481]. 한해동안을 내 頭腦로서가 아니라 몸으로서 일일이 헤아려 겨우 몇줄의 글이 일우어집니다.그리하야 나에게있어 글을 쓴다는 것이그리즐거운일일수는 없습니다。봄바람의 苦悶에 짜들고、綠陰의 倦怠에 시들고、가을하늘 感傷에 울고、爐邊의 思索에 졸다가 이몇줄의 글과 나의花園과 함께 나의 一年은 이루어집니다. 시간을 먹는(다는이말의 意義와 이말의 妙味는 칠판 앞에서보신분과 앉어보신 분은 누구나 아실것입니다) 그것은 確實[482]히 즐거운 일임 에 틀림없습니다。하로를 体講한다는것보다、(하긴슬그먼히깨먹어버리면그만이지만)豫習、宿題를 못해왔다든가、따분하고 졸리고한때、한사간의 休講은진실로 살로 가는 것이여서、萬一教授가 不便하여 못나오섯다고 하더라도 미처우리들의 禮儀를 가출 사이가 없는 것입니다。그러나 이것을 우리들

---

472) ≪어느 철로나≫는 원래 ≪어느 철으로≫

473) ≪想定하서도≫는 원래 ≪짐작하서도≫.

474) ≪青春들과함께≫는 삽입되였음.

475) ≪過分한≫은 삽입되였음.

476) ≪하나의 꽃밭 이루어지도록≫은 원래 ≪딴은 이□□□□≫. 네 글자는 판독불가능. ≪하나의≫밑에 ≪한≫이 씌여졌다가 지워졌음. ≪이루어≫의 ≪루≫왼쪽 옆에 ≪너≫가 씌여있음. 따라서 ≪이루어≫는 ≪너루어≫일 가능성도 있음. ≪지도록≫은 원래 ≪지는≫.

477) ≪손쉽게되는것이아니라≫는 ≪이□□□≫의 왼쪽 행간에 씌여졌으며, 수정을 염두에 둔 부기일 가능성도 있음.

478) ≪따는≫은 ≪이□□□□≫의 네번째 □가 지워진 곳에 씌여졌음.

479) ≪지적거리는≫의 ≪리≫는 삽입되였음.

480) ≪明晳≫의 ≪晳≫은 지워졌다가 다시 씌여졌음.

481) ≪明晳한것도못됩니다.≫는 원래 ≪明晳한지≫.

482) ≪確實≫의 ≪實≫은 ≪實≫의 속자(俗字)임.

의망발과 時間의 浪費[483]라고 速斷[484]하서서 아니 됩니다。여기에 花園이 있습니다。

한포기 푸른풀과하털기의붉은[485] 꽃과 함께 웃음이 있습니다.[486] 노-트장을 적시는 것보다、牛汗充棟[487]에 무처 글줄과 씨름하는것 보다、더 明確한[488] 眞理를 探究할수 있을런지 보다더많은知識을 獲得 할수있을런지[489] 보다더 效果的인 成果가있을지를 누가[490] 否認하겠습니까.

나는 이貴한 時間을 슬그머니 동무들을떠나서 단혼자 花園에 거닐수 있습니다. 단혼자 꽃들과 풀들가 이야기 할수 있다는 것이 얼마나 多幸한 일이겠습니까. 참말 나는 溫情으로[491] 이들을 대할수 있고 그들은 우슴으로 나를 맞어줍니다. 그우슴을 눈물로 對한다는 것은 나의 感傷일가요、孤獨、精[492]寂도 確實히 아름다운것임에 틀림이 없으나、여기에 또 서로마음을 주는 동무가 있는것도 多幸한 일이 아닐수 없습니다。우리 花園속에 모인、동무들 중에、집에 學費를 請求하는 편지를 쓰는 날저녁이면 생각하고 생각 하든끝[493] 겨우 몇줄 써보낸다는 A君、깁버해야할 書留(通稱月給封套)를 받어든 손이 떨린다는 B君、사랑을 爲하여서는 밥맛을잃고 잠을 이저버린다는 C君、思想的撞着에 自殺을 期約한다는 D君……나는이여러동무들의 갸륵한 心情을 내것인것처럼 理解할수 있습니다. 서로 너그러운[494] 마음으로[495] 對할수있습니다。

---

483) ≪우리들의망발과 時間의 浪≫은 삽입되였음.
≪浪費≫는 원래≪消費≫.

484) ≪速斷≫은 원래 ≪斷定≫.

485) ≪푸른풀과한덜기의붉은≫은 오른쪽 행간에 삽입되였음.

486) ≪웃음이 있습니다、≫는 원래 ≪웃을수있습 니다、≫. 붉은 색연필로 고쳐짐.

487) ≪牛汗充棟≫은 ≪汗牛充棟≫의 誤識인 듯 함.

488) ≪明確한≫은 처음에 ≪效果≫에서 ≪正確한≫으로, 다시 ≪明確한≫으로 수정되였음.

489) ≪할수있을런지≫에서 ≪런≫은 삽입되였음.

490) ≪누가≫는 삽입되였음.

491) ≪참말 나는 溫情으로≫의 오른쪽 행간에 ≪孤獨、精寂은確實히아름다운것입니다、≫가 씌여졌다가 삭제되였음.

492) ≪精≫은 ≪靜≫의 오자인듯함.

493) ≪생각하고 생각하든끝≫은 원래 ≪생각하다 생각하다≫.

나는 世界觀、人生觀、이런 좀더큰 問題보다 바람과 구름과 햇빛과 나무와 友情、이런것들에 더많이 괴로워해 왓는지도 모르겟습니다。단지 이말이[496] 나의 逆說[497]이나. 나自身을 흐리우는데[498] 지날 뿐일가요[499] 一般은 現代[500] 學生道德이 腐敗햇다고 말합니다. 스승을 섬길줄을 모른다고들 합니다. 올흔 말슴들입니다. 부끄러울 따름입니다. 하나 이결함을[501] 괴로워하는 우리들 억개에 지워 曠野로 내쫒차 버려야 하나요、우리들의 아픈데를 알어주는 스승、우리들[502]의 생채기[503]를 어루만저주는 따뜬한 世界가 있다면 剝脫된[504]道德일지언정 기우려 스승을 眞心으로 尊敬하겟습니다. 溫情의거리에서 원수를 맛나면 손목을 붓잡고 목노아 울겟습니다。

世上은 해를 거듭, 砲聲에 떠들석하것만 극히 조용한 가운데 우리들 동산에서 서로 融合할수있고 理解할수있고 從前[505]의 가있는 것은時勢의 逆效果일까요.

봄이가고、여름이가고、가을、코쓰모쓰가 홀홀히 떠러지는날 宇宙의 마즈막은[506] 아닙니다. 단픈의 世界가 있고、— 履霜而堅氷至——서리를 밥거든 어름이 굳어질것을 각오하라가아니라[507] 우리는 서리발에 끼친 落葉을 밥으면서 멀리 봄이[508] 올것을 믿습니다.

爐邊에서 많은 일이 일우어질것입니다。

---

494) ≪너그러운≫은 원래 ≪너구러운≫.
495) ≪마음으로≫의 ≪으≫는 삽입되였음.
496) 행 우에 ≪흐리운다.≫. ≪이말이≫는 원래 ≪이것이≫.
497) ≪逆說≫에서 ≪說≫은 삽입되였음.
498) ≪흐리우는데≫의 오른쪽 행간에 ≪가르우는≫ ≪데≫가 삽입되였음.
499) ≪지날 뿐일까요、≫는 원래 ≪지나는 말일 가요≫.
500) ≪現代≫는 원래 ≪現在≫.
501) ≪이결함을≫은 원래 ≪이過失을≫.
502) ≪우리들≫은 원래 ≪學生들≫.
503) ≪생채기≫우에 ≪새≫가 씌여졌다가 삭제되였음.
504) ≪剝脫된≫은 원래 ≪박탈든≫.
505) ≪從前≫의 다음에 원고지 두 칸이 비였음.
506) ≪마즈막은≫은 원래 ≪마지막은≫.
507) ≪각오하라가아니라≫는 원래 ≪각오하라라가 아니라≫.
508) ≪봄이≫는 원래 ≪봄을≫.

終始

終点이 始点이된다。다시 始点이 終点이 된다。

아츰、저녁으로 이 자국을 밟게 되는데 이 자국을 밟게된 緣由가 있다。일즉이 西山大師가 살아슬뜻한 욱어진 松林속、게다가 덩그러시 살림집은 외따로한채뿐이엿으나 食口로는 굉장한것이여서 한 집웅밑에서 八道사투리를 죄다 들을만큼 몰아놓은 머끈한 壯丁들만이 욱실욱실하엿다。이곳에 法令은 없어스나 女人禁納區엿다。萬一 强心臟의 女人이 있어 不意의 侵入이 있다면 우리들의 好奇心을 저윽히 자아내엿고、房마다 새로운 話題가 생기군 하엿다。이렇듯 修道生活에 나는 소라속처럼 安堵하엿든 것이다。

事件이란 언제나 큰데서 動機가 되는 것보다 오히려 적은데서 더 많이 發作하는 것이다。509)

눈온날이 엿다。同宿하는 친구의 친구가 한時間510) 남짓한 門안 들어가는 車時間 까지를 浪費하기 爲하야 나의 친구를 찾어들어와서 하는 對話엿다。

「자네 여보게 이집 귀신이 되려나?」

「조용한게 공부하기 자키나 좋잔은가」

「그래 책장이나 뒤적뒤적하면 공부ㄴ줄아나 電車간에서 내다볼수있는 光景停車場에서 맛볼수있는光景、다시 汽車511)속에서 對할수있는 모든일들이 生活아닌것이 없거든、生活때문에 싸우는 이 雰圍氣512)에 잠겨서、보고、생각하고、分析513) 하고、이거야 말로 眞正한 意味의 教育이 아니겟는가 여보게! 자네 책장만 뒤지고 人生이 어드럿니 社會가 어드럿니 하는것은 十六世紀에서나 찾어볼일일세、斷然 門안으로 나오도록 마음을 돌리게」

---

509) 행 우에 연필로 동그라미표가 그려져있음.
510) ≪한時間≫의 ≪時≫는 삭제되였다가 다시 씌여졌음.
511) ≪汽車≫의 ≪汽≫는 원래 ≪氣≫.
512) ≪雰圍氣에≫의 우쪽 여백에 연필로 가위표가 그어져있음.
513) ≪分析≫의 ≪析≫은 원래 ≪折≫.

나안테하는[514] 勸告는 아니엿으나 이말에 귀틈뚤려 상푸둥 그러리라고 생각하엿다. 非但[515] 여기만이 아니라 人間을 떠나서 道를 닥는다는것이 한낱 娛樂[516]이오、娛樂이매 生活이 될수없고、生活이 없으매 이또한 죽은 공부가 아니랴. 하야 공부도 生活化하여야 되리라 생각하고 불일내에 門안으로 들어가기를 內心으로 斷定해 버렷다. 그뒤 每日같이 이 자국을 밟게 된것이다.

나만 일즉이 아츰거리의 새로운 感觸을 맛볼줄만 알엇더니 벌서 많은 사람들의 발자욱에 舖道는 어수선할대로 어수선햇고 停留場에 머믈때마다 이많은 무리를 죄다 어디갓다 터트빌 心算인지 꾸역꾸역 작구 박아실는데 늙은이 젊은이 아이할것없이 손에[517] 꾸럼이를 않든 사람은 없다. 이것이 그들 生活[518]의 꾸럼이오、同時에 倦怠의 꾸럼인지도 모르겟다.

이꾸럼이를 든 사람들의 얼골을 하나하나식 뜨더보기로 한다. 늙은이 얼골이란 너무오래[519]世波에 짜들어서 問題도 않되겟거니와 그젊은이들 낯짝이란 도무지 말슴이아니다 열이면 열이 다 憂愁그것이오 百이면 百이 다 悲慘그것이다. 이들에게 우슴이란 가믈에 콩싹이다. 必境 귀여우리라는 아이들의 얼골을 보는수박게 없는데 아이들의 얼골이란 너무나 蒼白하다. 或시 宿題를 못해서 先生안테 꾸지람들을것이 걱정인지 풀이죽어[520] 쭈그러떠린것이 活氣란 도무지 찾어 볼수없다.[521] 내상도 必然코 그꼴일텐데 내눈으로 그꼴을 보지못하는것이 多幸이다. 萬一 다른사람의 얼골을 보듯 그렇게 자주 내얼골을 對한다고 할것같으면 벌서 夭死하엿슬런지도 모른다.

---

514) ≪나안테하는≫은 원래 ≪나않테하는≫.
515) ≪非但≫의 우쪽 여백에 연필로 가위표가 그어져있음.
516) ≪道를≫의 우쪽 여백에 동그라미표가 있음. ≪娛樂≫은 원래 ≪誤樂≫.
517) ≪손에≫는 원래 ≪제마다 손에≫.
518) ≪그들 生活≫은 원래 ≪그들의 生活≫.
519) ≪너무오래≫는 원래 ≪너무오랜≫.
520) ≪풀이죽어≫는 원래 ≪찾어죽어≫.
521) 행 우에 동그라미표가 있음.

나는 내눈을 疑心하기로 하고 斷念하자!

차라리 城壁우에 펄친 하늘을 처다보는 편이 더 痛快하다。눈은 하늘과 城壁境界線을 따라 자구 달리는 것인데 이 城壁이란 現代로써 캄푸라지한 넷禁城이다. 이안에서 어떤일이[522] 일우어저스며 어떤일이[523] 行하여지고 있는지 城박에서 살아왓고 살고있는 우리들에게는 알바가 없다 이제 다만 한가닥 希望은 이 城壁이 끈어지는 곳이다。

企待[524]는 언제나 크게 가질것이 못되여서 城壁이 끈어지는 곳에 總督府 道廳 무슨參考館、遞信局、新聞社、消防組、무슨 株式會社、府廳、洋服店 古物商等 나라니하고 연달아 오다가 아이스케이크[525]看板에 눈이 잠간 머무는데 이놈을 눈나린 겨을에 빈집을 직히는 꼴이라든가, 제身分에 맞잔은 가개를 직히는 꼴을 살작 필림에 올리여 본달것 같으면 한幅의 高等諷刺漫畵가 될터인데 하고 나는 눈을감고 생각하기로 한다。事實 요지음 아이스케이크 看板身勢를 免치 아니치 못할者 얼마나 되랴。아이스케이크 看板은 情熱에 불타는 炎暑가 眞正코 아수롭다。

눈을 감고 한참 생각하느라면 한가지 꺼리끼는것이 있는데 이것은 道德律이란 거치장스러운 義務感이다。젊은녀석이 눈을 딱감고 벌이고 앉아 있다고 손구락질하는것 같하야 번쩍 눈을 떠본다。하나 가차이 慈善할 對象[526]이 없음에 자리를 일치않겟다는 心情보다 오히려 아니꼽게본 사람이 없어스리란데 安心이된다。

이것은 過斷性[527]있는 동무의 主張이지만 電車에서 맞난사람은 원수요、汽車에서 맞난사람은 知己라는 것이다。딴은 그러리라

522) ≪어떤일이≫는 원래 ≪어우런일이≫.

523) ≪어떤일이≫는 원래 ≪어우런일이≫.

524) ≪企待≫의 ≪企≫는 ≪期≫의 오자인듯함. ○ ≪企待≫우쪽 여백에 연필로 가위표가 그어져 있음.

525) ≪아이스≫의 ≪이≫는 삽입되였음.

526) ≪象≫의 오른쪽에 ≪相≫이 쓰였다가 삭제되였음.

527) ≪過斷性≫의 ≪過≫는 ≪果≫의 오자인듯함.

고 얼마큼 首肯하엿댓다。한자리에서 몸을 비비적거리면서도[528] 「오늘은 좋은 날세올시다。」「어디서 나리시나요」쯤의 인사는 주고 받을 법한데, 一言半句없이 뚱한꼴들이 자키나 큰 원수를 맺고 지나는 사이들 같다。만일 상냥한사람이있어 요만쯤의 禮儀를 밥는다고 할것같으면 電車속의 사람들은 이를 精神異狀者[529]로 대접할게다[530]。그러나 汽車에서는 그렇지않다。明銜을 서로 박구고 故鄕이야기、行方이야기를 꺼리낌없이 주고받고 심지어 남의 旅勞를 自己의旅勞인것처럼 걱정하고、이얼마나 多情한 人生行路냐。

이러는사이에 南大門을 지나칫다[531]。누가 있어 「자네 每日같이[532] 南大門을 두번식 지날터인데 그래 늘 보군하는가」라는 어리석은듯한[533] 멘탈테쓰트를 낸다면은 나는 啞然해지지 않을수없다。가만히 記憶을 더듬어 본달것 같으면 늘이 아니라 이자국을 밟은以來 그모습을 한번이라도 처다본적이 있엇든것 같지않다。하기는 그것이 나의生活에 緊한일이 않이매 當然한 일일게다。하나 여기에 하나의教訓이 있다。回數가 너무 잦으면 모든것이 皮相的[534]이 되어버리나니라。

이것과는[535] 關聯이 먼 이야기같으나 無聊한時間을까기爲하야[536] 한마디 하면서 지나가자。

시골서는 제노라고하는 양반이엿든모양인데 처음 서울구경을하고 돌아가서 며칠동안 배운 서울말씨를 서뿔리 써가며 서울거리를 손으로 형용하고[537] 말로서 떠버려 옴겨노트란데、停車場에 턱[538]

528) ≪비비적거리면서도≫는 원래 ≪삐비적거리면서도≫.
529) ≪精神異狀者≫의 ≪狀≫은 ≪常≫의 오자인듯함.
530) ≪대접할게다。≫의 ≪대≫는 원래 ≪取≫.
531) ≪지나칫다。≫의 ≪지≫는 삭제되였다가 다시 씌여졌음.
532) ≪每日같이≫의 ≪每≫는 삭제되였다가 다시 씌여졌음.
533) ≪어리석은듯한≫의 ≪리≫는 삽입되였음.
534) ≪皮相的≫의 우쪽 여백에 동그라미가 있음.
535) ≪이것과는≫의 우쪽 여백에 동그라미가 있음.
536) ≪無聊한時間을까기爲하야≫는 삽입되였음.

나리니 앞에 古色이 蒼然한 南大門이 반기는듯 가로 막혀있고、總督府집이 크고、昌慶苑에 百가지 禽獸가 봄즉햇고 德壽宮의 녯宮殿이 懷抱를 자아냇고、和信乘降機는 머리가 힝—했고、本町엔 電燈이 낮처럼밝은데 사람이 물밀리듯 밀리고 電車란놈이 윙윙소리를 질으며 질으며[539] 연달아 달리고 ——— 서울이 自己하나를 爲하야 이루워진것처럼[540] 웃줄햇는데 이것쯤은 있을듯한 일이다。한데게도 방정꾸러기가 있어

「南大門이란 懸板이 참 名筆이지요」

하고 물으니 對答이 傑作이다。

「암 名筆이구말구 南字 大字 門字하나하나 살아서 막 꿈틀거리는것 같데」

어느모로나 서울자랑하려는 이양반으로서는[541] 可當한 對答일게다。이분에게 阿峴고개 막바지기에,— 아니 치벽한데 말고、—가차이 鐘路 뒤골목에 무엇이 있든가를 물엇드면 얼마나 當慌[542]해 햇스랴。

나는 終点을 始点으로 박군다。내가 나린곳이 나의終点이오。내가 타는 곳이 나의 始点이 되는까닭이다。이쩌른 瞬間 많은사람사이에 나를 묻는것인데 나는 이네들에게 너무나 — 皮相的이된다。나의 휴맨니티를 이네들에게 發揮해낸다는 재조가 없다。이네들의 깁븜과 슬픔과 앞은데를 나로서는 測量한다는수가 없는[543]까닭이다。너무 漠然하다。사람이란回數가 잦은데와 量이 많은데는 너무나 쉽게 皮相的이 되나보다。그럴사록[544] 自己 하나 看守하기에 奔

537) ≪손으로 형용하고≫는 원래 ≪말로서 떠≫.
538) ≪턱≫은 원래 ≪턱턱≫.
539) ≪질으며≫우에 작게 ≪질≫자가 씌여있음.
540) ≪이루어진것처럼≫의 ≪것≫은 ≪진≫이 삭제된 곳에 씌여졌음.
541) ≪이양반으로서는≫은 원래 ≪이양반에게는≫.
542) ≪當慌≫의 ≪當≫은 ≪唐≫의 오자인 듯함.
543) ≪없는≫의 우쪽 여백에 동그라미표와 가위표가 겹쳐있음.
544) ≪그럴사록≫은 원래 ≪그럭사록≫.

忙하나보다。

씨그날을 밟고 汽車는 왱 — 떠난다。故鄕으로 向한 車도아니건만 空然히 가슴은 설렌다。우리 汽車는 느릿느릿 가다 숨차면 假停車場에서도 선다。每日같이 왼女子들인지 주롱주롱서 있다。제마다 꾸럼이를 아녔는데[545] 例의 그꾸럼인듯[546] 싶다。다들 芳年된 아가씨들인데 몸매로보아하니 工場으로 가는 職工들은 아닌모양이다。얌전히들 서서 汽車를 기다리는 모양이다。判斷을 기다리는[547] 모양이다。하나 輕妄스럽게 琉璃窓을 通하여 美人判斷을 나려서는 않된다。皮相法則이 여기에도 適用될지 모른다。透明한듯하나 믿지못할것이 琉璃다。얼골을 찌깨논듯이 한다든가 이마를 좁다랗게 한다든가 코를 말코로 만든다든가 턱을 조개턱으로 만든다든가하는 惡戱를 琉璃窓이 때때로 敢行하는 까닭이다。判斷을 나리는者에게는 別般 利害關係가 없다손치더래도 判斷을 받는當者에게 오려든 幸運이 逃亡 갈런지를[548] 누가保障할소냐。如何間 아무리 透明한 꺼풀일지라도 깨끗이 벳겨바리는것이 맛당할것이다。

이윽고 턴넬이 입을 버리고 기다리는데 거리 한가운데 地下鐵道도 않인 턴넬이 있다는것이 얼마나 슬픈일이냐、이턴넬이란 人類歷史의 暗黑時代요 人生行路의 苦悶相이다。空然히 박휘소리만 요란하다。구역날 惡質의 煙氣가 스며든다。하나未久에 우리에게 光明의 天地가있다。[549]

턴넬을 버서낫을때 요지음 複線工事에 奔走한 勞働者들을 볼수있다。아츰 첫車에 나갓을때에도[550] 일하고 저녁 늦車에 들어올때

545) 《아녔는데》는 처음에 《들엇는데》에서 《안었는데》로, 다시 《아녔는데》로 수정되였음.
546) 《그꾸러미》의 《그》는 삽입되였음.
547) 《기다리는》은 원래 《기다린다。》.
548) 《逃亡갈런지를》은 원래 《逃亡갈련지를》.
549) 《路의~天地가있다。》는 원고지가 잘려나간 부분을 뒤쪽에서 흰종이를 이어서 붙인 곳임.
550) 《나갓을때에도》는 원래 《나아갓을때에도》.

에도 그네들은 그대로 일하는데 언제 始作하야 언제 끝이는지 나로서는 헤아릴수없다. 이네들이야말로 建設의使徒들이다. 땀과피를 애끼지않는다.[551]

그융중한 도락구를 밀면서도 마음만은 遙遠한데 있어 도락구 판장에다 서투른 글씨로 新京行이니 北京行이니 南京行이니 라고써서 타고다나는것이아니라 밀고 다닌다. 그네들의 마음을 엿볼수있다. 그것이 苦力에慰安이 않된다고 누가 主張하랴.

이제나는 곧 終始를 박귀야한다. 하나내車에도 新京行、北京行、南京行을 달고 싶다. 世界一週[552]行이라고 달고싶다. 아니 그보다 眞正한 내故鄕이 있다면 故鄕行을 달겠다 다음 到着하여야할[553] 時代의 停車場이 있다면 더좋다.[554]

漢心[555]

두가지名義인대
金庫속에서나온대보니까
英子[556]로있고
민적에는한심[557]이로잇습니다.

大正二年六月一日
二六才

551) 여백 부분은 원고지가 잘려 나간 부분을 흰종이로 이은 곳임.
552) ≪一週≫는 ≪一周≫의 오자인듯함.
553) ≪到着하여야할≫은 원래 ≪到着할≫.
554) ≪내車에도~더좋다.≫까지의 5행에 ⌒ 표시와 동그라미 표시 있음.
555) 산문 원고집 마지막장 뒤장에 씌여진 메모임.
556) ≪英子≫우에 ≪민≫자를 썼다가 지움.
557) ≪한심≫오른쪽에 두 줄이 그어져있음.

4) 육필자선시집 ≪하늘과바람과별과詩≫ ◉

〔제목없음〕
自畵像
少年
눈오는地圖
돌아와보는밤
病院
새로운길
看板없는거리
太初의아츰
또太初의아츰
새벽이올때까지
무서운時間
十字架
바람이불어
슬픈族屬
눈감고간다.
또다른고향
길
별헤는밤

하늘과바람과별과詩[558]　— 童舟 —

[559]죽는 날까지 하늘을 우르러
한점 부끄럼이 없기를、
잎새에 이는 바람에도
나는 괴로워했다。
별을 노래하는 마음으로
모든 죽어가는것을 사랑해야지
그리고 나안테[560] 주어진 길을
거러가야겠다。

오늘밤에도 별이 바람에 스치운다。

1941、11、20、

自 画 像

산모퉁이를 돌아 논가 외딴우물을 홀로 찾어가선 가만히 드려다 봅니다。

우물속에는 달이 밝고 구름이 흐르고[561] 하늘이 펼치고 파아란

---

558) 육필 자선 시집임.
제목의 왼쪽에 연필로 ≪病院≫이라고 썼다가 지운 흔적이 있음.
뒤면에 ≪鄭炳昱 兄앞에≫ ≪尹東柱 呈.≫이라고 씌여있음
559) 정병욱에게 증정한 육필 자선 시집 원본에는 이 작품의 제목이 없음. 윤일주의 증언에 의하면, 시인이 소장하였던것에는 <序詩>라는 제목이 씌여있었다고 함. (윤일주, <윤동주의 생애>, ≪나라사랑≫23호, 1976. 6, 159쪽)
560) ≪나안테≫의 ≪안≫은 지워졌다가 그 오른쪽 옆에 다시 씌여졌음.
561) ≪흐르고≫에 고친 흔적 있음.

바람이 불고 가을이 있습니다.

그리고 한 사나이가 있습니다.
어쩐지 그 사나이가 미워저 돌아갑니다.562)

돌아가다 생각하니 그사나이가 가엽서집니다. 도로가 드려다 보니 사나이는 그대로 있습니다.

다시 그사나이가 미워저 돌아갑니다.
돌아가다 생각하니 그사나이가 그리워집니다.

우물속에는 달이 밝고563) 구름이 흐르고 하늘이펄치고564) 파아란 바람이 불고 가을이 있고 追憶처럼 사나이가 있습니다.

一九三九、九、

少 年

여기저기서 단풍닢 같은 슬픈가을이 뚝 뚝 떠러진다. 단풍닢 떠러저 나온 자리마다 봄을 마련해 놓고 나무가지 우에 하늘이 펄처있다. 가만이565) 하늘을 드려다 보려면 눈섭에 파란 물감이 든다. 두손으로 따뜻한 볼을 쓰서보면 손바닥566)에도 파란 물감이 묻어난다. 다시 손바닥을 드려다 본다. 손금에는 맑은 강물이 흐

562) ≪돌아갑니다.≫는 원래 ≪돌아 갑니다.≫.
563) ≪달이 밝고≫는 원래 ≪달이밝고≫.
564) ≪하늘이펄치고≫는 삽입되였음.
565) ≪가만이≫는 원래 ≪가만히≫.
566) ≪손바닥≫은 원래 ≪손바닭≫.

르고[567]、맑은 강물이 흐르고、강물속에는 사랑처럼 슬픈얼골 — 아름다운 順伊의 얼골이 어린다。少年은 황홀이 눈을 감어 본다。그래도 맑은 강물은 흘러 사랑처름 슬픈얼골 — 아름다운 順伊의 얼골은 어린다。

一九三九.

눈오는地図

順伊가 떠난다는 아츰에 말못할 마음으로 함박눈이 나려、슬픈것 처럼[568] 窓밖에 아득히 깔린 地図[569]우에 덮힌다。房안을 도라다 보아야 아무도 없다。壁과 天井이 하얗다。房안에까지 눈이 나리는 것일까、정말 너는 잃어버린[570] 歷史처럼 홀홀이 가는것이냐、떠나기前[571]에 일러둘말이 있든것을 편지를 써서도 네가 가는 곳을 몰라 어느거리、어느마을、어느집웅밑、너는 내 마음속에만[572] 남어 있는 것이냐、네 쪼고만 발자욱을 눈이 작고 나려 덮혀 따라갈수도[573] 없다。눈이 녹으면 남은 발자욱자리마다 꽃이 피리니 꽃사이로 발자욱을 찾어 나서면 一年열두달 하냥 내마음에는 눈이 나리리라。

一九四一、三、一二、

567) ≪흐르고≫의 ≪르≫에 고친 흔적이 있음.
568) ≪말못할 마음으로≫, ≪슬픈것 처럼≫에 옆줄이 그어져 있음.
569) ≪図≫는 ≪圖≫의 속자(俗字)임.
570) ≪잃어버린≫은 원래 ≪잀어버린≫.
571) ≪떠나기前에≫에서 ≪기≫는 삽입되였음.
572) ≪내 마음속에만≫은 원래 ≪정 마음에만≫. ≪속≫은 삽입되였음.
573) ≪따라갈수도≫는 원래 ≪따라갈수소≫.

돌아와보는밤

세상으로부터 돌아오듯이 이제 내 좁은 방에 돌아와 불574)을 끄옵니다. 불을 켜두는것은 너무나 피로롭은575) 일이옵니다. 그것은 낮의 延長이옵기에──

이제 窓을 열어 空氣를 밖구어 드려야 할턴데 밖을 가만이 내다보아야 房안과같이 어두어 꼭 세상같은데 비를 맞고 오든길이 그대로 비속에 젖어 있사옵니다.

하로의 울분을 씻을바 없어 가만히 눈을 감으면 마음속으로 흐르는 소리、이제、思想이 능금처럼 저절로 익어 가옵니다.

一九四一、六、

病院

살구나무 그늘로 얼골을 가리고. 病院뒷뜰에 누어、젊은 女子가 힌옷아래로 하얀다리를 드려내 놓고 日光浴을 한다。한나절이 기울도록 가슴을 알른다는 이 女子를 찾어 오는 이、나비 한마리도 없다。슬프지도 않은 살구나무가지에는 바람조차 없다。

나도 모를 아픔을 오래 참다 처음으로 이곳에 찾어왔다。그러나 나의 늙은 의사는 젊은이의 病을 모른다。나안테는 病이 없다고 한다。이 지나친 試鍊、이 지나친 疲勞、나는 성내서는 않된다。

574) ≪불≫은 삭제된 뒤 다시 오른쪽 옆에 씌여졌음.
575) ≪피로롭은≫에서 ≪로≫는 삽입되였음.

女子는 자리에서 일어나 옷깃을 여미고 花壇에서 金盞花 한포기를 따 가슴에 꼽고 病室안으로 살어진다。나는 그女子의 健康이——아니 내 健康도 速히 回復되기를 바라며 그가 누엇든 자리에 누어본다。

一九四○、一二、

새로운길[576)]

내를 건너서 숲으로
고개를 넘어서 마을로

어제도 가고 오늘도 갈
나의길 새로운길

문들레가피고 까치가 날고
아가씨가 지나고 바람이[577)] 일고
나의길은 언제나 새로운길
오늘도……내일도……

내를 건너서 숲으로
고개를 넘어서 마을로

一九三八、五、一○、

576) 제목 우에 동그라미 있음.
577) ≪바람이≫의 ≪바≫는 원래 ≪까≫.

看板없는거리

停車場 푸랕폼에[578]
나렷을때 아무도없어、
다들 손님들뿐、
손님같은 사람들뿐、

집집마다 看板이없어
집 찾을 근심이없어

빨가케
파라케
불붓는文字도없이

모퉁이마다
慈愛로운 헌 瓦斯燈에
불을 혀놓고、[579]

손목을 잡으면
다들、어진사람들
다들、어진사람들

봄、여름、가을、겨을、
순서로 돌아들고、

一九四一、

578) 첫행 우에 연필로 ∨ 표시가 되여있음. ≪푸랕폼에≫는 원래 ≪푸라트폼에≫.
579) 3련과 5련 사이에 ∧ 표시가 되여있음. 그 우 여백에 4련이 삽입되였음.

太初의아츰

봄날 아츰도 아니고
여름、가을、겨울、
그런날 아츰도 아닌 아츰에

빨—간 꽃이 피여낫네、
해ㅅ빛이 푸른데、

그前날밤에[580]
그前날밤에
모든것이 마련되엿네、

사랑은 뱀과 함께
毒은 어린 꽃과 함게

또太初의아츰

하얗게 눈이 덮이엿고
電信柱가 잉잉 울어
하나님말슴이 들려온다。

무슨 啓示일가。

빨리

---

580) ≪그前날밤에≫의 ≪에≫에는 원래 ≪바≫가 씌여졌다가 삭제되였음.

봄이 오면
罪를 짓고
눈이
밝어

이쁘가 解産하는 수고를 다하면[581]
無花果 잎사귀로 부끄런데를 가리고

나는 이마에 땀을 흘려야겠다。

1941、5、31

새벽이올때까지

다들 죽어가는 사람들에게
검은 옷을 입히시요。

다들 살어가는 사람들에게
힌 옷을 입히시요。

그리고 한 寢台에
가즈런이[582] 잠을 재우시요

다들 울거들랑
젖을 먹이시요

581) 행 우에 ∨ 표시가 있음.
582) ≪가즈런이≫는 원래 ≪까즈란히≫.

이제 새벽이 오면
나팔소리 들려 올게외다。

一九四一、五、

무서운時間583)

거 나를 부르는것이 누구요、

가랑닢 입파리 푸르러 나오는 그늘인데、
나 아직 여기 呼吸이 남어 있소。

한번도 손들어 보지못한 나를
손들어 표할 하늘도 없는 나를

어디에 내 한몸둘 하늘이 있어
나를 부르는 것이오。

일이 마치고584) 내 죽는날 아츰에는
서럽지도 않은 가랑닢이 떠러질텐데……

나를 부르지마오。

一九四一、二、七

583) 제목 우에 붉은 색연필로 점, 연필로 동그라미표가 그려져 있음. 원고지 우쪽 여백에 연필로 ∨ 표시가 되여있음.

584) ≪마치고≫는 원래 ≪맞이고≫. ≪마치고≫는 ≪맞이고≫우에 씌여졌다가 다시 오른쪽에 씌여졌음.

十字架[585]

쫓아오든 햇빛인데
지금 教會堂 꼭대기
十字架에 걸리였습니다。

尖塔이 저렇게도 높은데
어떻게 올라갈 수 있을가요。[586]

鐘소리도 들려오지 않는데[587]
휫파람이나 불며 서성거리다가、[588]

괴로왓든 사나이、
幸福한 예수・그리스도에게
처럼
十字架가 許諾된다면

목아지를 드리우고
꽃처럼 피여나는 피를
어두어가는 하늘밑에[589]
조용이[590] 흘리겠읍니다。

一九四一、五、三一、

585) 제목 우에 잉크로 가위표가 그어져 있으며 그 오른쪽 옆에 붉은 색의 점이 있음.
586) ≪올라갈수 있을가요。≫는 원래 ≪올라 갈수있을가요。≫
587) ≪鐘소리도 들려오지 않는데≫는 원고지 오른쪽 끝 여백에 삽입되였음.
588) ≪휫파람이나 불며 서성거리다가、≫는 원래 ≪휫파람이나 불며 / 서성거리다가、≫이며, 행이음 표시가 있음.
589) ≪하늘밑에≫의 ≪밑≫은 삭제되었다가 다시 씌여졌음.
590) ≪조용이≫는 원래 ≪조용히≫.

바람이불어

바람이 어디로부터 불어와
어디로 불려가는 것일가、

바람이 부는데
내 괴로움에는 理由가 없다。

내 괴로움에는 理由가 없을가、

단 한女子를 사랑한 일도 없다。
時代를 슬퍼한 일도 없다。

바람이 작고 부는데
내발이 반석우에 섯다。

강물이 작고 흐르는데
내발이 언덕우에 섯다。

一九四一、六、二

슬픈族屬[591)]

흰 수건이 검은 머리를 두르고
흰 고무신이 거츤발에 걸리우다。

591) 제목 우에 잉크로 가위표가 그어져있으며 그 왼쪽 옆에 붉은 색 점이 있음.

흰 저고리 치마가 슬픈 몸집을 가리고,
흰 띠가 가는 허리를 질끈 동이다.

一九三八、九、

눈감고간다

太陽을 사모하는[592] 아이들아
별을 사랑하는 아이들아

밤이 어두었는데
눈감고 가거라.

가진바 씨앗을[593]
뿌리면서 가거라

발뿌리에 돌이 채이거든
감었든 눈을 왓작떠라.

一九四一、五、三一、

---

592) ≪사모하는≫은 원래 ≪사랑하는≫.
593) ≪씨앗을≫은 원래 ≪씨앗이 있거든≫.

또다른故鄕[594]

故鄕에 돌아온날밤에[595]
내 白骨이 따라와 한방에 누엇다。

어둔 房은 宇宙로 通하고
하늘에선가 소리처럼[596] 바람이 불어온다。

어둠속에 곱게 風化作用하는
白骨을 드려다 보며
눈물 짓는것이 내가 우는것이냐
白骨이 우는것이냐
아름다운 魂이 우는것이냐

志操 높은 개는
밤을 새워 어둠을 짖는다。

어둠을 짖는 개는
나를 쫓는 것일게다。

가자 가자
쫓기우는 사람처럼 가자
白骨몰래
아름다운 또다른[597] 故鄕에가자.

一九四一、九、[598]

---

594) 제목 우에 잉크로 가위표가 그어져있음.
595) ≪돌아온날밤에≫는 원래 ≪돌아온날 밤에≫.
596) ≪소리처럼≫은 삽입되였음.
597) ≪또다른≫은 삽입되였음.
598) ≪一九四一、九、≫는 원래 ≪一九四一、一〇≫.

길

잃어 버렸습니다。
무얼 어디다 잃었는지 몰라
두손이 주머니를 더듬어
길에 나아갑니다[599]。

돌과 돌과 돌이 끝없이[600] 연달어
길은 돌담을 끼고 갑니다。

담은 쇠문을 굳게 닫어
길우에 긴 그림자를 드리우고

길은 아츰에서 저녁으로
저녁에서 아츰으로 통했습니다。

돌담을 더듬어 눈물 짓다
처다보면 하늘은 부끄럽게 프릅니다。

풀 한포기[601] 없는 이길을 것는[602] 것은
담저쪽에 내가 남어 있는 까닭이고、

내가 사는것은、다만、
잃은것을 찾는 까닭입니다。

一九四一、九、三一、[603]

599) ≪나아갑니다。≫는 원래 ≪나아 갑니다。≫.
600) ≪끝없이≫는 삽입되였음.
601) ≪한포기≫의 ≪한≫은 삭제되었다가 다시 씌여졌음.
602) ≪것는≫의 ≪것≫의 오른쪽에 ≪걷≫이 씌여졌음.

별헤는밤

季節이 지나가는 하늘에는
가을로 가득 차있습니다。

나는 아무 걱정도 없이
가을속의[604] 별들을 다 헤일듯합니다。

가슴속에 하나 둘 색여지는 별을
이제 다 못헤는것은
쉬이 아츰이 오는 까닭이오、
來日밤이 남은 까닭이오、
아직 나의 靑春이 다하지 않은 까닭입니다。

별하나에 追憶과
별하나에 사랑과
별하나에 쓸쓸함과
별하나에 憧憬과
별하나에 詩와
별하나에 어머니、어머니、

어머님、나는 별 하나에 아름다운 말 한마디식 불러봅니다。小學校때 冊床을 같이 햇든 아이들의 일홈과、佩、鏡、玉 이런 異國少女들의 일홈과 벌서 애기 어머니 된 게집애들의 일홈과、가난한 이웃사람들의 일홈과、비둘기、강아지、토끼、노새、노루、「쭈랑시쓰・쨤」「라이넬・마리아・릴케」이런 詩人의 일홈을 불러봅니다。[605]

603) ≪九、三一≫은 삭제되었다가 다시 씌여졌음.
604) ≪가을속의≫는 삽입되였음.

이네들은 너무나 멀리 있습니다.
별이 아슬이 멀듯이、

어머님、
그리고 당신은 멀리 北間島에 게십니다.

나는 무엇인지 그러워
이많은 별빛이 나린 언덕우에
내 일홈자를 써보고、
흙으로 덥허 버리엿습니다.

따[606]는 밤을 새워 우는 버레[607]는
부끄러운 일홈을 슬퍼하는 까닭입니다.
(一九四一、十一、五)
그러나 겨을이 지나고 나의별에도[608] 봄이 오면
무덤우에 파란 잔디가 피여나듯이
내일홈자 묻힌 언덕우에도
자랑처럼[609] 풀이무성할게외다.[610]

605) ≪불러봅니다。≫는 원래 ≪볼러봅니다。≫.
606) ≪따는≫는 삽입되였음.
607) ≪버레≫는 원래 ≪버래≫.
608) ≪나의별에도≫는 삽입되였음.
609) ≪자랑처럼≫은 삽입되였음.
610) 마지막 련은 후에 첨가된 듯하며, 마지막 행은 원고지 왼쪽 여백에 씌여졌음.

5) 낱장으로 된 拾遺作品 ◉

* 전체가 낱장 원고 상태로 보관되어 온 것으로, 일본유학 이전 작품은 갱지에, 일본유학시절작품은 立敎大學 용지에 씌여 있음.

⑤-1 일본유학 이전 작품

山林

황혼이바다가되여

慰勞

病院

八福

慰勞

못자는밤

흐르는 거리

肝

懺悔錄

⑤-2 일본 유학시절 작품

힌그림자

사랑스런 追憶

흐르는거리

쉽게씨워진詩

봄

山林 (詩)

時計가 자근자근 가슴을 따려
하잔한[611] 마음을 山林이 부른다。

千年 오래인 年輪에 짜들은 幽寂한 山林이
고달픈 한몸을 抱擁할 因緣을 가졋나보다。

「山林의 검은波動우으로부터
어둠은[612] 어린 가슴을 질밥는다、」[613]

멀리 첫여름의 개고리[614] 재질댐에
흘러간 마을의 過去가 아질타。

가지、가지사이로반짝이는별들만이
새날의 饗宴[615]으로 나를 부른다。

발거름을 멈추어[616]
하나、둘、어둠을 헤아려본다[617]
아득하다

---

611) ≪하잔한≫은 원래 ≪不安한≫.
612) ≪어둠은 어린 가슴을질밥는다、≫는 원래 ≪어둠이 어린 가슴을 짓밥고、≫.
613) ≪~질밥는다、≫다음의 2행이 삭제되였음.

닢아리를 흔드는 져녁바람이
솨 — 恐怖에 떨게 한다。

(주) ≪닢아리≫ 우의≪나≫ 가 삭제되였음.
≪솨 —≫ 우에 붉은 색연필로 가위표가 그려져있음.
614) ≪개고리≫의 ≪개≫는 원래 ≪게≫로 추정됨.
615) ≪饗宴으로 나를 부른다。≫는 원래 ≪希望으로 나를 이끈다。≫.
616) ≪멈추어≫의 ≪멈≫은 원래 ≪엄≫으로 추정됨.
617) ≪헤아려본다≫의 ≪헤≫는 원래 ≪해≫로 추정됨.

문득 닢아리흔드는 져녁바람
솨—— 무섬이올마오고. 618)

黃昏이바다가되여(詩)

하로도 검푸른 물결에
흐느적 잠기고……잠기고……

저— 웬 검은고기떼가
물든 바다를 날아 橫斷할고、

落葉이된 海草
海草마다 슬프기도 하오。

西窓에 걸린 해말간 風景畵、
옷고름너어는 孤兒의설음

이제 첫航海하는 마음을 먹고
방바닥에 나딩구오……딩구오……619)

黃昏이 바다가되여
오늘도 數많은 배가
나와함께 이물결에 잠겨슬 게오。

618) ≪올마오고.≫는 원래 ≪올마온다≫.
619) 5련 1,2행에 붉은 색연필로 옆줄이 그어져있음.

慰勞[620]

거미란 놈이[621] 흉한심보로 病院뒷뜰난간과꽃밭사이[622] 사람발이 잘다찌[623] 않는 곳에 그믈을처 놓앗다、屋外療養[624]을 받는 젊은사나이가 누어서 치여다[625]바르게——

나비가한마리 꽃밭에 날어들다 그믈에걸리엿다、노—란날개를 파득거려도 파득거려도 나비는[626] 작고 감기우기만한다、거미는 쏜살가치 가더니 끝없는[627]끝없는실을뽑아나비의 온몸을 감아버린다 사나이는 긴한숨을쉬엿다。

나(歲)보담무수한 고생 끝에 때를잃고 病을얻은 이사나이를慰勞할말이—— 거미줄을 헝크러 버리는 박에[628] 慰勞의 말이없엇다。[629]

---

620) 이 작품은<八福>이 씌여있는 종이의 뒤면에 씌여있음.
　* 이 작품이 <慰勞>의 초고인것으로 판단됨.
621) ≪거미 란 놈이≫의 ≪란≫앞에 ≪라≫를 썼다가 지움. ≪病院뒷뜰≫은 삽입되였음.
622) ≪밭사이≫와 ≪사람발이≫사이에 ≪인기책없는 드문≫이 삭제되였음.
623) ≪사람발이 잘 다찌≫는 원래 ≪사람의발이 다치≫.
624) ≪療養≫은 처음에 ≪治療≫를 쓰려다가 ≪療養≫으로 고친듯함.
625) ≪치여다≫는 원래 ≪처여다≫.
626) ≪파득거려도≫와 ≪자고≫사이에 ≪나비는≫이 삽입되였음.
627) ≪끝없는≫의 우에 ≪실≫이 삭제되였음.
628) ≪박에≫는 원래 ≪外에≫.
629) * 참고 : 낱장으로 된 원고에 있는 동제목의 작품은 다음과 같음.

　慰勞

거미란 놈이 흉한 심보로 病院 뒤ㅅ뜰
난간과 꽃밭사이 사람발이 잘 다찌않
는곳에 그믈을 처 놓앗다。屋外療
養을 받는 젊은 사나이가 누어서
치여다 보기 바르게 ——

나비가 한마리 꽃밭에날어들다 그믈에
걸리엿다。노 — 란 날개를 파득거려도

八福630)

마태福音五章三 —— 十二、631)

슬퍼 하는자는 복이 있나니
슬퍼 하는자는 복이 있나니
슬퍼 하는자는 복이 있나니
슬퍼 하는자는 복이 있나니
슬퍼 하는자는 복이 있나니
슬퍼 하는자는 복이 있나니
슬퍼 하는자는 복이 있나니
슬퍼 하는자는 복이 있나니632)

저히가 永遠히633) 슬플것이오。

파득거려도 나비는 작고 감기우기만한
다。거미가 쏜살같이가더니 끝없는끝
없는실을뽑아 나비의 온몸을 감어버
린다。사나이는 긴 한숨을쉬엿다。

나(歲)보담 무수한 고생끝에 때를잃
고 病을 얻은 이사나이를 慰勞할말이
—— 거미줄을 헝크러 버리는 것박에
慰勞의말이 없었다。

一九四○、十二、三、

630) 이 작품은 <慰勞>가 씌여 있는 종이의 뒤면에 씌여있음. 작품 전체에 네모로 테두리가 쳐져 있으며, 그 테두리의 오른쪽에 ≪八 / 슬퍼ᄒᆞ는ᄌᆞᄂᆞ쟈는복이있나니≫가 씌여졌다가 삭제되였음.

631) ≪마태福音五章三 —— 十二≫는 처음에 ≪마태五章四節≫에서 ≪마태五章三節≫로, 다시 ≪마태福音五章三——十二≫로 수정되였음.

632) 8행과 9행 사이의 다음 2행이 삭제되였음.
저히가 永遠히 슬플것이오。
저히가 위로함을받을것이오

633) ≪永遠히≫는 원래 ≪오래≫. ≪오≫와 ≪래≫사이에 >표시가 있음.

慰勞634)

거미란 놈이 흉한 심보로 病院 뒤ㅅ뜰 난간과 꽃밭사이 사람발이 잘 다찌않는곳에 그믈을 처 놓앗다. 屋外療養을 받는 젊은 사나이가 누어서 치여다 보기 바르게 ——

나비가 한마리 꽃밭에날어들다 그믈에 걸리엿다. 노—란 날개를 파득거려도 파득거려도 나비는 작고 감기우기만한다. 거미가 쏜살같이가더니 끝없는끝없는실을뽑아 나비의 온몸을 감어버린다. 사나이는 긴635) 한숨을쉬엿다.

나(歲)보담 무수한 고생끝에 때를잃고 病을 얻은 이사나이636)를 慰勞할말이 —— 거미줄을 헝크러 버리는 것박에 慰勞의말이 없엇다.

一九四〇、十二、三、

病院637)

살구나무 그늘로 얼골을 가리고 病院뒷뜰에 누어 젊은女子가 힌옷아래로 하얀다리를638) 들어내 놓고 日光浴을 한다. 한나절이639) 기울도록 가슴640)을 알른다는 이 女子를찾어오는이 나비

---

634) 이 작품은 <病院>이 씌여 있는 종이의 뒤면에 씌여있음.
635) ≪긴≫우의 ≪근≫이 삭제되였음.
636) ≪사나이≫의 ≪나≫는 삽입되였음 .
637) 이 작품은<慰勞>가 씌여있는 종이의 뒤면에 씌여있음. 제목 오른쪽 밑에 ≪病≫이 씌여 있음.
638) ≪하얀다리를≫과 ≪들어내 놓고≫사이에 ≪무렆곽 까지≫가 삭제되였음.
639) ≪한나절이≫는 원래 ≪한낮이≫.
640) ≪가슴≫에 옆줄이 있음.

한마리도없다. 슬프지도않은 살구나무가지에는 바람조차없다.

나도모를아픔을[641] 오래참다[642]、처음으로[643] 이곳에[644]찾어왓다、그러나 나의 늙은의사는젊은이의[645]病을모른다、나안테는病이없다고 한다、이 지나친 試鍊、이지나친 疲困[646]、나는성내서는 않된다、

[647]女子는 자리에서 일어나[648] 옷깃을 여미고、[649]花壇에서金盞花한포기를 따 가슴에꼽고.[650] 病室로 살어진다、나는[651]그 女子의健康이—아니 내健康도[652] 速히 回復되기를바라며 그가 누엇든 자리에 누어본다。

---

641) ≪아픔을≫은 원래 ≪아픔에≫.

642) ≪나도모를아픔을오래참다、처음으로 이곳에찾어왓다、≫는 원래 ≪처음으로 이곳에 찾어왓다、/ 나도모를아픔이오래참다、≫.

643) ≪처음으로≫우의 ≪나는≫이 삭제되였음.

644) ≪이곳에≫의 ≪이곳≫은 원래 ≪病院≫.

645) ≪젊은이의≫는 삽입되였음.

646) ≪이 지나친 試鍊、이지나친 疲困≫의 ≪試鍊≫은 처음에 ≪放□≫, ≪疲困≫의 순으로, 다시 ≪試鍊≫으로 수정되였음. ≪疲困≫은 ≪悔悟≫로 한 번 수정되였다가 다시 ≪疲困≫으로 수정되였음.
≪放□≫의 ≪□≫은 ≪逸≫인 듯하나 정확한 판독은 불가능함.

647) 3련 첫행 우에 다음 1행이 삭제되였음.
花壇에서 金盞花한포기를 따 가슴에 꼽고

648) ≪일어나≫앞에 ≪얼≫이 씌여졌다가 삭제되였음.

649) ≪여미고≫와 ≪花壇에서≫사이에 ≪스레파를끌며≫가 삭제되였음.

650) ≪가슴에꼽고≫는 원래 ≪두손으로 가슴에꼽고≫. ≪꼽고≫는 원래 ≪부치고≫.

651) ≪나는≫과 ≪그여자의健康이≫사이에 ≪速히≫가 삭제되였음.

652) ≪내健康≫과 ≪回復되기를≫사이에 ≪速히≫가 삽입되였음.

못자는밤、[653]

하나、둘、셋、네
……………………
밤은
많기도 하다。

흐르는 거리.[654]

돌아와보는밤、

세상으로부터 돌아오듯이
이제 내좁은房에돌아와서
불은 끄옵니다.

불을 켜두는것은너무나피롭은 일옵니다.
그것은낮의延長[655]이옵기에.

---

653) 이 작품은 ≪八福≫이 씌여 있는 종이의 뒤면에 씌여있음.
○ 작품의 왼쪽에 아래와 같이 씌여있음.

ウオルドォ・フランク

美を求めれば求めるほど、生命が一個の
価値であることを認める。何となれば美を
認めることは、生命への參與を喜んで
承認し、生命に參加することに他ならないので
あるから、

654) * 참고 : 육필 자선 시집에는 이 작품의 제목이 ≪돌아 와보는밤≫으로 되여있음. 立教大學 시절의 작품 중에 ≪흐르는 거리≫라는 제목의 또 다른 작품이 있음.
655) ≪延長≫의 ≪延≫에 고친 흔적이 있음.

박을가만히 내다보아야
房안과같이 어두어
꼭 세상같은데

비를밪고오든길이 그대로.에남어있사옵니다.[656]

하로의[657]울분을 씻을 바없어
가만히눈을감으면
마음속으로[658]흐르는소리、이제、
　思想이능금처럼저절로[659]익어가옵니다[660]

肝

바닷가 해빛 바른 바위우에
습한 肝을 펴서 말리우자、

코카사쓰山中에서 도맹해온 토끼처럼
둘러리를 빙빙 돌며 肝을 직히자、

내가 오래 기르든 여윈 독수리야!

656) 그대로.에남어있사옵니다.≫는 처음에 ≪어둠속에남어 있사옵니다.≫에서 ≪빗속에그대로.남어있사옵니다≫로, 다시 ≪그대로.에남어있사옵니다.≫로 수정되였음. ≪그대로.에남어있사옵니다.≫의 ≪에≫는 ≪어둠속에≫의 일부로서 지워지지 않고 남은 부분으로 판단됨.
≪남어≫는 원래≪남어남어≫.

657) ≪하로의≫는 삽입되였음.

658) ≪마음속으로≫우의 ≪소≫가 삭제되였음.

659) ≪저절로≫는 삽입되였음.

660) 4련은 삽입되였음. 원고지 왼쪽 끝에 씌여졌고 화살표로 삽입 표시되여있음.

와서 뜨더먹어라、시름없이

너는 살지고
나는 여위여야지、그러나、

거북이야!
다시는 龍宮의 誘惑에 않떠러진다。

푸로메디어쓰 불상한 푸로메디어쓰[661]
불도적한 죄로 목에 맷돌을 달고
끝없이 沈澱하는 푸로메드어쓰、[662]
一九四一、十一、二九日、

懺悔錄[663]

파란 녹이 낀 구리 거울속에[664]
내얼골이 남어있는것은
어느 王朝의遺物이기에
이다지도 욕될가

나는 나의懺悔의글을 한줄에 주리자、
— 滿二十四年一個月을
무슨깁븜을바라살아왔든가

661) 행 끝의 ≪프로메디어쓰≫는 원래 ≪푸로메드어쓰≫.
662) 마지막 행은 원고지 왼쪽 끝 여백에 씌여졌음.
663) 제목에 옆줄이 그어져있음.
664) ≪거울속에≫의 ≪속≫은 삽입되였음.

내일이나 모레나 그어느 즐거운날에
나는 또 한줄의 懺悔錄을 써야한다。
— 그때그 젊은나이에
　웨그런 부끄런 告白을 했든가。

밤이면 밤마다665) 나의거울을
손바닥으로 발바닥으로닦어보자

그러면 어느666) 隕石밑우로 홀로거러가는
슬픈사람의 뒷모양이
거울속에 나타나온다。

一月二十四日.667)

힌그림자668)

黃昏이 지터지는 길모금에서
하로종일 시드른 귀를 가만이 기우리면

---

665) ≪밤마다≫는 원래 ≪밤이면≫.

666) ≪어느≫는 원래 ≪어는≫.

667) 노트 아래쪽 여백에 가로선이 그어져있으며 그 가로선 아래 ≪joy≫ ≪happy≫ ≪sentimentalism≫ ≪poetry≫ ≪poege≫ ≪poem≫ ≪poem≫ 등의 영어단어들이 빗살무늬 모양의 선들로 지워져있음. 또 그 아래에 한자와 한글로 된 단어들이 왼쪽에서 오른쪽으로 다음과 같은 순서로 씌여져있음.
≪悲哀禁物≫(테두리), ≪古鏡≫(옆줄), ≪古鏡≫, ≪詩란? 不知道≫(테두리와 밑줄), ≪文學≫ ≪生活≫ ≪生存≫ ≪生≫ ≪힘≫ ≪上級≫(≪文學≫부터 ≪上級≫까지 한 테두리), ≪航≫, ≪渡航≫, ≪渡≫, ≪證明≫, ≪詩人의生日≫, ≪落書≫.

668) 이하는 동경유학시절 작품.
<힌그림자>이하 동경 시절의 작품 다섯편은 모두 立教大學 용지에 씌여졌음. 용지 왼쪽 우에는 立教大學의 상징 문양과 함께 ≪RIKKYO UNIVERSITY≫가 인쇄되여 있음.

땅검의 옴겨지는 발자취소리、

발자취소리를 들을수있도록
나는총명했든가요。

이제 어리석게도 모든것을 깨다른다음
오래 마음 깊은속에
괴로워하든 수많은 나를
하나、둘 제고장으로 돌려보내면
거리모퉁이 어둠속으로
소리없이사라지는힌그림자、

힌그림자들
연연히 사랑하든 힌그림자들、

내모든것을 돌려보낸뒤
허전히 뒷골목을 돌아
黃昏처럼 물드는 내방으로 돌아오면

信念이 깊은 으젓한 羊처럼
하로 종일 시름없이 풀포기나 뜻자。

四、十四、

사랑스런追憶

봄이오든 아츰、서울 어느쪼그만 停車場에서
希望과 사랑처럼汽車를 기다려669)、

나는푸라트·ᅗᅩᆷ에 간신한그림자를터러트리고、
담배를 피웠다。

내 그림자는 담배연기 그림자를날리고、
비둘기 한떼가 부끄러울것도없이
나래속을 속、속、햇빛에빛워、날었다。

汽車는아무새로운소식도없이
나를 멀리 실어 다 주어、

봄은 다가고—— 東京郊外어느조용한下宿房에서、옛거리에남은
나를 希望과사랑처럼 그리워한다.

오늘도 汽車는몇번이나 無意味하게지나가고、

오늘도 나는 누구를기다려 停車場가차운
언덕에서 서성거릴게다。

——아아 젊음은 오래 거기 남어있거라。

五月十三日、

흐르는거리

으스럼이 안개가 흐른다。거리가 흘러간다。저 電車、自動車、모든 바퀴가 어디로 흘리워 가는 것일가? 定[670]泊할 아무港口도없

669) ≪기다려≫의 ≪기≫는 원래 ≪가≫

이、가련한 많은 사람들을 실고서、안개속에 잠긴 거리는、

거리모통이 붉은 포스트상자를 붓잡고、서슬라면 모든것이 흐르는속에 어렴푸시빛나는 街路燈、꺼지지 않는것은 무슨象徵일까? 사랑하는동무 朴이여! 그리고金이여! 자네들은 지금 어디 있는가? 끝없이 안개가 흐르는데、

「새로운날아츰 우리 다시 情답게 손목을잡어 보세」 몇字 적어 포스트속에 떠러트리고、밤을 새워 기다리면 金徽章에 金탄추를 삐였고 巨人처럼 찬란히 나타나는 配達夫、아츰과 함께 즐거운 來臨、

이밤을 하욤없이 안개가 흐른다。

五月十二日.

쉽게씨워진詩

窓밖에 밤비가 속살거려
六疊房은남의나라、

詩人이란 슬픈天命인줄알면서도
한줄[671]詩를 적어볼가、
땀[672]내와 사랑내[673] 포그니 품긴

670) ≪定≫은 ≪停≫또는 ≪碇≫의 오자인듯함.
≪가련한 / 많은 사람≫은 원래≪가련한 / 사람≫.
671) ≪한줄≫우에 다른 글자의 흔적이 있음.

보내주신[674] 學費封套를받어

大學노—트를 끼고
늙은教授의講義 들으려간다。

생각해보면 어린때동무를
하나、둘、죄다 잃어버리고

나는무얼 바라
나는 다만、홀로 沈澱하는것일가?

人生은 살기어렵다는데
詩가 이렇게 쉽게 씨워지는것은
부끄러운[675] 일이다。

六疊房은남의나라、
窓밖에 밤비가속살거리는데[676]、

등불을 밝혀 어둠을 조금 내몰고[677]、
時代처럼 올 아츰을 기다리는 最後의 나、

나는 나에게 적은손을내밀어
눈물과 慰安으로잡는 最初의 握手、

一九四二、六 、三

672) ≪땀≫아래에 다른 글자의 흔적이 있음.
673) ≪사랑내≫는 원래 ≪사랑내가≫.
674) ≪보내주신≫우에 다른 글자의 흔적이 있음.
675) ≪부끄러운≫우에 다른 글자의 흔적이 있음.
676) ≪窓밖에 밤비가속살거리는데、≫는 노트의 왼쪽끝 여백에 씌여졌음.
677) ≪내몰고≫는 원래 ≪내몰아≫.

봄

봄이 血管 속에 시내처럼 흘러
돌、돌、시내가차운 언덕에
개나리、진달레、노—란 배추꽃、

三冬을 참어온 나는
풀포기 처럼 피여난다。

즐거운 종달새야
어느 이랑에서나 즐거웁게 솟처라。

푸르른[678] 하늘은
아른、아른、높기도한데……

678) ≪푸르른≫은 원래 ≪푸른≫.

리우 편

해제

건국전 리욱의 시세계

권 철

Ⅰ. 서론

저명한 시인 리욱(1907-1984)은 20세기 20년대로부터 80년대 중엽에 이르기까지 60여성상을 조선민족과 운명을 함께 하면서 시창작에 정진하여 조선민족의 시문학발전에 마멸할수 없는 기여를 하였다.

시인 리욱[1]은 1907년 7월 25일 로씨야 연해주 신한촌(일명 고려촌)에서 한 가난한 한의 리한을의 맏아들로 태여났다. 본래 시인의 가정은 그의 증조부때에 중국 화룡현 강장동에 이주하여 살았으나 거기서도 빈궁에서 벗어나지 못하였다. 그러다가 살기 좋다는 소문을 듣고 로령 신한촌으로 이사하였는데, 정작 가보니 거기도 여의치가 않았다. 그래서 그가 세살나던 해인 1910년에 그의 가정은 다시 전에 살았었던 강장동으로 돌아왔다.

그의 조부는 한학자로서 서당 훈장을 지낸분이였고 부친도 한학을 익힌 한의였다. 이로하여 시인은 어릴때부터 한학자들의 슬하에서 한문을 배우고 서예를 익히였다. 이런 한문화적풍토와 그속에서 익힌 한문은 후일 그의 시창작에 토대를 닦아주었고 또한 시풍격의 형성에 영향

1) 그의 애시적 이름은 리수룡이였으나 30년대 후반에 리학성으로, 광복후에는 리욱으로 개명하였다. 이밖에 여러 가지 별명과 필명이 있다.

을 주었다.

그는 좀 뒤늦게 당지에서 소학교를 마치고 1924년 4월에 룡정동흥중학교 2학년에 편입하여 공부하였으나 가계가 쪼들리여 그 이듬해 7월에 학교를 중퇴하였다. 그 뒤 그는 회양, 창동 등 소학교에서 교편을 잡으면서 한편 시창작에도 열심하였다. 시인은 1924년에 처녀작 ≪생명의 례물≫을 발표한 뒤를 이어 여러편의 서정시를 발표하였고 또한 단편소설 ≪파경(破鏡)≫을 발표하여 세인의 이목을 끌었다.

1930년 초봄에 사회주의사조에 고무되여 쏘련에 가서 진학하려는 욕망을 품고 근년래 짬짬이 써두었던 시고를 챙겨가지고 연해주로 갔었으나 소망을 이루지 못하고 다시 돌아와 농사를 하였다. 1937년 7월에 그는 ≪조선일보≫와 ≪조광≫의 간도특파원을 맡고 기자 겸 신문잡지의 발행에 종사하였다. 일제에 의하여 상기 간행물이 페간된 뒤로는 연길서점의 점원으로, 1994년 5월에 이르러서는≪매일신보≫의 연길주재림시기자로 들어가 한동안을 보냈다.

1945년 8월 다함없는 희열과 감격으로 광복을 맞이한 시인은 곧 리욱으로 개명하고 다함없는 열의로 시창작에 정진하였다. 그리고 그는 선후로 ≪간도예문협회≫ 문학부장과 ≪동라문인동맹≫ 시문학분과의 책임자로, 그리고 문예지 ≪불꽃≫의 편집으로 활약하였다.

1946년초 시인은 동북군정대학길림분교에 적을 두었다. 그는 당시 학습과 교학에 몰두하면서 시창작도 열심히 하여 1947년에는 드디어 자기의 첫시집 ≪북두성≫을 출간하였다. 1948년 군정대학을 나온 그는 ≪대중≫지의 주필, 연길대중도서관관장을 지냈으며 1949년에는 두번째 시집 ≪북륙의 서정≫을 간행하였다.

시인 리욱은 1949년 4월 연변사범학교에 취임되여 교편을 잡다가 1951년 11월에 연변대학 조문학부에 영전하였는데 그뒤로는 줄곧 세계문학사 강의를 맡아 나섰다. 시인은 교수사업을 착실히 하는 한편 시창작에도 열심하여 많은 성과를 내였다. 시인은 선후로 시집 ≪고향사람들≫(1957년)과 서정서사시 ≪연변의 노래≫(한문, 1957년), 시집 ≪장백산하≫(한문, 1959년)를 출판하였다. 이와 같은 빛나는 업적들은 그의 시문학의 지평을 더한층 넓혀주었다.

시인은 만년에 이르러서도 계속 자기의 시혼을 불태우면서 많은 시편들을 창작하였다. 그는 이 시기에 철리적색채가 짙은 단시들과 그의 만년의 시적경향을 보여준 시 ≪땅의 노래≫를 발표함과 더불어 자선시집 ≪리욱시선집≫(1982년)과 장편서사시 ≪풍운기≫(제1부)를 세상에 내놓았다. 그리고 장편서사시 ≪풍운기≫(제2부)를 탈고하고 또 자선시집 ≪땅의 노래≫와 한시집 협중시사(篋中詩詞)를 펴냈으나 불행히도 지병으로 이 시집들의 발행을 보지 못한채 1984년 2월 6일, 77세를 일기로 빛나는 일생을 마감하였다.

1988년 9월 5일, 조선민족시단의 개척자인 리욱시인을 기리기 위하여 시인의 고향 화룡현 로과향 호곡령에 그의 시비를 세웠으며 1997년 7월 25일 연변대학 조문학부, 중국작가협회 연변분회 등 단위의 공동주최로 ≪시인 리욱 탄신 90돐기념학술토론회≫를 성황리에 거행하였다.

그리고 2002년 8월에는 그의 시작을 집대성한 ≪리욱문학편≫(≪중국조선족20 세기문학사료전집≫ 제2집)을 연변인민출판사에서 출판하였다. 이는 우리 문단과 조선족시가발전사에 빛나는 한페지를 장식하여 주었다.

시인 리욱은 1924년에 서정시 ≪생명의 례물≫을 ≪간도일보≫에 발표한 때로부터 1949년 중화인민공화국의 탄생을 맞기까지의 20여년 사이에 많은 시편들을 창작, 발표하였다. 그러나 일제 통치시기에 발표한 적지 않은 작품들은 파쑈적 문화전제주의 유린속에서 산일되다보니 지금 찾아볼수 있는 그의 시작은 50여편에 지나지 않는다.

시인의 처녀작 ≪생명의 례물≫에서는 ≪생명≫을 ≪밤의 광야≫를 헤치고 내닫는 ≪거류≫로 ≪창조의 힘≫으로 열렬히 구가하였다. 이렇듯 시인은 당시 민족적사명감으로 자기를 불태우던 진보적청년들의 드팀없는 력사의식과 앞으로 나갈 길에 대한 철리적사색을 확인하고 있다.

서정시 ≪봄비≫(1925년), ≪눈≫(1929년), ≪님찾는 마음≫(1930년) 등은 고국과 겨레에 대한 서정적주인공의 다함없는 충정을 토로하고 고결한 민족적품성을 감명깊게 구가한 작품들이다.

시인의 해방전 시창작의 전성기는 1940년 좌우시기로 간주된다. 이시기에 시인은 ≪만선일보≫와 조선에서 간행된 ≪조광≫ 등에 적지 않은 시작을 발표하였다. 지금 전해지고 있는 주요작품으로는 서정시 ≪躑躅花≫(1935년), ≪바위≫(1935년), ≪금붕어≫(1939년), ≪月夜梵鍾≫, ≪샘≫, ≪血痕에 핀 꽃≫(1940년), 1942년에 연길에서 출판된 ≪재만조선시인집≫에 수록된 ≪나의 노래≫, ≪5월≫, ≪락엽≫, ≪별≫과 또한 해방을 전후하여 내놓은 ≪모아산≫(1944년), ≪驛馬車≫(1945년), ≪북두성≫(1945년), ≪5월의 붉은 맘씨≫(1945년) 등이 있다.

1931년≪9.18≫ 이후 일제의 반동적 민족동화정책의 강요로 하여 겨레의 민족성이 유린당하여 날로 이지러져가는 그런 위기적관두에 시대의 대언자로서 민족의 넋을 지키는 것은 드틸 수 없는 시대적 사명이였다. 이에 시인은 숭고한 민족의 정신과 품성을 구가한 많은 시편을 세상에 내놓았다. 서정시 ≪躑躅花≫, ≪血痕에 핀 꽃≫ 등을 그 대표작으로 들수 있다.

서정시 ≪躑躅花≫는 1936년 일제가 조선민족의 민족성을 부정하고 거세하기 위하여 소위 ≪황민화운동≫을 벌리던 시기에 발표한, 길항의 의지를 읊조린 시작이다.

봄은 파일고개도 넘어
탐탁한 躑躅꽃이
하염없이 지길래
시드는 꽃송이에
내 진정한 이야기를 부치오。

이렇게 허두를 뗀 이 시에서는 이어 척촉화와 대화하며 그것에 깃든 심원하고도 숭고한 품성을 돋혀내였다.

오! 傳說의 나라 躑躅아
이제 盛裝을 버린 너는
여름철에
百合꽃을 부러할테냐?
가을철에
山菊花도 부러할테냐?
— 아니오
— 아니오
그렇길래
나는 너의 젊은 青春을 사랑했다。
나는 너의 타는 情熱을 사랑했다。

이 시에서는 척촉화을 질박하면서도 단정하고 아름다우며 그 어떤 처경하에서도 드놀지 않는 강의한 성정의 소유자로 형상화하였다. 여기서 노래한 척촉화는 고국이나 겨레또는 시인의 심미적리상에 다름아니다. 이시는 그 뜻이 심원하고 정서가 다감하며 그 격조가 드높은 등으로 이채적이다.

서정시 ≪血痕에 핀 꽃≫도 깊은 감명을 주는 시편이다. 이 시의 허두에서는 간악한 일제의 파쇼통치를 반대하여 일떠섰던 민족의 선구들의 가렬처절한 투쟁을 구상화하고 나서, 이어 이런 선구들의 투쟁으로 하여 바야흐로 ≪력사의 위치≫를 드팀없이 바꾸게 될 그 날을 예언, 환호하고있다.

때는 悔恨의 影子를 감추고
歷史는 위치를 바꾸었다。
잃어진 生理를 얻어

빼앗긴 靑春을 찾어
人生의 大河에 나리거니
人間의 密林에 들거니
……

옛花壇에 어서나가 씨를 뿌리자
그리고 봄을 불러 꽃을 피우리라
꽃을 피우리라[2]

이같이 회열과 열정으로 충일된 시행속에는 ≪력사≫는 이미 ≪위치≫를 바꾸고 ≪잃어진 생리를 얻었≫으니 모두들 서둘러 일떠서야 한다고 정열적으로 호소하고 있다.

1940년대에 진입하여 그같이 험악한 문화적환경속에서도 시인은 당국의 눈을 기이며, 민족의식을 선양한 시를 창작하기에 혼신의 힘을 다하였다. 이때 발표한 시 ≪별≫, ≪落葉≫, ≪모아산≫, ≪북두성≫ 등은 그 대표적시편들이다.

---

2) 이에서는 종합시집 ≪태풍≫에 수록된 ≪血痕에 핀 꽃≫에 준함.

……

별은
함박꽃처럼 피어나는 호젓한 이밤에
萬年夢에 파문혀서
恍惚한 神話를 속삭이느니
이제 별은
나의 가슴속 적은 湖水에도
푸른 鄕愁를 물고 내려 고이 잠든다.
고이 잠든다.

이상은 시 ≪별≫의 마지막 부분이다. 시 ≪별≫에서 우리는 그런 느낌을 받는다. 곧 향수란 어휘가 밤과 호응됨으로써 그 향수는 밤의 어두움속에 절멸해버리는 것이 아니고 황홀한 신화를 속삭이며 시인의 가슴속 호수에 고이 잠드는 시상을 만든다. 그리고 가슴속 호수에 잠드는 그 별은 어느날 다시 만년몽의 신화로 깨여날 암시를 준다. 향수에 찬 마음으로 이역의 밤하늘을 응시한 시인의 정감이 자기 초월의 세계에로 진입하는 시행속에서 독자가 다시 발견하는 것은 그러한 시대의 어두운 력사의 현장을 벗어나려는 가녀린 의지이다. 그리고 퇴행적회상이 아니라 유원하고 적료하고 정다운 별속에 향수를 푸르른 꿈으로 치환하려는 자기 인식이다.≫[3)]

서정시 ≪금붕어≫도 또한 시인의 미학적리상을 펼쳐보인 뜻깊은 시편이다.

백공작이 날개펴는
바다가 그립고 그리워
항시 칠색무지개를 그리며

3) 오양호 저 ≪한국문학과 간도≫ 108페지.

련꽃항아리에서
까무러진 상념에
툭—툭 꼬리를 친다.

안타까운 운명에
애가 타고나서
까만 안공에 불을 켜고
자주 황금갑옷을 떨치나니

붉은 산호림속에서
맘대로 진주를 굴리고 싶어
줄곧 창너머로
푸른 남천에
희망의 기폭을 날린다.

이상은 시 ≪금붕어≫의 전문이다. 이 시에서의 ≪백공작≫은 태양을 상징한것이라면 ≪금붕어≫는 서정적주인공으로 또는 비운에 모대기는 우리 겨레로 읽을수 있다. 작중에서는 항시 자유를 억압하는 질곡적인 현실을 거부하고 ≪칠색무지개를 그리며≫ 대해속에서 ≪붉은 산호림≫을 애타게 찾는 ≪금붕어≫를 형상화함으로써 미래에 대한 시인의 동경을 구김없이 펼쳐보이고있다.

시 ≪모아산≫과 ≪북두성≫은 일제의 패망을 눈앞에 둔 가장 암울하였던 광복전야에 읊조린 시편들이다.

시 ≪모아산≫에서는 칠야나 진배없는 숨막히는 현실하에서도 더없이 명백한 력사의식으로써 종래로 ≪굴함없는≫ 민족의 상징 ≪모아산≫과 울려오는 민족승리의 ≪산울림≫을 격조높이 구가하였다.

시 ≪북두성≫은 캄캄칠야 어둠이 지새는 광복전야에 읊조린, 이 시기 시인의 격정과 시풍을 구김없이 보여준 대표작이다. 시인은 이 시를 읊조릴 때의 정경을 다음과 같이 피력하였다.

≪하늘높이 떠있는 북두성을 정다운 눈매로 바라보며 위대한 리상을 그리는 심정으로 하나하나 별들을 헤아리고 있다. 순간 자기도 모르게 그 무리에 끼워 떠오르는 생각을 멀리 달랠 때 뭇별들은 다 경경히 북두성을 향하고 있음을 보게 되었다. 이 경상은 나로 하여금 피눈물로 차 흐르던 세월은 곧 지나가고 말라빠진 대지에는 봄날이 깃들것이라는 것을 굳게 믿게 하였다.≫ 4) 이렇게 바야흐로 일어날 격변에 고무된 시인은 그 솟구치는 격정을 격조높이 쏟아놓고 있다.

……
그윽히 피여 올으는 紫煙속에
天文이 움즉(직?)이다。
神話가 바서지다

보아 千年
생각해 萬年
줄기줄기 흐른 꿈은
지금 내 맘속에 薔薇園을 이룩하고

구름을 밟고 기러기 나간뒤
銀河를 지고 달도 기우러。

오오, 밤은 象牙처럼 고요한데
우러러 斗柄을 재촉해
亞細亞 山脈너메서

---

4) ≪중국소수민족작가략전≫제128페지 1982년 청해출판사출판.

이江山 새벽을 소리쳐 일으키다。

이상에서 보다싶이 시≪북두성≫은 시인의 1940년대 이전의 시작들에 비하여 민족승리의 신념이 더욱 확신적이고 그 정서가 격정적이고도 명랑하다.

시인의 해방전 시작에는 또한 적지 않은 한시들, 이를테면 ≪暮春≫(1925년), ≪登仙境臺≫(1936년), ≪夕陽≫(1940년), ≪漁翁≫(1943년), ≪月夜野遊≫(1945년) 등과 같은 감미로운 시작들이 있으나 이에서는 그 소개를 줄인다.

이상 시인의 해방전 시작에 대한 대략적인 고찰에서나마 보다싶이 시인은 20년대 중엽으로부터 민족과 운명을 같이하면서 우리 겨레의 지조와 념원과 동경을 격조높이 구가하였다. 그런데 일제의 무단통치가 극에 달하였던 1940년대 중기에 시인은 인식의 제약성과 일제 통치리념에 대한 둔감 등으로 하여 ≪첩보≫, ≪百年夢≫과 같은 시편을 내놓아 그의 시창작에 오점을 남기였다. 시인은 일찍 이런 시작을 부정하고 재삼 용서 못할 자기의 소위를 뉘우치였다.

시인의 해방전의 시작을 총괄적으로 볼 때 그의 시작에는 이런저런 오류들을 동반하고는 있으나 그의 절대부분 시작은 시종 강렬한 민족의식으로 자기를 불태우면서 민족수난의 현실을 저주하고 민족의 얼과 념원과 동경을 대언하고있다. 그리고 그의 시는 랑만주의적인 색채가 짙은 것이 특징적이다. 이밖에 시인은 중국의 한문시에서 시의 의경(意境)설, 격률시 작시법 등에서 여러 가지 장점들을 섭취하고 있으며 아름답고 함축성이 있는 언어의 세련에서 근엄하고 고심한 노력들을 기울여 자기나름의 시풍을 이루고있다.

1945년 8월15일 더없는 감격과 환희속에서 해방을 맞은 시인은 참신한 정치적열정과 자태로 시창작에 나섰다. 그는 해방을 맞은 그때로부터 새중국의 창건에 이르는 사이에 맡은바 사업으로 나날을 분망히 보내면서도 시창작에 정진하여 수십편의 시를 발표하였으며 시집 ≪북두성≫과 ≪북륙의 서정≫을 간행하여 이 시기 시단을 빛내이였다.

시인은 시대의 전초에 서서 해방을 맞은 인민대중의 희열과 더불어 오늘의 해방을 가져다준 선렬들에 대한 경모의 정을 구가하고 국내혁명전쟁과 민주개혁에서의 새로운 승리를 찬미한 많은 시편들을 발표하였다.

이런 시들에는 해방을 맞은 벅찬 감회를 읊조린 ≪비문≫(1945년), ≪역마차≫(1945년), 해방의 날을 새로운 천지, 새로 맞는 애인, 오래간만에 돌아온 아들에 비유하면서 목메이게 웨친 ≪그날의 감격은 새로워≫(1947년) 등과 같은 돋보이는 시작들이 있다. 이런 시작들은 우리 민족의 시문학에서 처음으로 민족해방의 의미와 감격, 다함없는 긍지를 증언한 의의있는 시작들이다.

이 시기의 시인은 또한 인민해방전쟁과 토지개혁 등 각항 민주개혁의 진척으로 변모되여가는 인민대중의 생활을 다감하게 노래한 시 ≪젊은 내외≫(1948년), ≪석양의 새농촌≫(1948년), ≪강산도 빛나라 력사도 새로워라≫(1948년) 등과 같은 시작들을 적지 않게 내놓았다. 이런 시작들에는 토지개혁의 거대한 력사적의의에 대한 형상적인 확증, 날로 변모, 발전하는 농촌의 새로운 생활에 대한 열렬한 구가와 더불어 더없이 아름다워질 미래에 대한 랑만을 읊조리고 있다.

이 시기에 시인은 현실생활의 거대한 변화를 구가함과 더불어 흘러간 지난날에 눈초리를 돌리고 비운에 허덕이던, 민족의 피눈물로 얼룩진 수난사와 험악하였던 력사현장을 생신하게 펼쳐보인 시작들을 내놓았다. 시 ≪5월의 붉은 맘씨≫(1947년), ≪두만강에 묻노라≫(1947년), ≪옛말≫(1947년)등은 그 좋은 례로 된다.

초록치마에
갑사댕기처럼 진한 5월의 붉은 맘씨
5월은
죽은 누나를 불러도
아니 오는 누나는
옛둥이에 제비를 보내였구나!
누나가 죽든 가을
나는 울며
단풍이 붉었다。

이는 시 ≪5월의 붉은 맘씨≫의 허두의 한 대목이다. 이 시에서는 풍년든 가을, 그것도 한가위날을 사흘 앞두고 허망하게도 굶어죽은 누나의 비극을 읊조리고있다. 집에서는 굶주림에 병들어 뼈만 앙상하게 남은 딸자식이 굶어 죽어가고있으나 아버지는 우차에 벼를 산더미처럼 싣고 가서 최부자집 낟가리만 가려야만했던, 지난날의 쓰라린 생활을 짙은 민속화로 펼친 이 시는 피눈물로 얼룩진 우리 민족의 수난사에 대한 리얼한 증언에 다름아니다.

서정서사시 ≪두만강에 묻노라≫와 ≪옛말≫도 감명깊은 이채적인 시작이다. 시인은 이런 시작에서 장기적으로 되는 력사생활의 체험에 토대하여 두만강 젖줄기에 매달려 살아온 민족인민들의 쓰라린 생활을 예술적화폭으로 전시하면서 이 고장의 주인으로 행복하게 삶을 영위하는 인민대중들의 격정을 풍만한 시정으로 노래하고 있다.

새 중국의 탄생은 중국의 력사에 새로운 기원을 열어놓았다. 시인은 다함없이 격변하는 거대한 력사적사건을 열렬히 환호하면서 우리 시단에 영향력을 산생시킨 많은 시편들을 남겨 우리 시문학의 발전에 크게 기여하였다.

생명의 례물

生命은
宇宙이다
그러나 宇宙는 生命보다 작다。

山
바다
나도 生命의 한 개점이어니!

나의 붉은 젖가슴에서 뛰는
生命의 巨流여!
生命의 戰爭이여!!

生命은
征服의 날개!
創造의 힘!
永生의 길!

내 이제 뛰는 生命의 脈搏을 탓기에
生命은
빛난 禮物을 고여들고
이 밤의 광야에서
나의 앞에
횃불을 들었구나。

주: 1924년 ≪간도일보≫에 게재되였다고 전함.

봄비

지새는 봄날
고요한날
보슬보슬 가랑비
나리입니다
입픠고 꽃픠라고
나리입니다

보슬보슬 그비는
마음간지러
우산도 안밧고
가게하지요
님잃고그리는 이
울게하지요
三月二十日

주: 《朝鮮文壇》 1924年 6月號 月村이란 필명으로 발표.

눈

하늘에서
눈이 내린다
눈꽃이 날린다

두루미 깃이냐
배꽃잎이냐

옥가루이냐

함박눈을 사뿐사뿐 밟으면
불현듯 생각나오니

송강의 글소리는
아리숭한 전설이요
장자의 눈글은
아득한 신화로다。

천지는 온통 눈꽃에 덮여
이몸이 꽃송이에 묻혔으니
내맘은 꽃향기에 젖노라

주: 송강은 옛날구차하여 책을 눈에 비추며 글공부를 하였다.
장자의 남화경은 가장 신성하다하여 눈에 비겼다.
12월 작으로 알려지고있다. 이 시는 시인의 장남 리선호씨가 제공하였음.

님찾는 마음

님이시여 당신이 부르시며는
우거진 숲속의 사슴의 다름으로
안개의 골짜기로 찾어서 가지오

님이시여 당신이 부르시며는
안마을 찾어오는 제비의 나름으로
검푸른 太空으로 찾어서 가지오

님이시어 당신이 부르시며는
하늘에 흐르는 번개의 빛으로
火山의 비탈로 찾어가지오

주: 5월 21일≪민성보≫ 제4면에 게재. 李月村人이란 필명을 썼음.

送年詞

一

갈이는 어서가야느니
시비 없이 보내야느니

밋천없는 카렌다 쪽에 부터
하로 밥비 가야느니

三三의 자태가 너무도 아리ㅅ답기에
지나간해의 바람(希望)은 너무도 컷섯드라니

지저분하게 속아버린것이 삶의 꾀임수
텅-빈 마음만 꾀까다람네

무엇하나 본바듬하나없이 失望만을 언저준 고집세인 巡禮者를
구지 붓잡을수도 없고
더군다나 본척도 아니하고 자긔 갈길만 가고잇는것을 듣적스럽
게 굴을수도 없고
러나 오즉 그가 끼처준 가느스름한 體驗만이
새해의 새꿈속에서 묘하게 더러지겟지

二

올이는 어서 와야느니
시비 없이 맞어야느니

태엽풀인 時計소리 마춰
한시 밥비 와야느니

三四의 자태가 너무도 秩序답기에
未練많은 이해를 돌찾어 보랴고

낫서른 새해를 차근차근 따러불 결심
아—슬한 憧憬만이 안타가웁네

무엇하나 꺼리킴없이 希望만을 믿기삼아 번연히 쇠길 巡禮者인 줄을 알면서도
더군다나 푸념하나없이 실금이 물너앉을 늙은이의 버릇인줄을 알면서도

러나 오즉 그가 끌고가는 必然만이
현실의 파악속에서 묘하게 꾸며지겟지

— 三三年을 보내며 —

주: ≪朝鮮文學≫ 二卷 一號에 月村이란 필명으로 발표.

無題

冥想의 길을 더듬는 古歌
시달린 내맘 조립니다。

아롱진 봄쑴 깨기전에
갈니페 찬서리 매치거니

푸른 湖水에 잠드는 님의 넉시여!
저달이 마음 알것이로다。

피는 쏫도 서름이 잇고
지는 닙도 希望이 잇다。

오— 숨차게 달리는 내맘
애닯은 옛자최 차즘인지。

주: 7月 13日≪滿蒙日報≫에서 李章琬이란 별명으로 발표.

黎明

우리는 太陽의아들
오 —로라[5]를 등에지고
미래지를[6] 가삼에안엇다
啓示!

---

5) 원문에는 오—로라밑에 방점이 있었음.
6) 원문에는 미래지밑에 방점이 있었음.

衝動!
創造!
碧血이 싱싱한 남역花壇에
亞細亞의 太古쩍神話가수미고
薰香이 풍기는東洋의構圖에
새世紀의 浪漫이 소용도리친다
오! 東洋의 새봄
오! 東洋의 새아츰

주: ≪滿鮮日報≫ 1942年 5月 1日에 李鶴城이란 별명으로 발표.

百年夢

太陽이 첫우슴을 펴는동산에
十億同胞가 쏫송이에서呼吸한다
— 한뿌리다
— 한씨다
祖國의 傳說은 이씨푸른
江床에흐르고
兄弟의 碧血은 수만혼靈座에 물드럿다
직히자 疆土를
사랑하자 同胞를
이젠 자장가는 구성지며
聖스러운 百年夢은 이룩햇거니 半島山河도 軍裝한다
東方民族은 鐵環된다

주: ≪滿鮮日報≫ 1942年 5月 25日에 李鶴城이란 별명으로 발표.

躑躅花

봄은 파일 고개도 넘어
탐탁한 躑躅꽃이
하염없이 지길래
시드는 꽃송이에
내 진정한 이야기를 부치오

꽃보라속에
나비가 놀라오
나도 늙소
그래도 내마음 薔薇에는
푸른 꿈이 깃들어 슬프지않소

오! 전설의 나라 躑躅아
이제 盛裝을 버린 너는
여름철에
百合꽃을 부러워할테냐?
가을철에
山菊花도 부러워할테냐?
— 아니오
— 아니오
그렇길래
나는 너의 짧은 青春을 사랑했다.
나는 너의 타는 情熱을 사랑했다.

주: 1942년 10월에 간행된≪在滿朝鮮詩人集≫에서

바위

바위 바위
등가슴으로 칼산을 떠받고
屢年屢代 침묵을 지키누나

바위를 배우자
사악한 비바람도
긴긴세월 좌절시키지 못했어라
언젠가 한번은 진감하리

바위 바위
한몸에 이끼를 떨치고
해해年年 시련을 겪누나

배우자 바위를
사나운 풍랑도
긴긴세월 뒤흔들지 못했어라
어쨌던 한번은 고함치리。

주: 1935년 ≪滿蒙日報≫에 발표하였다고 함. 시고는 시인의 장남 리선호씨가 제공.
※ 2002년 8월에 간행된 ≪20세기 중국조선족문학사료전집≫ 제2집 ≪리욱문학편≫에서는 이 시를 다음과 같이 개작하여 수록하고있다.

바위

바위
등가슴으로 풍진을 씹으며
루루이 침물(묵? 편자)을 지키누나。

바위
바위
한몸에 검푸른 갑옷 떨치고
장검만 베루는가루년루대

언젠가 한번은
누리를 진감하리 —
창천의 우레소리로
지심의 신곡소리로

기필코
한번은 무덤을 가르리니
암심(岩心)에 묻힌 작탄 —
세기의 기발로。

주: 1935년≪滿蒙日報≫. 이상 참고로 제공.

금붕어

백공작이 날개 펴는
바다가 그립고 그리워

항시 칠색무지개를 그리며
련꽃항아리에서
까무러진 상념에
툭 — 툭— 꼬리를 친다

안타까운 운명에
애가 타고나서
까만 안공에 불을 켜고
자주 황금갑옷을 떨치나니

붉은 산호림속에서
맘대로 진주를 굴리고싶어
줄곳 창너머로
푸른 남천에
희망의 기폭을 날린다。

주: 1938년에 발표한 것으로 알려지고 있음. 이에서는 1980년에 간행된≪리욱시 선집≫에 준함.

샘

샘
세찬샘
「때」를 타고 달리는샘
○
좁은 길에 잰걸음
가람따라 우성진 「마-쉬」

숫바다의 단꿈인저

○

어江山의 젊은이들
「새삶」모은 샘터에서
님의넉시 차즈리다。

주: 1940년≪滿鮮日報≫에 李章琬이란 별명으로 발표.

봄꿈

올빼미 넋이더냐
언제나 날카로운 솔개미 뜨면
지새는 안개처럼 꽁무니만 빼고
웨 —
앵도꽃밭 발자국엔
悔恨의 눈물만 고였느냐
너는 오늘도
故鄕을 못 잊어
허무러진 옛 돌담밑을
몇번이나 돌고도나 —

주: 1940년 4월 9일≪滿鮮日報≫ (4면)에서 李章琬이란 별명으로 발표.

月夜梵鐘

水月菴 종소리
무슨 法音 알외고저
萬籟를 떠낫건만
새삼답게 설내는가。

○

별조으는 하날에
저달은 어디갈가?
눈감으니 바다로세
놀저으면 나도가리。

鏡泊湖

浦口가 喇叭처럼 틔여서
쌔안 안개를 먹음고
빨간 놀을 吐하오

丘陵의 密林에는
千年傳說이 물드럿고
老黑山 푸른 이끼에
麻布素將軍넉시 수미엇소
松乙嶺 마루에
鈴蘭이 곱고
張家鄉 섬과섬에
두루미 날고
푸른 물낫체

銀鱗은 쒸여도
大廟嶺 허리에는
부체 꿈이 깁소
三靈屯 王陵에
달빗도 凄涼한데
眞珠砂 알알에
눈물이 아롱지오
四季通 오르나리는 배는
오늘도 말업시 금거올찻것만
老夫의 孤魂은 黑眞珠에 숨은채
半百尺 吊水樓에
낫낫이 玉碎되오

주: 1940년≪滿鮮日報≫ 李鶴城이란 별명으로 발표.

浦口의 봄아침

멀리 분홍빛 바다에 白孔雀이 나래를 펴니
돋우어 벤 벼개우엔 서른 꿈이 바수여진다.

○

흰달이 어린 덧문을 집어뜻던 어린아이—
그 빨간 입술에 새 神話흘렀단다.

○

보라빛 치마끝에는 참새주둥이 봄을 나꾸고
먼 뜰엔 푸른 옷 갈아입는 소리 스미다.

○

푸른 하늘 저편엔 여름구름이 날려오고

傳說을 담은 海峽엔 보얀안개 서리우다。

○

江南에 동백꽃 피였다는 消息만 듣기면
설레는 내 가슴속에는 까무러진 향수가 꼬리친다。

주: 1940년 5월 1일≪만선일보≫ 4면에 月村이란 필명으로 발표.

公園

내 한나절 깃을 펴고 날수 있는
아늑—한 하늘
마음은 별조으는 湖水마냥 靜逸해지는구나
거리의 소음이 까라안고
간밤—노다지꿈도 바사진다
지금 困憊한 내 생명은
아침이슬에 젖은 함박꽃처럼 피어난다。
호박씨까는≪꾸냥≫ 7)도
胡弓타는 女人도
시그러운≪쎈치≫ 이나
長安의 기생춤도
平安道 愁心歌도
어울리지않는≪리즘≫ 이다
거저 太陽을 이고 구름을 타고
물몽오리에 풍거저 바람결에 날어서
無我의 世界로만 자꾸 가고싶은

7) ≪꾸냥≫, 중국어로 아가씨라는 뜻.

내 꾸며논 한쪼각 하늘이다。

4월 15일 於延吉公園

주: 1940년 5월 1일≪滿鮮日報≫에 月村이란 필명으로 발표.

捷報

푸른 意慾이
薔薇빗地圖에 번지어간다
赤道아래에는
遠征의隊伍와 隊伍의行列이
스치어
決戰의 아우성
太平洋의 섬과섬은
軍神의깃에 그늘지고
푸른湖水우에
두세白鷗가 물쏭을처
오돌진꿈이 물몽오리되여풍겨온다
오직 하나인 祈願에머리를 숙으리고
새론 歷史의「이데!—」를 부르자
조심스러히 업드린 안테나도
世紀의 층층대를 구버본다
이제 바다의 頌歌는 돌려오나니
香氣로운 南風을깃씃마시며
눈물이 철철흐르는 祝盃를 들자(씃)

주: 1942년 8월 17일≪만선일보≫에 李鶴城이란 별명으로 발표.

血痕에 핀 꽃

北天에 오로라 드리우면
싱싱한 曠野를 헤치며
譫語하는 미친 벗이 있었다。

애꿎이 日月을 등지고
想華에 사는동안
피는 말라 化石된 벗이 있었다。

壁우에 苦惻을 손톱으로 오려
歲月을 쫓던
落齒한 늙은 벗이 있었다。

몇번 쇠그물을 튀켜나
땅위 아래에서 싸우던
九死一生의 精悍한 벗이 있었다。

그는 기빨이었고
그는 祭典이였고
그는 표범이었다。

때는 悔恨의 影子를 감추고
歷史는 位置를 바꾸었다
잃어진 生理를 얻어

빼앗긴 靑春을 찾어
人生의 大河에 나리거니
人間의 密林에 들거니

오! 기다리던 오늘 —
오늘은 武裝하고왔다
行軍은 繼續된다
우리는 이 꼴대로 從軍해도좋다。

마지막戰爭은 분홍장미 고개너메다
돌아보니 온길은 바람불어 六十里
아직도 갈길은 비나려 三十里남았나니
옛花壇에 어서나가 씨를 뿌리자
그리고 봄을 불러 꽃을 피우리라
꽃을 피우리라。

주: 1940년에 지음. 1947년 3월 연길시 ≪한글研究會≫에서 펴낸 시집 ≪颱風≫에 수록됨. 그리고 같은 해에 출판한 시인의 시집 ≪北斗星≫에서는 시제를 ≪새花園≫으로 개제, 1980년에 출간한 ≪리욱시선집≫에서는 다시 그 시제를 ≪새花壇≫으로 개제하였을뿐만아니라 다소 수정한 흔적이 보임. 시중의 제3련≪壁우에 苦悶을 손톱으로 오려/歲月을 좇던/落齒한 늙은 벗이 있었다.≫가 생략되고있음.

땅

땅은 生命입니다。
땅과 運命을 함께하는 어머니
보금자리인 듯 땅을 가꿉니다。

해없는 白晝에도
별없는 暗夜에도
한많은 나날 땅은 如舊했습니다。

땅은 故鄕입니다。
긴긴 밤의 惡夢에서도
飢寒을 달래던 보리고개에서도

荒凉할수 없었습니다。
枯瘠할리 없었습니다。
땅은 사랑과 希望이였습니다。

땅은 搖籃입니다.
종자의 心房心曲 —
어머니의 따스한 한품입니다。

한숨속에 黎明이 밝았던들
수천년 땅은 차분하였습니다。
짓밟혀도 무난했습니다。

땅은 乳房입니다。
凍土도 향긋했으며
어머니 心琴도 甘露水였습니다。

땅은 불씨를 품었길로
봄우뢰를 渴望했습니다。
어머니의 땅은 한숨결입니다。

주: 1941년 5월 摘自≪長白山≫ 舊稿
(이에서는 ≪20세기 중국조선족 문학사료전집≫ 리욱문학편(25쪽)에 따름.)

나의 노래

거울속에
시드는 青春이 옛하늘을 안어본다

나의 봄이 고개를 넘으니
世紀의 化石우에 自畵像이 슬프고나

나의 심장에 간직한 大河는
太陽을 안고 九曲을 흐르나니

오늘도 내 心琴의 七絃을 고너본다
꽃지고 달떠도 한曲調 永遠히 흐르는 인생의 노래—

주: 10월에 간행된 ≪在滿朝鮮詩人集≫에 李鶴城이란 별명으로 발표.

五月

五월은
초록물결이 넘치는 한낮 牧場을 꾸몃다
들薔薇도 香氣품은 넓은 둔덕위
염소등에 휘파람이 구은다
연분홍빛 구름도 뭉기뭉기 피는데
종다리 그린 譜表를 쳐다보며
풀잎피리라도 불리라
이 法悅—
이 멜로디—

우리는 豊饒한 자연을 呼吸하는 태양의 아들
五月의 푸른 한울을 風俗하고
五月의 푸른 大地를 習性한다.

주: 1942년 10월에 간행된≪在滿朝鮮詩人集≫에 李鶴城이란 별명으로 발표.

落葉

落葉은
내넋을 울리고
荒漠한 꿈의 搖籃에 고이 잠든다

乳房처럼 부푸러오는 마디마디에 붉게 맺힌
— 生命이여
— 盟誓여
拍子 拍子 拍子 ……
時空을 타고 明滅하는 神秘한 자최!1
오히려 不死鳥의 生理가 에굿다
— 죽음아닌 죽음의 힘
— 삶아닌 삶의 힘
오! 그 壯行하는 그림자의 点과 点이여
나도 먼 후ㅅ날 넋을 놓아

하늘에 날리고
바다에 띠우면
또한 悠悠히 永劫의 줄을 타고
좋은 時節 도라오는 길에는

— 별을 따고
— 眞珠도 캐려니。

주: 1942년 10월에 간행된 ≪在滿朝鮮詩人集≫에 李鶴城이란 별명으로 발표.

별

나는
밤이면
蒼空을 우루러
별을 보는 習性을 갖었다。
별은
情답고
寂寥하고
幽遠하여
밤한울은 古鄕같기도하다。
별은
함박꽃처럼 피여나는 호젓한 이 밤에
萬年夢에 파묻혀서
恍惚한 神話를 속삭이노니
이제 별은
나의 가슴속 적은 湖水에도
푸른 鄕愁를 물고 내려 고이 잠든다。
고이 잠든다。

주: 1942년 10월에 刊行된≪在滿朝鮮詩人集≫에 李鶴城이란 별명으로 발표.

鬪魂

탄탄한 地表에
푸른群像이 드러섯다
和暢한 五月 碧空아래
洵爛한 젊은이의 잔치
— 美의 律動
— 力의 意志
烽火가 터젓다
軍神이 내렸다
우뢰가 어깨우에 떠러진다
번개가 발쓰테일어난다
大氣가 비단처럼 찌저진다

地軸이 가치 움즉인다
소리와 소리
빗과 빗
點과 點
線과 線이 한쪼각 宇宙를 찌저낸다
푸르별들이 달린다
푸르별들이 뛴다
(五月卄四日 間島足球大會에서)

주: 1942년 6월 1일≪만선일보≫에 李鶴城이란 별명으로 발표.

驛馬車

한 자리에
두 겨레의 体溫이 사귀여
凍土우에도 和氣돈다。

적은 초롱은
밤倫理의 異端者로서
忠實한 말에 좋은 伴侶!
그러나 말방울 방울소리없어 섭섭했다。

이 밤 또 한 國境 넘어
도로이칼[8]을 달리고 싶은 마음!

馬車夫의 검은 다부산즈[9] 자리에
만만디[10]를 늦긴 내 가슴에
밤길 咫尺도 아득히 멀어진다。

털외투의 어수선한 그림자에 쓰린 마음은
채찍이 떠리질때마다
슬픈 고개를 들어 뜻을 모르는 말과더부러 굳세여지나니。

낡은 城廓을 벗어나
바로 별성긴 蒼穹을 처다보는 마음 마음!
延吉驛은 멀구나
포푸라 사이 鈴蘭燈도 밝은데

---

8) 원문에는 도로이칼 밑에 방점이 있었음.
9) 원문에는 다부산즈 밑에 방점이 있었음.
10) 원문에는 만만디 밑에 방점이 있었음.

白雪의 曠野에는
푸른 달이 흘러 흘러
선구자의 세찬넋이
저렇듯 아련한가?

驛馬車는
오늘도 밤과 낮으로 걸을줄 몰으는 무지개다리에서
이거리 기쁜消息 보내고 맞으려
훤—히 티인 南켠新作路로 달린다
힘차게 달린다。

주: 1945년 1947년에 출판된 시집 ≪북두성≫에서. 해방후에는 다개명한 리욱으로 발표. 이하 동.

印象

아름다운 山이로다
푸른森林과 흰구름—
머루 다래
노루 사슴
무지개
독수리。

아름다운 江이로다
능수버들과 조약돌 —
물방아 징검다리
선창 발

빨래
붕어。

山모퉁이에 감돌린 마을과 마을
물구비에 펼처진 들과들
밭에 메나리 농군이구나!
길에 행진곡군대구나!
노래 노래 뭉치어
이마을 꿈은 恍惚하거니。

이곳 工作 九十日은
나의 平生試鍊의 나날이었다。
그리고 나의 青春이 絶頂을 넘은 가을이 었다。

그한 때 어제런듯
抗日聯軍이 말달리던 羅子溝!
쏘련紅軍의 탕크넘던 碑石嶺!
피피 섞이여
이마을 이야기는 다단하거니。

진리로 勝敗많은 兵站基地였다。
그리고 人烟섬긴 移住地代이다。
오늘은 바로
義勇軍
八路軍
容姿 보인다 보인다。

이地區의 겨례와 겨례는
열네해의 눈물 걷우고

八一五의 열매얻어
千年봄을 맞으려니
萬年 가을을 보내리니
손을 들어 빈다
머리를 숙여빈다。

오오 나는 너의 정든 품을 떠나리라
푸른 별을 이고 떠나련다
그러나 머—ㄴ 훗날까지
너의 억센 모습을 그리리라
푸른 별을 보고 그리련다。

주: 1947년에 출판된 시집 ≪북두성≫에서

豆滿江에 묻노라

노래와 외침
그리고 피와 눈물이 아롱진 生活譜—
나의 어린적 노리터
젊은적 눈물터
너의 이름이 귀여워 豆滿江!
설어워 豆滿江!
오! 感情의 江
오! 歷史의 江
너는 밤이면 별을 불러 오손도손 정다웠고
낮이면 떼를 띠워 조릿조릿 애태웠다.
너는 길이와 넓이로 삶으로

너의 빛 千古에 푸르리
壯士의 氣槪라면
너의 소리 천지에 유량해
志士의 넋이란다。

너는 언제나
靑春의 旗幅을 들고
차라리 怒號할망정
앳궂이 悔恨의 그림자는 훨훨 씻는구나
傳統의 城廓— 層巖絶壁 구비를 해처가며
바다의 우렁찬 讚歌를 불으라!
푸른 하늘 아래서
날이날마다 해와 달이 솟는 平和의 동산에로 망망히 흐르라!

白頭山脈줄줄을 따라 흐론 너의 玉流의 물줄기
千里 또 三百里 流程에
꽃과 山蔘과 芝草와 麝香을 싣고
童話속 장수의 龍馬처럼
험한길 萬古 숲을 뚫고서
그— 몇千 몇萬年 달렸느냐?
오오 내가 豆滿江 네게 묻노니
옥졸 복졸한 萬劫의 時空속에
許多한 지난 興亡 어떻던가?
너의 소리 내가 알진대
내마음 너도 알리라

豆滿江 너는
내 어린시절
자맥질하던 노리터

모래성 쌓던 노리터
팔매치던 노리터。

그리고 내 자라서
소곰토리 건네던 나루터
옷감 나르던 나루터
쌀짐 넘기던 나루터。
그리고 또 두만강 너는
避難할때 날 업어넘긴 눈물터
移舍할때 날 업어넘긴 눈물터
流浪할때 날 업어넘긴 눈물터

그렇다 나는 몇번인가
너 豆滿江가를 고즈너기 거닐며
鬱火에 타는가슴을 헤치고 아우성 칠대
懊腦에 풀린눈을 감고 沈默에 잠겼을 때
별이 네등에 내려 소곤거리면
너는 微風을 내게 보내여 그 무슨 消息을 傳하였느니라.
六鎭 큰 凶年에 餓莩가 길가에 어즈러이 쓸어져
移住民이 샛섬에로 낫과 호미 그리고 쪽박을 들고
밤새 숨이서 건널 때
그리고 가엽슨 屍体 물거품에 떠돌 때
너 얼마나 嗚咽하였느냐?

庚戌쓸쓸한 팔월바람에
옛 성들에 피눈물 뿌린뒤
거룩한 뜻을품고 떠난 愛國志士들을
네 목을축이어 업어건넬 때
너는 정영 울었으리라!

악착한 놈들은 야수처럼 덤비며
朝鮮서 東北에로 쫓아와
내가슴팍 두세 군데
무쇠기둥을 박을때
너 오직 아펐느냐?

또 유달리 잊지못할 피의 傷處—
내 홀누이 의탁할곳 없어서
울며불며 친척을 찾아갈제
세 살난 어린애 업은채
성에장에 빠어죽은 설음
너를 나물하랴마는
웨 너를 보면 가슴이 뭉클하는구나.

그리고 나의 홀아버지 살길을 열려고
仙境臺山에 올라 藥을 캐다가
洞窟에서 병든채
마즈막 찬물길 건너서
아우집에서 세상뜬 슬픔
너의 탓이 있으랴마는
너를 보면 눈시울이 젖는구나.

누구냐 겪은 고요이리라
별이 총총한 그믐밤
가난뱅이 密輸꾼들
아낙네
늙은이
젊은이
참아 죽지못하여

禁制品 이고 지고 끌고서
너의 등에서 미끄러져
하염없이 고기배에 장사 지낸자
그 몇百 몇千이런가?

隔江이 千里라하건만
江건너 門앞 다니듯 넘나들제
刳木舟를 건너면
監視所 巡查눈은
올배미처럼 구을고
칼은 꽁무니에 번쩍이어
머리칼이 서고 몸서리 쳣거니。

이윽고 稅關에 이르면
稅官吏 이리떼 달려드듯 몰려와
이놈。
저년
욕질 매질 하여도
소인양 꿀꺽 참고
너 悠悠한 물결을 보며 묵하였구나!

그렇게 너 豆滿江은
亡命客을 사귀였고
가난뱅이를 친하였다。

豆滿江 너는
鬪爭의 江
親和의 江
千年前 너의 두 겨드랑이에

낫설은 겨레와 겨레도 정답게 살어왔고
그리고 거진 한世紀 동안이나
老爺嶺을 동서에 屛風둘러
푸른소매와 힌소매가 서로 읍하였다。

아! 高麗와 女眞의 恩讎도
너의 물결에 살아졌고
「銘安」의 억누름과 「土門」의 말쌩도
너의 물결에 살아졌다。

自由아래 黑水이고 사는 二百萬 조선겨레도
너의 등에 업히워 건넌 뒤
손곱아 너의 오리지날[11]을 기다렸나니
너의 時華 萬年은 瞬間이나
人間百年은 許久도 하였다
그러나 참고 살었나니
굳게 싸웠나니。

歲月은 물결따라 흘러서
八一五歷史의 名節맞어
해외에서 날뛰는 英雄들이
靑山을 달리는 범같이
祖國三千里를 向하여 의젓하게 凱旋할 때
너 豆滿江은
둥실둥실 춤을 추며
그들을 업어건네였구나!

---

11) 원문에는 오리지날 밑에 방점이 있었음.

海蘭江 너도 달려라
부얼하퉁河도 合하라
그리고 嘎呀河 琿春河마저 合하여 흐르라

오오! 豆滿江아
이제 너는
勝利의 江으로
平和의 江으로 盛裝하고
太陽이 첫웃음 펴는 너의 큰世界를 보아라
여기는 龍峴洞
銅鑼우는 西水羅도 한참이다
어서 東海에 들어
永遠히 흘러 흘러서
黃塵날리는 天涯를 씻처라。

주: 시 ≪豆滿江에 묻노라≫는 1945년 8월에 지은 것으로 추단된다. 시인이 1947년에 출판한 시집 ≪北斗星≫에 넣었으며, 그후 시인은 또 이 시를 ≪도문강≫으로 개제하여 1980년 4월에 출판한 ≪리욱시선집≫에 수록하였다.

帽兒山

이땅 젊은 生命을 기르는
海蘭江과 부얼하퉁河는
너 모얼山 創世紀의 佳緣이고

이곳 각색 살림을 담은
용드레촌과 야—ㄴ지강(崗)은
너 모얼산 지켜온 적은 花園이다。

億萬呼吸이 깃드릴 大地의 情熱을 안고도
푸른 하늘을 이고 默默히 앉었으니
너 모얼산은 偉大한 占人같기도하다。

네 머리우에 해와달이 흘러 흘러
쌓은 情怒가 터지는 날은
自由의 깃발이 날리리니。

우리가 豆滿江 건너서
처음본 너 모얼山은 푸르러야 할텐데
百年을 기다리노?
千年을 기다리노?

새벽 물결이 뛰거나
떼구름이 뜨거나
너 모얼山은 안개만 실어 올리누나!

躑躅꽃이 피거나
白雪이 덮이거나
너 모얼山은 꿈만 꾸느냐!

오!
그러나 모얼山아
너는 여태 굴한일없이
우리의 본보기 되었거니。

나는 山에 올라
짐즛 「모세」가 되고
「마호멧트」가 되어

그의 啓示도 깨였고

이제 山에 나려
뭇사람속에서 소리처 불러
너 山울림을 듣는다
너 山울림을 —。

一九四四年三月

추: 시집 ≪北斗星≫에서

五月의 붉은 맘씨

—누나가 죽던 가을의 追憶—

초록 치마에
갑사댕기처럼 진한 五月의 붉은 맘씨
五月은
죽은 누나를 불러도
아니오는 누나는
옛둥우리에 제비를 보내였구나!
누나가 죽든가읍
나는 울어
丹楓이 붉었다
누나가 죽던 무렵
누렇게 익은 벼 조박이
小作人의 눈물속에 젓던가을

아버지는 牛車를 몰고가
崔부자집 낫가리만 가리던날
병석에 뼈만 앙상하게 남은 누나
「그리다 죽으면 어찌겠소」하여
어머니의 머리를 돌리게 하든 가을
이웃 꽃분이 갖다준 송편을 받아들고
「아버지 오면 뵈이고 먹겠소」하여
나도 눈자욱이 돌던 가을
어머니는 목메여
죽기는, 오늘은 약을 사온다
안죽는다 안죽는다 타일렀건만
의심하는 눈을 맥없이 감든누나
아버지 오기전 그만 죽었거니。
지금도 생각하면 가슴이 뭉클하여
뺏기고 밟히던 그가을
한가위ㅅ 날 사흘 앞두고
그만 누나는 죽어
그 가을 가난이 죽였길래
가을은 와도 돌아와도
그 슬픈 가을은 아니건만
오늘 당해 유달리
나는 초록치마에
갑사댕기 처럼 진한
五月의 붉은 맘씨를 노래한다。
1946년

주: 시집≪北斗星≫에 수록. 1980년에 펴낸≪리욱시 선집≫에서는 일부를 수정 하였음.

옛말

七旬 六旬 할어바지 할머니 이야기는
亦是 七旬 六旬할어버지 할머니적 이야기었다。

아득한 그시절 푸른하늘에 별이 총총하던밤
이야기는 세월처럼 기나긴 이야기는
재밀재밀 하기도하였지만
무시무시 하기도 하였다。

七十年前 六鎭에 큰흉년이 들어서
샛섬을 건너는적
豆滿江은 죽엄을 싣고 嗚咽하였느니라는……
그리고 건너선 김참봉 이선달은 갈곳없고
이깔나무에 까마귀 울었느니라는……

越江罪는 무서워도
하나 둘 한때 두 떼 주린배는 검은흙을 탐내여
오랑캐嶺 넘어서 南崗 北崗 西崗이라는 곳
진동나무속 무티 막사리에
솔깡불 피우고 묵은데를 떠서
감자씨를 박었단다
보리씨를 뿌렸단다。

그러니
大地를 베고누운 그들을 뉘가 움즉였으랴?

六十年前 말성많은 歲月은 흘러갔다
北斗七星 꼬리밑에서 땀을 걷우고 숨을 쉴 때

이웃은 느러 마을은 탐탁해
부엉이 우는밤
덭은 범을 잡었지
착은 꿩도 잡었지。

東天이 붉어와
할어버지 얼룩털마고자에
대통소리 뚝딱하면
할머니 삼모지에
고양이 세수했고。

개골창 넘어
엄훈장이 서당에는
탑작불 애들과 덤벙이 총각들이
天地玄黃 宇宙洪荒
天皇氏 以木德王
초성좋게 읽든 글소리 글소리!

아침이면 샘터에
분이 옥순의 물동이에
푸른 버들이 하늘을 물고 떠러저
저녁이면 앞고개에
복동이 길남의 소잔등이에
푸른깔이 青山을 지고와
마을에는 이야기 꽃을 피우고
꿈이 열매를 맺고。

이렇게
이웃이 이웃을 이어 오달진 마을이 十里坪 지난 어느날

人籍令은 내려서
광지바위 황풍헌은 辮髮易服하고 땅짖을탔지
그리고 완고한 우리 할어버지는 주자만 맡아서 주자만 불였단다

十年이면 江山도 變한다하였건만 굳센 절개는 변치않고
그렇게 근근히 살어야만 했다

그리고 날이날로 기개센 어른을 앞잡이로 아낙네 애들은
북간도 하늘 검은 구름처다보면서
작고만 찾어왔단다.

이마을 九十戶짓는
늪골논 용산밭 백날가리에
그어룬들 손톱이 닳고 발굼치 닳었다.

그처럼 고달프게 고달프게
천번 닳어발이 만번닳어 논이된줄
그줄 농군이면 몰으랴마는
제것될줄 꿈엔들 생각했으랴
오늘에야 진정 옛말이지
이것 두고 하는말이 옛말이구나.

주: 시집 ≪北斗星≫에서

碑文

우러러 보면

머리우에는
높은 하늘— 별이 輝煌하고
구버보면
발아래는
넓은땅— 꽃이 爛漫하여
그사이에
내살어 아름다움이여

그러나
그 아름다움을 아름다움으로 지니지릇할 설움은
나의 靑春과 함께 半世紀를 묻었거니.
뫼
새
물
짐승
돌
나무
그것마저
가난한 百姓과 가난한 詩人의 재산은 아니었다.

그러나 진정 오늘에야
우리는 별을따서 창에 돋혔고
꽃을 꺾어 상에 올렸나니
이제 나는 세상의 온갖 꿈을안고
노래만 엮어
나의 노래ㅅ속에 敵을죽이고
나의 노래ㅅ속에 사랑을 살리고
이렇게만 살어
이렇게도 즐거워.

어느歲月 年輪에서
설마 나의 呼吸이 끊을지라도
그 노래는
뭇사람 心臟에 흘으리니
나는 永遠히
하늘아래 땅위에
적은 一碑文을 새겨
나의 고운 言語로 새겨
푸른별과 더부러 길히 빛나고
붉은꽃과 더부러 길히 향그러우리。

주: 시집≪北斗星≫에서

北斗星

白熊이 우는
北方 하늘에
耿耿한 일곱 星辰
무연한 港口에 깃발을 저으며 저으며
슬픈 季節
이 거리와 저— 먼 曠野에
—不滅의 빛을 드리우다。

어둠의 洪水가 氾濫하는
宇宙의 한가운데 홀로선 나도
한 개의 별님이런가?

제이름 붙으노니
魁
搖光아 대담하여라

그윽히 피여 올으는 紫煙속에
天文이 움즉이다
神話가 바서지다。

보아 千年
생각해 萬年
줄기 줄기 흐른 꿈은
지금 내 맘속에 薔薇園을 이룩하고。

구름을 밟고 기러기 나간 뒤
銀河를 지고 달도 기우러。

오오 밤은 象牙처럼 고요한데
우러러 斗柄을 재촉해
亞細亞 山脈너메서
이江山 새벽을 소리처 일으키다。

주: 시집≪北斗星≫에서

사랑하는 거리

나는 이거리의 群像을 사랑한다
精神을 사랑한다

내 青春을 묻은 標石에
꿈이 무지개인양 恍惚하면
할아버지 무덤을 빚은 鄕土에는
별이 등불처럼 燦爛한 까닭이다

도란대는 두 겨레의 湖水가 넘치는
생의 밀림!意慾의 푸른城!
立体 立体 立体
如法과 樂慾과 光華속에서
物体는 오돌진 이데 —를 따라 前進한다。

無數한 線 壯麗한 면
三角 楕圓 圓錐 球体와 組織은
젊은 工匠이 製造한 象形文字!
(精密한 化石의 알파벳트)

산 造化 날낸 變態!
빛과 빛남 記號와 信號 呼吸과 運動은

廿世紀가 創造한 쇠와 가라스의 感覺!
(偉大한 物質의 文章)
오오 내 사랑하는 이거리 이거리우데는
힌구름이 오가고 노—란달이 흘렀으나
이제 풀려서 뛰처 일어난 이거리 이거리는
머리에 새 투구를 쓰고
손에는 새 방패를 들었다。
——九四五年八月—

주: 시집≪北斗星≫에서

羅子溝

아름다운 산이로구나!
푸른 삼림과 흰 구름,
머루, 다래,
노루, 사슴,
무지개,
독수리.

아름다운 강이로다!
능수버들과 조약돌,
물방아 징검다리,
선창, 발,
빨래, 붕어,
산모퉁이에
감돌아 앉은 마을마을,
물굽이에
펼쳐놓인 들과들,
밭에 미나리농군이구나!
길에 행진곡 군대로구나!

이곳 90일,
학습, 사업,
토비숙청,
나의 평생 시련의
힘찬 나날이었고
나의 청춘이
활짝 피는 좋은 시절이였다。

노래노래 뭉치어

이 마음 꿈은 황홀하거니
그 한때
항일련군이
말달리던 라자구!

쏘련 홍군이
땅크 넘던 비석령!
진실로
승패많은 곳이고
인연생긴 땅이로다!

피 피 얼룩져
이마을 이야기는 다단하거니
오늘은 바로
팔로군,
의용군,
으리으리한 용사
보인다 보인다。

오오!
나는 너의 정든
품을 떠나리라
푸른 별을 이고 떠나련다。
그러나 먼 훗날까지
너의 억센 모습을 그리리라
푸른 별을 이고 그리련다。

1947년 왕청 라자구

주: 이상은 ≪20세기 중국조선족문학사료전집≫ ≪리욱문학편≫(제43페이지)에 따름.

그날의 感激은 새로워

—八一五의 記憶

世紀의 感激에
한종일 소용돌이치는 가슴으로
떠들석히는 골목으로 나갔더니
쏜살같이 남영으로부터 달려오는
훙겨운 트럭우에
얼핏 보기에 낯설어도
그 보얀얼굴 푸른눈동자를 속속들이보면
언제나 극진히 친해본듯한 붉은군대
자유롭게 흩어앉아 돌아서서
나를 보고 우리를 보고
반갑게도 손을들어 높이들어
우라 우라 좋와라 힘끗 부르메로
우리도 우렁차게
우라 우라 불렀거니

붉은군대 실은 트럭은 몇대인지모르게 지나간 뒤
煙集江골쪽 막다른골목에서
기운없이오는 한 대 트럭우에
노란왜놈들이 흰기를들고
비맞은 병아리처럼 송구리고앉아
깨어진 야마도魂을 조상하며 지나갔다

이 순간 나는
쏘베트建設三十年과
왜정三十六年의

義와不義의 歷史를 뚜렸히 보았구나
이윽고 나는
다른골목으로 옮아간때
「조선독립을보고 죽었으면
무슨 한이 있겠는가」하던아버지願望이
번개인양 내 머리를 스치어
내 마음은 유달리 북으로달렸다
성큼 우랄산을 넘어서
모쓰코바 붉은 廣場에로……
남으로도 날았다
훨훨 豆滿江을 건너서
조선 三千里江山에로……

이때 트럭은 지나가는데
니꼬라이 붉은 군대는
아이들처럼 즐거이 노래를 불렀고
나는 기운잔 넋두리로
蒼空을 우러러
마음속 해방의 깃발을
白雲에 휘날렸거니

이제 人民들 純情의 물결은 흘러흘러
前進 前進만을 倫理로 삼았거늘
이를 막을 자 있으랴
이에 거슬릴 것 있으랴

나는 오늘 그날의感激을 가진채
八一五세돐을 맞이하므로
天地가 새로운 이 크낙한오늘

내 마음은 또다시 한결 淨되는구나

주: 시집≪北陸의 抒情≫에서

參軍頌

秋風이 인다
白雲이 떴다

푸른 하늘아래
行進하는 젊은 隊伍

그들의 가슴에는
꽃다발이 달리고
어깨에는
맹서가 걸렸다

그래
그들의 가슴은
둘없는 자랑으로 부풀어올랐고
어깨는
위없는 자랑으로 들먹거렸다

지금
내 가슴도 가볍게
그들 二列종대 스치는속을 달리나니
과연 민주의 탑을 쌓고야말—

주: 1948년 시집≪北陸의 抒情≫에서

尊貴한 犧牲

—竹馬故友亨洙靈前에—

그대는 貧農家의 出身으로
열한살 小學校三學年때
새벽안개 자욱한 牛心山아래서
놈들에게 잡혀가는 아버지를 생리별하였구나

그뒤 十年은흘러 십년동안
五十줄에든 홀어머니를 손도와
여름철에 김을 매고
거울날에 나무도 비었거니

그 어느날이던가
필급빳인 中學生校服입은 엿장사 그대에게
나는 호주머니를 뒤져 단돈九十錢을 손에 쥐였더니
그대는 아무말없이 받아가지고 머리를 숙인채 걷던 모습이
지금도 나의 가슴에 아리숭 아리숭 새겨있구나

갸륵한 그뜻 學業을 일우지 못한채
勤勞人民들속에서 자라면서
또 十年을 하루같이 이를갈고 지냈거니
누구 알았으랴
不共戴天의 원쑤를 갚아
아버지의 墳墓에 향을 고이려던 그대의 뜻을

八一五해방을 맞이하는날
옷깃을 바로잡고 默하는 그대의뜻을
나는 알았도다

그대
勇躍第一次로 參軍하여
모범班長의 榮譽를 가졌을 때
나는 힘있게 握手하고 아무말없었고

그대
長春收復에서
戰鬪英雄의 勳章을 받았을때도
나는 빙긋이웃고 아무러치도않았거니

그대가 말없고 내말없이도
그대의뜻 내가알고 나의뜻 그대가알았으니 그無言의 約束인저

어느날 晴天벽역
그대의 尊貴한 犧牲을 전하여왔구나

六旬넘은 그대의 어머니
전날이면 前方消息을 알랴고 조르련만
오늘은 아무말없이 儼然하구나

그대의 肖像앞에 머리를 숙인채
그대의 세살난英이「우리아버지」하는말은
끝내 나의 넋을 울리고야말았구나

「英아 너는 씩씩하다
아버지를 꼭 달맛구나」하는말에
英의 어머니는 英이를 힘끗 안았나니

그대 소리없으매

내 무슨말이 있으랴마는
거저 머리만 숙어지는구나

돌아가는길 落葉지는데
街路樹에 어린달빛에도
그대의 精神은 빛나누나

一夕千古
그대는 永遠히 가서도
正義는 이끼처럼 푸르러
이江山을 둘러싸리라
1949년 화룡 고성

주: 시집≪北陸의 抒情≫에서

勞模의 祝典

누구 製造者이냐
누구 建設者이냐
그는 英雄인저
그는 模範인지

마을에서 거리에
거리에서 마을에
벌어지는 美談
빛나는 榮譽

저기
깃발이 보인다
앞 사람 노래하면
뒷 사람 흥겨워라

그들의 불룩한 가슴에는
꽃다발 꽃다발
그들의 붉으레한 얼굴에는
微笑 微笑

그 이름 높이 부르자
그들은 이나라의 충성되고 귀여운 아들 딸이어니

보아라
靑銅色 팔둑에 무쇠힘줄
어제 별을 이고 달을 밟던 그들에게
오늘 풀온하늘 太陽이 빛나고
지난날 주름살이 샅샅이 파인그들에게
오늘 뭇사람의 情의 도는구나

廣場에는 人民들이
臺上에는 毛主席도
그들을 반겨 맞이하나니
그들 마음은 가을하늘처럼 맑게개었다
나의 마음도 고무풍선인양 부푸러떴다

그들은 오늘의 주인공
—創造者
—建設者

흐른다 그精神 뭇사람에게
스민다 그힘 뭇사람에게
明日은
누구 創造者일가?
누구 建設者일가?
그는 英雄인저
그는 模範인저

주: 시집≪北陸의 抒情≫에서

江山도 빛나라 歷史도 새로워라

얼마나 기다렸더뇨
이 날을 —
解放의 이날
勝利의 이날

새로 맞이할 愛人인양
오래간만 돌아올 독子인양
진정 보다도 더간절히
진정 보다도 더애타게
그동안
前衛들은
人民들은
이날을 위하여 싸왔고
이날을 위하여 受難했나니

東北은 解放하고
人民은 勝利했으매
江山도 빛나라
歷史도 새로워라

그한때
슬픈 눈물은 安價했고
쓰린 한숨은 虛誕했으나
끝내
—싸움이 이꽃을 피웠구나
—受難이 이열매를 맺혔구나

이제
또 하나의 決戰은 버러지겠고
또 하나의 祝典을 마련되리니
다시금 옷깃을 여미고 큰맹세하리라
다시금 가슴팍을 헤치고 深呼吸하리라

흥겨우면
밤은 밤을 새어 횃불을 들어라
눈은 눈을 쌓아 설매를 달려라
무지개보다도 아름다운 것을—
별보다도 유난한 것을—

동짓달 긴긴밤을 고스란이 세는맘은
明日에의 푸른 하늘로 날고
明日에 붉은 태양으로 타고

이 거리의 映窓은 등불을 돋우고

새 設計圖에 눈동자를 심금은
今日을 示威하여
明日을 號召함인저

難苦한 싸움八年이
오늘을 심어왔고
困難한 싸움삼년이
오늘을 몰아왔나니

깃발에 빛나는 그正氣여
人民과 함께 永遠히 빛나라
라팔소리에 새로운 그精神이여
人民과 함께 永遠히 새로워라

주: 시집≪北陸의 抒情≫에서

夕陽의 農村

東北한地域
함박꽃인양 피여난곳
아침이슬을 사뿐사뿐 밟으며
바둑판같은 논두렁에 나서면
동뚝에서 물닭이 보얀氣流를 타고 나래처 일어나는
煙集江벌

어제런 듯 그벌은
虎皮마고자에

대통바람 획획일어
무시무시 몸서리치던
王가지팡이 틀림없것만…
꿈이런 듯
土地평分
신세고친 農民들의 웃음꽃이
마을마다 피는구나

밭가는자 농민이여
土地의 새主人이여
勤勞로 익이고
正義로 다져서
피로써 지키고
살로써 아끼자

저기 바라뵈는 논밭에는
豊年이 豊年을 실어오고
저기 바라뵈는 마을에는
人情이 人情을 끌어오리니

廬城옛터
비둘기 빙빙圓舞하는 地平線
그우에 흐르는
소 소리
퉁경소리
노랫 소리
퉁소 소리에
내 가슴은 몰래 淨되고

이제
平和한 마을에 피어나는푸른煙氣에
누엿누엿夕陽은 더욱붉은데
大地어머니의 커다란 가슴팍에
농군들은 시름없이 오붓하게 안기누나

주: 시집≪北陸의 抒情≫에서

젊은 내외

일곱 살 孤兒로
빌어먹기 十年
머슴사리 十年이라면
農會主席 삼돌인줄알리라

八一五 세돐을 지나
갖설혼에 장가들어
玉童이 낳은해 지난봄에
밭짖도 탓거니
새벽별을 등에 지고나가면
바지자락에 이슬이 함초롬이 젖어
햇살에 푸른氣流 아물아물 떠올으고

밭지경 황지뙈기에
더덜기를 파헤치면
까만 흙이 기름저 구수하다

황토재 너머에
아침연기 보얗게 펴지면
으레 피어무는 엽초담배!
맞은편 오솔길로
총 총 걸어올라오는 다홍치마
차조밥 씀바귀 된장냄새 흐뭇하다

다리 것분 일어서면
굵직한 팔뚝을 휘둘려
단숨에 이랑반은 일군다

돌배나무옆 지경돌우에서
식기소리 달그락 나자
「별서 아침밥인가」하고는
그대로 곡괭이를 번득이어

아지장거름으로 와안겨도
어울리지않지만
그래도 곡괭이자루 잡는 야무진손이 미뻐다

길섶에 장꿩이 깜짝 소리치고 일어나
「고놈 내 생일에
술안주했으면좋겠다」하고는
그제야 마주앉는 젊은 내외

황토재 너머에
메나리 넘겨보내면
한나절 훨신지나
이마에 땀방울을 씻는다

夕陽이
소등에 쳐서 돌아오는길
련늪어구에서 세수하면
달빛에 얼굴도 둥글어

삽간 草家에
등불을 고였으니
玉童이 자느냐
쌉쌀이 마중나온다
1948년 화룡 서호

주: 시집≪北陸의 抒情≫에서

황소야

오늘 夕陽도
公園三角亭에 걸렸다가 넘어간다

夜學室가는길
문을 나서면서 피어문 엽초단배
아직도 반대나 남기까지
연이어 들어오는 公粮車
설흔대는 되나부다

황소야
너 제법 뽐내는판에
두 뿔에 빨간 수시를 달아주고싶구나
바로 公糧은 滿載란다

바로 公糧은 滿載란다

황소야
너 별을 이고 나가면
달을 밟고 들어오는 習性을 즐기겠구나
지금쯤은 새김질이 한창이리라
지금쯤은 새김질이 한창이리라

황소야
너 鷄鳴聲이 들리자
느슨히 일어서겠구나
진정 외양깐을 나가고싶더냐
진정 외양깐을 나가고싶더냐

황소야
너 버꾸기 울어 밭가리시작하면
서리 내려 가을걷이 끝내는生活을 배왔구나
벌서 봄이 왔단다
벌서 봄이 왔단다

오늘 저녁은
生産問題를 내어걸고 토론한다
학과시간이 끝나면
실제에 연계시키는공부가
아마도 五分동안은 걸려야한다
으레 發言하여야할 삼돌이도
맞은편에 보이는구나
1949년 룡정

주: 시집 ≪北陸의 抒情≫에서

先驅者

사뭇 荒凉하며
長白山脈 줄기줄기 멈추어선
멧돼지등에 고목지는 땅이었다

千年密林속에 太陽이 창백하여
바람마저 질식하는 곳이였거늘
누구 불렀으랴

그러나
北方에는 거센 지아비 있어
고스란이 豆滿江을 건너
太古의 地心을 울렸나니

그는
어진 짐승이 아니라면
연장든 野人이라해도 좋다

風光을 자연에 매끼고
喜悅을 勞動에 담아
그 아무런 노래도 必要치않았으매
무슨 이야긴들 있었으랴

오직
青銅얼굴이
무쇠핏줄이
象形文字를 새기던날
處女地는 乳房을 만지웠다

푸른 森林우에
달이 王座하는 殿堂이라해서
한 지애비 옮아가
創造를 戰爭했나니

그는
먼 훗날
갈꽃 하얀 曠野를 行軍하여
行動하는 北陸의 詩人을 찾았다

어언 百年은 흘러
夕陽 붉은 언덕을 나는새야
오늘 샛섬은 얼마나 아름다우냐
1948년

주: 시집≪北陸의 抒情≫에서

歷史의 한페지

—偉大한 一二九運動—

"屈辱"을 발견하다
"賣國"을 발견하다
"防共"을 발견하다

젊은이의 隊伍—
悲憤한 깃발은
붉은 주먹은

水龍(뽐뿌)칼 가죽채 몽치와 싸우다
그렇게
싸움은 번개처럼 날내였다

自由를 찾는 소리뒤에
屠殺의 命令은 따루어
젊은이의
주검을 넘는 펏덩이 펏덩이
그러나
希望은 무지개인양 빛났다

水龍은
북에서 달려오는 무리를 掃射하다
물줄기는 펄펄뛰는 毒蛇
毒蛇는 젊은이의 머리에 덮치어
白日아래 쏟히는 물 어름 어름덩이
그러나
意志는무쇠마당 강하였다

水龍이 위아래로 左右로 덤비면
젊은이는 처라 처라 怒號하여
그 소리는
暴風雷속 雷聲
颱風속 海嘯
그렇게
團結은 고리같이 튼튼했다

창과 주먹의 사귐
탄환과 주먹의 결음

그들맘 속은 火藥庫
火藥은 爆發되여
모든 것은 눈앞에 닥치고
닥친 것은 모두 결단이다
그렇게
力量은 불길처럼 높았다

손과 손의 搏鬪
총알과 몽둥이의 衝擊
白旗와 흰테모자를 두르고
遠近 百姓이 憤慨하고
女人의 날카로운 불으짖음과
사내의 우렁찬 외침은
水龍의 소리를 합치어
大地는 恐怖의 地獄 地獄
그러나
그들은 平和의 使徒였다

이소리
四억의 겨레를 울리다
마침내 울리고야마다

"一二九"는行進하다
"一二一六"도行進하다
선봉대는 行進하다

주: 시집≪北陸의 抒情≫에서

새中國의 깃발

人民의 소리
四억만의 발구름소리
널리 地心을 울리며
멀리 天涯에 뻗치어
오늘
휘영청 푸른 하늘에
勝利의 깃발을 들고
東北 大軍은
戎裝 의젔하게 萬리장성을 넘어서
江南의 征途에 올랐다

기억하느냐
東北十四年의 悲憤한 歷史를—

너는
祖國山河에 闖入하는 적에
—不抵抗을 命하여
本庄繁은 마음대로
이땅을 짓밟고
이백성을 괴롭혔나니
오, 歷史는 의로워。
九一八事變이
너의 賣國을 말하고 있다

생각하느나
만번 죽어도 못갚을 血債
泰山이 높지않다

황하도 깊지않다
李公僕은 七군자의 한사람이오
顧正紅은 선봉대의 한사람이다
… … …
뚜렷히 산 증거
二七慘案을
피 어린 鄭州의 철로에 물으라
오쥽로동운동을
피 어린 上海의 紗廠에 물으라
四一二 구—테타—를
피 어린 寶山路에 물으라
濟南慘案을
피 어린 大明湖에 물으라
淞滬抗戰을
피 어린 吳淞江에 물으라
一二一慘案을
피 어린 五華山에 물으라
一二九學生運動을
피 어린 太液池에 물으라
五卅血案을
피 어린 吳越平原에 물으라
… … …

수많은 勞動者
學生
人民들은
救國의 붉은 피를 뿌려
너의 도살의 칼에 물드렸나니
오 歷史는 의로워

"政協"이
너의 내전을 말하고 있다

네 이땅을 저버렸고
이 백성을 등졌거늘
무슨 면목으로 이 땅에 꼬리를 젔느냐
이 백성에 아양을 부리느냐
歲月과 더부러 十年을 맺힌
人民의 외침과
先烈의 피는
華夏 千萬리 江山에
하루아침 暴風雨되어
비린 티끌을 훝으고
추한 자취를 씻는다

보라
무지개 드리운 아세아 푸른 언덕에
새 中國이 일어서나니
崑崙山이 솟아
民主의 탑이 서고
양子江이 흘러
平和의 종이 운다
1948년

주: 시집≪北陸의 抒情≫에서

民族이 가진 榮譽로운 이름

東方 아세아에 처음 일어선
人民의 나라 조선을
同胞여
兄弟여
가슴 벅차게 노래해야하겠다

푸른 하늘아래
이 나라 山河 새로워진아침
三千萬 겨레는
한 太陽을이고 深呼吸했나니

오늘
새 터전에 달리는步武
三千里 疆土를 울려
白頭山 마루에 天池가 넘친다
東海 물결에 銀鱗이 뛴다

이 나라 강산아
내 묻노니
만고의 愛國者 그 누구런고
억년을 잠자던 만경대 대답하라
천수를 흐르는 大同江이 대답하라

「金日成 將軍」
이 나라 民族이 가진 榮譽로운 이름을
동포여
兄弟여

소리 높여서 불러야하겠다

주: 시집≪北陸의 抒情≫에서

創業九月의 行動

허구한 세월
그중에도
너一九四八年 九月은
내 가슴에 만도레꽃무늬인양 아로새겨졌구나

너 九月은
바람 비 半世紀를 싸와
조선에 創業의 行動을 베푸렀나니

이제
푸른 天地에
밝은별 붉은 빛살이 퍼져
새生命이 펄펄 뛰노니

너 九月은
白頭山에서 烽火를 들어
東海에서 움직였구나

너 九月은
黃金甲冑를 떨쳐입은채
나가 싸와야하리니

너 九月은
백랍같이 沈鬱한 남녁하늘에
서리친 비수를 드려라

너 九月은
지옥처럼 暗瞻한 남녘땅에
피어린 旌旗를 날려라

주: 시집≪北陸의 抒情≫에서

조선이 일어선 아침

太陽이 첫웃음을 펴
紺籃빛 바다우에
무궁화 꽃무늬진
아름다운 江山

이제 새내라 일어서
五角별 빛나는깃발이
九月휘영청 푸른하늘에
드높이 휘날린다

밭을 가는 미쁨이
機械를 돌리는 충성이
男女老少의 愛國心이
토의하여 엮은 憲法

淸明한 하로아침
三千萬겨레
一時에 외처부른
조선민주주의 인민공화국

크낙한 主權이 人民에게있어
人民은 나랎집 추춧돌로
歷史의바퀴를 굴리나니
언제나 우리조국은 하나이오
우리 민족은 하나으로
억년眞理로 뭉치고 正義로살리라

오 나는 北方한地域에서
조국의 太陽 金日成首相을 삼가 받들었노니
널리 자랑하리라
조국 조선의 헌법을 —
길히 빛내리라
조국 조선의 國旗를 —

주: 시집≪北陸의 抒情≫에서

檄

웬 일이냐
한 나라 三千里 疆土에
밝음과 어둠이 높였느냐

웬일이냐
한 民族 三千萬 동포에
기쁨과 슬픔이 갈렸느냐
한 나라 한民族이라
—운명이 같거늘
뉘 웃어야 하느냐
뉘 울어야 하느냐

正義의 칼을 들어
三八을 끊어야하겠다
眞理의 빛을 둘러
南北을 합쳐야하겠다

저 慘憺한 꼴 참아 못보겠구나
길에 주려서 죽는자 쓰러지지않느냐
저 애닯흔 소리 참아 못듣겠구나
골목에 어버이 잃은 애 헤매지않느냐

잠시 노래를 憤怒와 바꾸어
—놈들을 꾸짖자
잠시 춤을 示威와 바꾸어
—놈들을 뭇찌르자

오늘도
愛國人士××名이
남녘하늘 계금山麓을 핏물드렸다

그들은
最後의 呼吸을 다하는때

북녘하늘 白頭山을 우러러 묵하였나니

의론피 한방울이 흘러
의론피 백방울을 이루고
의론피 백방울이 흘러
의론피 만방울을 이룬다

계금산아 울어라
그들 주검을 안고 울어 울어
白頭山까지 울려라

이 나라 三千리 疆土 우(怒)는날
우뢰같이 우(怒)는날
—놈들을 問罪하리라

이 민족 三千萬이 우(怒)는날
벽력처럼 우는날
—놈들을 絞首하리라

주: 시집≪北陸의 抒情≫에서

勝利한 三月節

汚辱과 受難의 세월속에서
쫓기운 백성들이
헤매던 志士들이
이날

정든 조국에서
낯서른 異域에서
純情의 피를 흘려
원쑤를 갚으려했다

그피는
놈들이 五千年歷史를
모닥불에 사르려할 때
一場 雷雨였다

群生이 싹트는三月에
조선의 넋을 울린
不滅의 종소리었다

내묻노니
祖國의 하늘이여
이땅의 개울이여
외로운 피의 자취
바람에 갈리었더냐
비에 씻치었더냐

그피는 二十有年
이나라 젊은 가슴에 스미어 맥맥히 흘렀다

그래서
이날 三月一日은
千秋의 愛國志士를 낳았고
萬古의 빨지산을 길렀다

이날이 흘러 歷史의우에 흘러
이피 흘러 正義의우에 흘러
마침내 八一五를 맞이하였나니

이제
祖國의 새터전에 創業은 이루어져
眞理의 圓光이
오늘 三月一日을 빛내고 있다

주: 시집≪北陸의 抒情≫에서

五一節의 號召

—南朝鮮로동자들에게—

悲壯할손 五月초하루는
國際勞動節
왼세계 勞動者 鬪爭의 祭日
勝利의 名節

이날 血戰의 불꽃속에는
젊은 世代의 心臟이 뛰고 뛰어
五月은 붉게 盛裝하였나니
때 바로
우뢰는 號令
번개는 指揮力

물은 흩어
불은 사뤄
천지도 武裝했거니
벌레도 일어났다

自由가없느냐
그러면 뭉치어 자유를 찾으라
權利가없느냐
그러면 뭉치어 權利를 다투라

믿음은 오로지 眞理
行動은 오로지 征服
저—專橫의 머리를 떨궈라
저—獨占의 배를 갈러라

보아라
오늘도 硝煙속에서 날리는 "삐라"를
총열 끝에서 밀치는 "示威"를

때 바로
歷史는 관혁
哲學은 화살

피는 끓어
넋은 뛰어
草木도 武裝했거니
돌맹이도 일어섰다

北方엔 十月 붉은 별이있어

빛난 明日을 가르키고
北域에는 로동법령이 내려
勝利의 노래가 흐른다

總進攻
勝利가 부른
행복이온다 가까이 온다
웃음이 핀다 환이 핀다
그들에게 온다
人民에게 핀다

褪色되는 아득한 용고새 너메로
새벽종소리 들오려지않느냐
廣場에로 달려나가
담장에로 뛰어올라
가슴을 헤처 深呼吸을하라
두팔을 벌려 붉은 太陽을 안으라

주: 시집≪北陸의 抒情≫에서

三代

할아버지
마두강 건너산지三年넘은 어느해 일은봄
아버지
강동가 三年만에
마우재땅 태생으로

내 돌맞은 늦가을
第二故鄕이라고
노새타고 돌아온 뒤
어느새 山川도 두세번 변하였구나
내 初等科 四學年
문풍지 윙윙울던 어느해 겨울날저녁
할어버지의
義兵 이야기와
힌 수염과
威儀가
어렴풋이 듣긴다 보인다

三一運動바람에
討伐隊에 붓잡혀
망아지허리에서 총살될번한
아버지의 음성과
기벽과
옷깃이
역역히 듣긴다 보인다

나도
오늘에야 제구실은 한다할가마는
벌써 靑春이 기울듯하여
조선의 새 국기와
金日成將軍을 쳐다보고는
진정 도루 젊어지고만 싶구나
天地가 새로운 이크낙한 오늘
내 마음은 또다시 한결 淨되는구나

주: 시집≪北陸의 抒情≫에서

血誓

어두운歷史의 울타리속에서
빼앗기고 짓밟히던신세였던
처자곤손들의 주리고 떠는꼴 참아보다못해
할아버지 어진마음에도
憤怒의 불길이 일어
정든 故鄕 허무러진돌담을 넘어
검은구름 北쪽天涯에 흘러흘러
山嶺에 올라서 한숨짓고
豆滿江을 건너며 눈물뿌려
北간도라 찾아온곳
長白山脈이 멈춘山谷 江長洞
초라한 오막사리도 어언 三年에
아버지 어머니는
江東에 가게된 신세였다

아버지 어머니
江東가 三年만에
내 나서 돐지난해늦가을
第二고향 江長洞에 돌아왔다는 것은
어느듯 세상떠난 어머니와 옛말이었다
지리한 세월의 흐름속에
내 일곱 살먹은해부터
나는 몰래 咀呪와 懊惱의 習性을 배워
늙어가는 人生을 애닯히 울었나니
생각컨대
이 人性은 良知도아닌 階級性의 그림자였다

이렇게 자라
나는 도리어 懦弱하고 卑怯하여
예수앞에 무릎을 꿇어보았고
총칼앞에 머리를 숙여보았고
黃金앞에 손을 저어도보았다

그러나
理性은 세월과함께 세월처럼새로워
마침내 祈禱를 끊었고
아첨을 버렸고
虛慾도 더렀나니

이동안 거울속에
나의 靑春은 시들어갈것만같애
날이 날마다
憤怒만을 日課로삼았다

그러매로
나의 노래는
꽃떠러진아침 달진저녁에
눈물과 한숨으로 바꾸어
한갓 心臟에 스며서 흘렀다

어두운 歷史를실은 지러한 세월속에
내 나 두번 손곱아폈으니
二十有年 그동안
人民의 前衛들은
혹은 抗日聯軍으로
長白山끼고 鴨綠江 넘나들면서

혹은 義勇軍으로
太行山끼고 萬里長城 넘나들면서
祖國을위하여 굳세게 싸웠나니

오직 그들이 있었기로
오직 그들이 祖國의 榮譽를 지키어왔기로
正義의師 붉은별은
조선에 解放의 빛을 돌릴수있었고
또한 그들 前衛들은
조國創業에 凱旋할수있었다

나의 恥辱을 씻어준 그들의 은혜로
내 일직 태극기를 높이날려보았으니
이로써 나는 새로운 맹세를 가슴속에 깊이 새긴다

이에
祖國은 나를 불러 愛撫하였고
歷史는 나를 깨워 前進케하였으매
이제
내 진정 祖國의 깃발아래서
역사의 멍에앞에서
明日의 勝利를 위하여
明日의 榮光을 위하여
再生의 충성을 다하리라
再生의 노래를 부르리라

주: 시집≪北陸의 抒情≫에서

天涯의 圓

내 앳꿎이 어두운 歷史의 밤 고스란이 새어
聖한 太陽의 倫理로
하마 기우러져갈 靑春을 다시 갓구었어라
八月의 茂盛한 군상속에
나는 두루미처럼 停立하여
飛翔의 壯圖를 그렸나니

이제 내 몸이
욕된 사슬을 풀어
大空의 白雲을 탓고
이제 내 맘이
비린 티끌을 씻어
蒼窮의 明月을 품었으매
진정 이 한몸 이 한맘을
고이 받칠곳 마련되였노라

내게 무엇이 있느냐
東北 한地域에 點在하여
가난한 붓 한자루도 좋와
저 불꽃 날리는 마치와
저 흙덩이 호미에
꺙긋이 一直線을 지으리라

오직 하나인 眞理의 金庫를 헤쳐
새로운 人道의 饗宴을 베푸는날
참 삶의 喜悅을 滿喫하리

그것은 人民을 위하여
가장 자랑스러운 일이라면
또 榮光스러운 일이리라

나는 正義의 횃불을 든
國際主義者라
의젓하게 손을 높히 들면
온세계의 同志들이 악수하여
天涯의 圖을 그리나니

저 멀리 宇宙觀의 大殿堂에
인생의 꽃은 피어
아름다운 香氣 풍기는곳
自由의 노래 흘러라
幸福의 열매 드리워라

주: 시집≪北陸의 抒情≫에서

부록

리욱년보

권 철

1907년 7월 25일 로씨아 연해주 신한촌에서 한의 리한을(중용명 리홍기)의 맏아들로태여남.

1910년(3세) 부친을 따라 중국 길림성 화룡현 로과향 강장동으로 이주.

1914년(7세) 강장동에서 사숙을 다님. 한학자이며 서예에 조예가 깊었던 조부 리승제와한학에 능한 부친의 슬하에서 한문을 배우고 서예를 익힘. 좀 뒤늦게 현제8국민소학교에 입학하여 1919년에 졸업하고 화룡현 덕성학교를 다님.

1923년(16세) 4월, 화룡현 사림청일학교에 편입, 이해 11월에 이 학교 고급보습반을 졸업.

4월, 룡정동흥중학교 2학년에 편입.

1924년(17세) 7월, 집안 사정이 어려워 학업을 중퇴하고 한동안 농사일을 돕다가 당지 소학교에서 교편을 잡음. 그는 그후 선후로 회양, 창동 등 학교에서 훈도를 지냄. 그는 교직에 몸담그고 있으면서도 열성적으로 시창작에 힘써, 1924년에는 첫서정시 ≪생명의 례물≫을 당시 룡정에서 간행되던 ≪간도일보≫에 냄. 뒤이어 시≪봄비≫ 등을 ≪조선문단≫에 발표.

1929년(22세) 3월, 소학교 훈도를 그만두고 집으로 돌아와 농사를 짓는 한편 야학에 나가글을 가르치고 시창작에도 정진함.

서정시≪눈≫을 지음.

1930년(23세) 서정시≪님찾는 마음≫과 단편소설≪파경(破鏡)≫을 ≪민성보≫에 발표. 3월, 사회주의사조에 매료되여 쏘련에 가서 진학하려는 욕망을 품고 몇해동안 짬짬이 써두었던 시고를 챙겨가지고 연해주 신한촌으로 갔었으나 현실적이 못되였던 그의 소망은 이룰수가 없었음. 그는 하는수 없이 한동안 방랑하다가 집으로 돌아옴. 시인은 오는 도중에 쏘국경지대에 이르러 천험촉도로 일컫는 72정자를 넘으면서 모진 곡경을 치르기도 함.

1933년 서정시≪송년사≫를 ≪조선문학≫ 제2권 1호에 발표.

화룡현의 연신, 류동 등지에서 농업에 종사.

1935년(28세) 솔가하여 연길현 조양천으로 이주하여 한때 광업(礦業)도 하고 신문을 발행, 판매하기도 함.

서정시 ≪바위≫, ≪척촉화≫를 발표.

1937년(30세) 7월, 이름을 리학성(李鶴城)으로 개명하고 기자자격시험을 치르는 등 어려운 절차를 거쳐 ≪조선일보≫ 간도지사기자로 취임, 신문발행을 겸하여 맡음.

1938년(31세) 서정시≪금붕어≫ 등을 발표.

1940년 8월, 일제 당국에 의해≪조선일보≫가 페간되자 기자를 그만둠.

서정시≪샘≫, ≪봄꿈≫, ≪월야범종≫, ≪경박호≫, ≪포구의 아침≫, ≪공원≫, ≪혈흔에 핀 꽃≫ 등을 발표.

1941년(34세) 한때 연길서점에서 도서구입원으로 일함.

1월, 산문≪동만의 마경 천험촉도 72정자 척파기≫를≪조광≫에 발표.

서정시≪땅≫ 등을 지음.

1942년(35세) 8월, ≪조광≫ 사 간도지사장에 취임하여 기자 겸 발행원을 맡음.

10월, 저명한 시인 김조규와 함께 ≪재만조선시인집≫을 간행. 서정시≪려명≫, ≪백년몽≫, ≪나의노래≫, ≪5월≫, ≪락엽≫, ≪별≫, ≪투혼≫, ≪역마차≫ 등을 발표. 1943년(36세) ≪매일신보≫ 간도지사 림시기자로 취임하였다가 얼마후 사퇴함.

1944년(37세) 연길공예사와 연길서방 직원으로 종사.

서정시≪모아산≫, ≪5월의 붉은 맘씨≫ 등을 창작.

1945년(38세) 8월, 희열과 감격의 정으로 광복을 맞은 시인은 그날로 ≪새로운 아침해가 뜬다는≫ 뜻을 지닌≪욱(旭)≫ 으로 개명하고 더없는 열정으로 시창작에 나섬.

서정시≪북두성≫, ≪사랑하는 거리≫ 등을 창작.

선후로≪간도예문협회≫ 문학부장, ≪동라문인동맹≫ 시문학분과와≪연길중쏘한문화협회≫ 문학부의 책임자로 천거되여 활약, 문예지≪불꽃≫의 편집을 맡음.

1946년(39세) 년초에 동북군정대학 길림분교에 입교하여 학원 겸 교무부장의 임을 맡음.

1947년(40세) 첫 서정시집 ≪북두성≫을 연길에서 출판. 서정시 ≪내 두만강에 묻노라≫, ≪인상≫, ≪격(檄)≫, ≪비문≫, ≪라자구≫, ≪로모의 축전≫, ≪승리의 3월절≫ 등을 발표.

1948년(41세) 동북군정대학 길림분교를 졸업. 선후로 ≪대중≫ 잡지 주필, 연길인쇄공장 지도원, 연길대중도서관 관장 등을 지냄.

서정시 ≪참군송≫, ≪옛말≫, ≪5.1절의 호소≫, ≪선구자≫, ≪젊은 내외≫, ≪석양의 농촌≫, ≪천애의 원≫, ≪삼대≫,

≪혈서≫, ≪새 중국의 기발≫, ≪력사의 한페지≫, ≪그날의 감격은 새로워≫ 등을 발표.

1949년(42세) 1월, 서정시집≪북륙의 서정≫과 문학론저≪소설의 구성≫을 연길에서 출판.

4월, 연변사범학교 교원으로 전근됨.

서정시≪존귀한 희생≫, ≪황소야≫ 등을 발표.12)

1951년(44세) 11월, 연변대학 조문학부에 영전되여≪세계문학사≫과 강의를 맡음.

1956년(49세) 8월, 조선족시인으로는 맨처음으로 중국작가협회에 가입. 중국작가협회 연변분회 리사로 당선.

1957년(50세) 4월, 북경사범대학에서 꾸린 외국문학리론연수반에 가서 학습.

시집 ≪고향사람들≫과 ≪延邊之歌≫(中文)을 북경민족출판사와 작가출판사에서 출판.

1958년(51세) 박지원탄생 221주년에 제하여 거행한 세계문화명인기념대회에서 론문≪박지원의 탁월한 사실주의문학≫을 발표.

1959년(52세) 서정시집≪長白山下≫ (中文)를 작가출판사에서 출판.

1966년(59세) 대동란기에 얼도당토않게≪반동문인≫, ≪잡귀신≫으로 몰려 정치적으로 모진 박해를 받음. 교수와 창작권리를 박탈당하고 화룡 이도구의 한 벽촌에 추방됨. 그후 루명을 벗고 명예를 회복.

1974년(67세) 9월 1일 교직에서 떠나 리직휴양간부로 됨.

1980년(73세) ≪리욱시선집≫을 연변인민출판사에서 출판.

1982년(75세) 장편서사시≪풍운기≫ (제1부)를 료녕에서 출판.

---

12) 건국후에 발표한 시작은 그 제목을 구체적으로 밝히지 않고 출판된 시집과 중요 론문만을 밝히였음.

1984년(77세) 장편서사시≪풍운기≫(제2부)를 탈고하고 자선시집 ≪땅의 노래≫와 한시집 ≪협중시사(篋中詩詞)≫를 펴냈으나 불행히도 뇌일혈로 이 시집들의 출판발행을 보지 못한채 이해 2월 6일 77세를 일기로 별세.

1988년 9월, 중국작가협회연변분회 등 여러 문예단체와 그의 후학들에 의해 시인의 고향 화룡시 로과향 호곡령에 ≪리욱시비≫를 세움.

1997년 7월, 연변대학 조문학부, 중국작가협회연변분회 등 문학단체의 공동주최로 ≪시인 리욱 탄신 90돐기념학술토론회≫를 성황리에 개최.

2002년 시인 리욱의 시문을 집대성한(≪20세기중국조선족문학사료전집≫ 제2집)을 연변인민출판사에서 출판.